# LE CERCLE DE DINAS BRAN

Sophia Raymond

# LE CERCLE DE DINAS BRAN

Roman

PRESSES DE LA CITÉ

Une première version de ce roman a été publiée en édition numérique par l'auteur sous le titre *L'Ame de fond*.


ISBN 978-2-258-11574-3

Presses de la Cité un département **place des éditeurs**

place des éditeurs

*Je fus autrefois ce que vous êtes,*
*Et cè que je suis, vous le serez aussi.*

La *Trinité* de Masaccio,
Basilique de Santa Maria Novella,
Florence, Italie

# Prologue

*Couvent de Santa Inácia, Lisbonne, Portugal*
*3 septembre 1755*
*3 heures du matin*

Dans le silence des ténèbres, nul n'entendait ses pleurs, ni sa détresse. Recluse entre les quatre murs de sa cellule, la couverture remontée jusqu'aux yeux, la jeune sœur Estrela avait la gorge serrée, le ventre noué et la poitrine agitée de sanglots. Le désastre était imminent. Elle devait donner l'alerte. Mais comment les convaincre ? Au couvent de Santa Inácia, les religieuses l'évitaient.

Elle se démarquait des autres pensionnaires. Son teint pâle, ses cheveux clairs, ses yeux couleur du ciel rappelaient les beautés des contrées septentrionales. Elle parlait le portugais à la perfection, mais aussi l'italien, le français, l'anglais, l'espagnol, le grec et le latin. A ses heures perdues, elle dévorait des œuvres que ses consœurs délaissaient. La nuit, elle observait les étoiles des heures durant.

Parfois, Estrela se réveillait en sursaut. A la lueur d'une bougie, elle consignait ses rêveries sur du papier à lettres. Plus étrange : sitôt ses missives rédigées, elle les brûlait, par crainte d'être accusée d'hérésie. La fumée aux relents de soufre franchissait le seuil de sa porte et se propageait dans les galeries qui surplombaient le cloître. Un frisson d'horreur parcourait le dos de ses voisines, ravivant en elles des peurs superstitieuses. Toutes murmuraient qu'Estrela tenait son savoir d'un pacte avec le diable.

D'où venait-elle ? Qui était-elle ? Pourquoi était-elle enfermée dans ce couvent ? Les rumeurs les plus folles circulaient à son sujet, comme celle affirmant qu'elle dissimulait un étrange objet dans une cache de sa chambre. Un objet maudit. Même la mère supérieure n'osait y regarder de plus près.

Mais toutes les moniales s'entendaient sur un point : Estrela séjournait ici pour d'obscures raisons.

L'étendue de ses connaissances, sa grâce, son sens de la courtoisie auraient pu lui ouvrir la porte des cours royales de Madrid, Versailles ou Londres. Mais le seul contact qu'entretenait Estrela avec l'extérieur se résumait à une relation épistolaire secrète avec la très pieuse princesse Marie, fille aînée du roi de Portugal.

Cette dernière, s'étant rendue dans le couvent, avait été fascinée par le savoir et la sagesse de la jeune religieuse. Depuis, les deux femmes n'avaient cessé de correspondre.

Mais, cette nuit-là, Estrela ne se préoccupait pas des médisances sur son compte. Seule une certitude la rongeait : un événement terrible se profilait. Lisbonne serait frappée, en plein cœur. C'était écrit dans les astres. Elle ignorait encore la date de la catastrophe, mais la violence de ses perceptions laissait entrevoir un dénouement prochain. Il fallait agir. Vite. Prévenir mère Clarisse, la supérieure du couvent. Sans plus attendre.

Elle tâtonna dans l'obscurité, saisit une chandelle et l'alluma. Une odeur écœurante de suif emplit la pièce. Elle endossa le manteau blanc des carmélites et, pour ne pas éveiller les sœurs endormies, franchit la porte en délaissant ses sandales sous son lit.

La flamme jetait sur les parois humides une lumière vacillante, amplifiant les reliefs et les fissures. Ses pieds nus foulaient les grandes dalles rugueuses. L'humidité de la nuit grimpait le long de ses veines et glaçait son cœur, à moins que l'objet de sa requête ne soit la cause de ses palpitations. Elle traversa un dédale de galeries, d'escaliers tortueux, puis s'engouffra dans le couloir voûté menant à la cellule de mère Clarisse.

La poitrine haletante et le poing serré, Estrela frappa à la porte de la supérieure. Trois petits coups secs. En guise de réponse, elle reçut le silence. Elle frappa à nouveau, avec plus de vigueur. Un grognement rauque se fit entendre, suivi d'un pas lourd. La porte s'entrouvrit dans un grincement de gonds.

Une vieille femme aux traits durs et au corps décharné se tenait debout, une main en appui contre le chambranle. Mère Clarisse lui lança un regard las et réprobateur.

— Pourquoi venez-vous troubler mon repos ?

— Ma mère, pardonnez-moi. Je dois vous avertir. Il nous faut évacuer les lieux. Partir loin d'ici !

La religieuse se redressa tout à coup, les yeux écarquillés.

— Que se passe-t-il ? Un incendie ? Sommes-nous assiégées ? dit-elle en penchant la tête dans le couloir pour identifier la menace.

— C'est pire, je le crains !

— De quoi parlez-vous ?

— D'une catastrophe ! C'est imminent ! Je l'ai vue…

— Vous l'avez vue ? Expliquez-vous !

— Je l'ai vue… dans un songe…

La supérieure chassa cette explication d'un geste brusque.

— Avez-vous perdu la tête ? Vous venez, en pleine nuit, frapper à ma porte pour proférer les pires inepties ?

Dans un état de transe, Estrela saisit les mains calleuses de la supérieure et débita une prophétie apocalyptique :

— J'ai vu les murs du couvent s'écrouler, les sœurs agoniser sur un tas de cendres fumantes, rejoignant celles qui avaient péri dans les eaux ou qui avaient été écrasées sous les blocs de pierre. J'ai vu les flammes de l'enfer consumer les croix et danser sur les œuvres louant la gloire du Seigneur. Je l'ai vu ! Je l'ai vu !

— Assez !

Mère Clarisse repoussa la jeune femme dans l'obscurité de la coursive, puis serra le chapelet qui pendait autour de son cou.

— Agenouillez-vous ! Sur-le-champ ! ordonna-t-elle. Priez pour que le Seigneur vous accorde son pardon !

Estrela refusa d'obéir, espérant encore, naïvement, convaincre la mère supérieure.

— Vous ne comprenez pas, la mort plane sur nos têtes ! Mais vous, aveuglée par vos croyances, vous êtes incapable de prendre les mesures qui s'imposent !

— Taisez-vous ! hurla la vieille religieuse.

Estrela garda le silence et la fixa droit dans les yeux. Mère Clarisse interpréta cette attitude comme du mépris. C'en était trop.

— Vous n'êtes qu'une…

Une violente quinte de toux agita la religieuse et l'empêcha de terminer sa phrase. Elle étouffa un râle dans sa manche et releva le menton, une grimace de dédain sur ses lèvres serrées. D'un ton cassant empreint de compassion feinte, elle soupira :

— Pauvre créature… Vous croyez avoir des visions ? Quel orgueil ! Dieu seul nous gouverne ! Et vous, vous pensez déchiffrer ses desseins ? Ce n'est pas de lui que vous êtes inspirée. La folie dicte vos paroles. Ou alors…

La supérieure se signa avant d'ajouter tout bas :

— Qui peut prédire les malheurs en les soufflant à l'oreille de ses suppôts ?

Estrela regagna sa cellule, les épaules baissées. En traversant un couloir, elle leva les yeux vers une fenêtre réparée à la hâte. Le souvenir douloureux de Lucinda remonta aussitôt à sa mémoire : cette jeune femme au tempérament fantasque, ancienne pensionnaire du couvent, était la seule à lui avoir témoigné un peu d'amitié dans cet univers froid et hostile.

Lucinda était entrée au couvent deux ans plus tôt. Elle était encore très amoureuse d'un navigateur italien d'origine modeste, mais ingénieux. Il tentait de faire fortune à Lisbonne en vendant des portulans, ces belles cartes maritimes. Un jour, il demanda officiellement sa main à ses parents, mais ils la lui refusèrent. L'amour entêté de leur fille pour un étranger sans le sou poussa ses parents à l'enfermer à Santa Inácia, couvent réputé pour sa sévérité et son observance de la règle. Mais, même recluse, Lucinda correspondait toujours – on ne savait trop comment – avec son amant, que son commerce avait enrichi. Elle ne vivait plus que pour le retrouver. On racontait que le contenu des lettres échangées était d'une obscénité scandaleuse, un outrage à la morale pour toute fille se réclamant de Dieu.

L'hiver précédent, par une nuit de pleine lune, des hurlements effroyables avaient résonné dans le couvent. Brutalement tirée de son sommeil, Estrela était sortie de sa cellule. Non loin d'elle, deux sœurs chuchotaient à voix basse. Leur échange était inaudible, mais Estrela avait tendu l'oreille : Lucinda avait eu l'audace de braver l'autorité de mère Clarisse. Dans sa dernière lettre, son amant, résigné, l'avait informée de sa décision de poursuivre sa vie sans elle, et elle voulait s'échapper du couvent pour tenter de le rejoindre.

Estrela avait aussitôt songé à rattraper Lucinda. Elle voulait s'interposer, empêcher la fuite désespérée de son amie, tenter de la raisonner. Santa Inácia était une prison. Sans clé, il était impossible de s'en évader.

Au détour d'un couloir, Estrela s'était retrouvée face à la fugitive. Lucinda était méconnaissable. Un rictus amer déformait ses traits. Estrela demeura interdite, clouée dans la pénombre, fascinée par cette jeune fille qui lui renvoyait, tel un miroir implacable, le reflet sombre de son âme.

Dans les galeries obscures et humides, un bruissement d'étoffes se fit entendre. Plusieurs religieuses couraient à la poursuite de Lucinda. Un autre groupe, mère Clarisse en tête, arrivait de l'autre côté du couloir. Lucinda était cernée. Prise au piège, l'amoureuse éconduite se mua en un animal féroce, toutes griffes dehors, prête à se battre pour recouvrer sa liberté. Les carmélites esquissèrent un mouvement de recul. Mais, encouragées par leur supérieure, elles avancèrent à pas lents vers leur proie. Mère Clarisse hurlait. Les barreaux et les chaînes du cachot attendaient Lucinda dans les fondations sales et puantes du couvent.

Lucinda se précipita vers l'une des hautes fenêtres qui donnaient sur le cloître et brisa les carreaux à mains nues. Un courant d'air s'engouffra dans le corridor. Sous les yeux horrifiés de ses sœurs, Lucinda enjamba le cadre en bois. Elle se tourna vers Estrela et lui confia :

« Sans son amour, ma vie n'a aucun sens. Je dois le retrouver. Si ce n'est pas dans cette vie, ce sera dans une autre. Adieu, mon amie. »

Puis Lucinda se jeta dans le vide. Un craquement sinistre conclut cette fuite à l'issue fatale.

Estrela se précipita à la fenêtre et fouilla l'obscurité. Le corps désarticulé de Lucinda gisait en contrebas. Une vision funeste et fugitive traversa son esprit.

Depuis cette nuit-là, un mauvais pressentiment hantait ses pensées et troublait son âme, comme si elle était destinée, elle aussi, à finir au pied d'une muraille.

De retour dans sa cellule, Estrela tentait d'oublier la fin tragique de son amie. Sans succès. Elle réfléchit. Après le rejet catégorique de mère Clarisse, elle songea à un ultime recours et se résigna à jouer son va-tout. Elle posa une feuille de papier sur sa table et trempa sa plume dans l'encre noire.

*Lisbonne, ce 3 septembre 1755*

*Votre Altesse,*

*Dans l'espérance que vous croirez en ma loyauté, je me permets d'enfreindre vos souhaits. Lors de votre dernière visite au couvent, vous m'aviez, dans le secret, transmis un pli où vous me recommandiez de ne plus chercher à vous recontacter tant que vous n'auriez pas éclairci une affaire. Vous craigniez que nos courriers ne soient interceptés par des mains défavorables à nos échanges.*

*Pardonnez-moi, mais je n'ai plus le choix. J'ai confiance en la miséricorde de votre jugement et, une fois votre courroux apaisé, je vous prie de lire cette lettre avec bienveillance. Je me confie à vous, car je n'ai personne en ce monde avec qui partager mes tourments. Ne pensez pas que je m'en plaigne. J'ai accepté de plein gré cette vie de silence et de solitude. Tant de malheurs sont arrivés par mon fait qu'une vie ne me suffirait pas à expier mes fautes.*

*Vous souvenez-vous de ce que vous m'avez dit un jour ?*

*« Nous ne pouvons pas fuir notre destin, car seul le Seigneur tout-puissant en est le maître. »*

*Je n'oublie pas vos paroles, ni celles de mère Clarisse qui me dit régulièrement :*

*« Ceux qui prétendent connaître l'avenir sont des menteurs, rarement des prophètes et encore moins des messagers divins. Le plus souvent, ce sont des sorciers et des créatures maudites qui répètent les dires inspirés du démon. »*

*Pourquoi ressasser ces propos ? me direz-vous. Car je crains que ces rêves étranges ne se soient reproduits ; ces songes annonciateurs de sombres événements...*

*Je devine votre inquiétude et je la comprends. Je la ressens pareillement. Pour autant, dois-je me taire au risque que des innocents paient mon silence de leur vie ? Ou dois-je dévoiler ces présages au risque de me corrompre ?*

*Bien que vous ayez toujours nourri à mon égard une affection profonde, vous pouvez vous interroger sur le bien-fondé de ma démarche. Mais si je prends la liberté de vous écrire, c'est parce que je sais que je dis la vérité.*

*Suis-je guidée par la foi ? Suis-je même une fille de Dieu ? Tant de questions pour lesquelles je n'ai point de réponses. Mais il me reste l'espoir de sauver des vies si ces prophéties funestes se réalisent comme je le crains.*

*Je me suis assez égarée. Je vais vous livrer le contenu de ce songe, un quatrain qui m'obsède nuit et jour.*

Lorsque le jour des saints honorera l'automne,
La terre tremblera sous des murs effondrés,
Tous les flots de la mer submergeront Lisbonne,
Que les feux de l'enfer finiront de brûler.

*Si par malheur ces visions s'avéraient fondées, rappelez-vous : nul ne sera à l'abri à Lisbonne. Ni dans le palais royal, ni dans la maison de Dieu.*

*Je vous en conjure, à l'approche de la Toussaint, quittez la ville. Je vous prie aussi de convaincre votre famille, le roi, la reine, vos sœurs et le plus d'âmes possible.*

*Votre très dévouée, Estrela*

La chandelle qui éclairait faiblement la pièce achevait de se consumer. Estrela s'empressa de relire sa lettre, la scella et pria pour que la princesse Marie la prenne en considération. La flamme vacilla une dernière fois sur sa mèche et grésilla avant de s'éteindre, replongeant la cellule dans les ténèbres.

# 1

*Musée national du Danemark, Copenhague*
*Mercredi 10 octobre 2012*
*3 heures du matin*

Oliver effectuait sa ronde, une torche électrique à la main. La nuit, quand le flot de visiteurs s'était tari, le musée retrouvait un calme propice à la divulgation de messages cachés. Silencieuses le jour, les œuvres d'art dévoilaient alors leurs secrets. Il avait appris à déchiffrer le sens du mouvement des statues, à prendre part au jeu de regards qui s'échangeaient dans la galerie des portraits, à écouter leurs voix inaudibles au grand public.

Cette nuit-là, de toutes parts, elles délivraient le même message. Et ça le terrifiait : toutes l'incitaient à fuir.

Depuis quelque temps, il se sentait déprimé, troublé, s'imaginant l'objet d'attaques psychiques. Un mois auparavant, il s'était confié à des proches en évoquant des cauchemars répétitifs, des silhouettes sombres qui, au détour d'une ruelle, semblaient l'épier. Il en était certain : on voulait le tuer. Un appel anonyme lui avait même appris que des démons le poursuivaient.

Oliver allait très mal. Son entourage pensait que cela passerait ou, plutôt, espérait que le directeur du musée ne s'apercevrait pas de son état. Sinon il serait renvoyé et se retrouverait à la rue. Comme personne ne pouvait l'aider, il s'était tourné vers Dieu. Il n'était pas particulièrement croyant, mais les murs de son appartement étaient à présent constellés de pages de la Bible, de mots griffonnés à la main sur des bouts de papier. Chaque note révélait à peu près la même supplique :

— Mon Dieu, sauvez-moi ! Protégez-moi des démons !

Cette nuit-là, il abandonna son poste et remonta à grandes enjambées Ny Vestergade, la rue adjacente au musée. Il courut à perdre haleine jusqu'au canal, lançant un cri étouffé, le souffle coupé par la terreur. Puis il se jeta du Marmorbroen, le pont de Marbre, et plongea dans l'eau glacée, une expression d'effroi sur le visage.

Cette nuit-là, il n'y avait pourtant personne derrière lui. Ni sur le pont, ni dans la rue déserte qu'il venait de traverser.

# 2

*James Corner, pub irlandais*
*dans le quartier de Times Square, New York*
*Jeudi 11 octobre 2012*
*22 h 45*

Will Aberdeen était sur le point de commander une seconde tournée de bières. Ce soir, il célébrait avec ses collègues de bureau sa toute récente promotion. Il pouvait être fier de lui, il avait enfin réalisé l'un des objectifs qu'il s'était fixés après l'obtention de son diplôme : devenir grand reporter. Et pas dans n'importe quel journal ! Pour le *World News Corporation*, l'un des quotidiens les plus influents de la presse américaine. Avec une telle carte de visite, il pourrait obtenir sans trop de difficulté une accréditation pour la Maison-Blanche. La prochaine étape serait le poste de rédacteur en chef. Mais chaque chose en son temps, il se donnait encore quelques années.

En temps normal, Will n'était pas le dernier à faire la fête. Mais un mal de tête persistant lui gâchait sa soirée. Il avait hâte de retrouver la quiétude de son appartement, mais il ne pouvait pas abandonner ses collègues. Pas ce soir. Il s'absenta quelques minutes pour se rendre aux toilettes.

Il observa son reflet dans le miroir. Sous la lumière du néon, ses yeux gris paraissaient encore plus cernés. Une nouvelle ride lui barrait le front. Elle était apparue il y a environ six mois, depuis qu'il forçait sur les heures sup. Elle n'était pas très profonde, mais elle était bien visible. C'était son assiduité qui lui avait valu son avancement. Si ce nouvel outrage du temps en était le prix à payer, cela valait le coup. Il s'aspergea le visage d'eau froide pour tenter d'apaiser sa migraine et repoussa ses cheveux bruns.

De retour au comptoir, il retrouva Mark Borrow, un grand type roux au physique de rugbyman, son plus proche camarade au journal. Mark lui tapa sur l'épaule et leva son verre :

— Bravo, Will ! Passer du statut d'obscur pisse-copie à grand reporter, c'est un exploit de nos jours !

— J'ai eu de la chance, admit Will.

— De la chance ? s'esclaffa Mark. Dis plutôt que la patronne a depuis longtemps remarqué ton joli petit postérieur !

— Arrête ça ! coupa Will en riant. Joan est une femme remarquable. Ton tour viendra. Enfin, je l'espère pour toi…

— Tu sais quoi ? rétorqua Mark en se tournant vers sa voisine, une petite blonde à la poitrine généreuse. En attendant de monter en grade, je vais me fixer un objectif plus réaliste.

Mark engagea la conversation avec la jeune femme. Il lui offrit une pinte sur la tournée de son ami. Mais au bout de quelques minutes de bavardages, la blonde interpella Will :

— Félicitations ! Votre ami m'a raconté pour votre promotion. Reprenez donc un verre, qu'on trinque ensemble !

— Non, merci, refusa Will en regardant sa montre. Je dois y aller, il se fait tard.

Joan Barnes, la rédactrice en chef de son journal, l'attendait le lendemain matin à la première heure dans son bureau. Will ne voulait pas la décevoir et jugea plus sage d'éviter de se présenter à elle avec une tête de déterré.

— Le héros prend le large, lança la blonde avec une moue dépitée tout en le déshabillant du regard.

— Pas du tout, répondit Will, amusé, j'ai juste besoin de me reposer. Demain, une longue journée m'attend.

La jeune femme avala une gorgée de bière et observa Will fouiller dans sa poche pour en sortir une carte bancaire. Désinhibée par l'alcool, elle insista :

— Mais ce soir, ce n'est pas un soir comme les autres. On peut fêter ça ailleurs, chez toi par exemple…

Will sourit, saisissant le sous-entendu.

— Une autre fois peut-être, s'excusa-t-il en tâchant de se dérober avec tact.

Il régla l'addition et annonça à ses collègues :

— A demain. Amusez-vous bien !

Un taxi déposa Will dans Greenwich Village.

Son appartement, situé au deuxième étage, donnait sur la rue principale de ce quartier résidentiel. De ses années étudiantes, Will avait gardé une belle collection de CD qu'il avait complétée avec de nouveaux albums de rock et de jazz. Mais il se consacrait trop à son travail pour pouvoir les écouter. Ils prenaient la poussière dans une grande bibliothèque encastrée dans un mur et la plupart des boîtiers n'avaient pas été ouverts depuis des années. La cuisine était équipée d'un four et d'un réfrigérateur rempli de bières et de plats cuisinés. Dans le salon, le téléviseur à écran plat n'était allumé qu'à de rares occasions, en général lorsque les Yankees, l'équipe de base-ball que Will supportait, jouaient. L'ameublement se résumait à un canapé en cuir lisse noir et un tapis gris clair sur le parquet en chêne brossé. Les murs étaient blancs sauf un en brique couleur taupe. Le style urbain et minimaliste résultait d'un simple manque de temps et d'intérêt. Aucune présence féminine n'avait encore eu l'occasion d'imprimer sa marque aux lieux.

Will repéra le clignotant orange du répondeur. Il jeta son manteau sur le canapé avant de se diriger vers le téléphone.

*C'est maman ! Je viens d'avoir ton message. Je suppose que si tu ne réponds pas, c'est que tu es sorti. Peut-être as-tu fêté la nouvelle avec une petite amie ? En tout cas, bravo pour ta promotion ! Je suis fière de toi. Ton père aussi aurait été fier… Si tu es libre, essaie de passer dimanche, je te préparerai ton gâteau aux carottes préféré. Ah oui ! J'ai fait la connaissance d'une fille charmante dont j'aimerais te parler. J'espère te voir très vite. Je t'embrasse.*

Las, Will soupira en haussant les épaules. Il avait franchi le cap de la trentaine et sa mère se désespérait de le voir encore célibataire, incapable de s'investir dans une relation suivie. Sa vie sentimentale se résumait à une succession de rendez-vous manqués qui avaient eu raison de la ténacité de ses charmantes, mais éphémères, conquêtes. Aucune n'était prête à sacrifier ses soirées et ses week-ends à l'attendre sans un sérieux engagement de sa part.

La solitude était le prix à payer pour devenir un bon journaliste et sa toute récente promotion ne devait rien au hasard. L'info fraîche lui brûlait les doigts. Pourtant, sa mère estimait qu'il n'avait pas encore trouvé la bonne personne. Et, au grand regret de son fils, elle semblait vouloir s'investir dans cette mission périlleuse.

Will écouta un second message laissé sur son répondeur :

*Bonjour, monsieur Aberdeen, je suis la secrétaire de l'étude notariale Milton Stamm Goldwin. Nous avons des informations à vous communiquer au sujet d'un legs qui vous revient. Nous vous recontacterons. Au revoir.*

De quoi parlait-elle ? La voix était jeune et mal assurée. Une débutante, à l'évidence. De plus, qui pouvait lui avoir laissé un héritage ? Will ne se connaissait pas de lointain parent perdu de vue. Grâce à sa mère, il avait gardé le contact avec chacun des membres de sa famille et – heureusement ! – ils étaient tous en parfaite santé. A part son père, décédé trois ans plus tôt. Will conclut logiquement à une erreur.

Mais lorsqu'il s'agissait de retrouver un héritier légitime, l'étude Milton Stamm Goldwin était infaillible. Et Will était loin de se douter que ce message allait bouleverser sa vie à tout jamais.

# 3

*Quartier d'affaires de Midtown, New York*
*Vendredi 12 octobre 2012*
*8 heures du matin*

Au centième et dernier étage d'un gratte-ciel tout en verre, la rédaction du *World News Corporation* culminait au-dessus de la ville à près de trois cents mètres.

A peine Will avait-il ôté sa veste et posé sa besace sur un siège que Joan Barnes le convoqua. Elle entra d'emblée dans le vif du sujet :

— As-tu entendu parler du docteur Eben Alexander ?

Will réfléchit un instant avant de répondre :

— J'ai lu un article sur lui. C'est le neurochirurgien qui a raconté dans un livre son expérience de vie après la mort alors qu'il se trouvait dans le coma.

— Et c'est un véritable best-seller ! Qu'en penses-tu ?

— Je suis content pour lui de son succès. Maintenant, même si je ne doute pas de la respectabilité de ce docteur, je n'y crois pas trop…

— Expérience de Mort Imminente, précisa Joan, ou EMI dans le jargon des initiés. Comment expliques-tu que tant de gens aient vécu la même chose que lui ?

Le tunnel, la lumière blanche… Il y a beaucoup de points communs dans tous ces récits.

— Je ne suis pas un expert, mais je suppose qu'une trop forte dose de morphine ou d'une autre substance médicamenteuse a pu provoquer chez ces personnes une sorte d'hallucination mystique. Dans un état de faiblesse, et *a fortiori* dans le coma, comme c'est le cas pour tous ceux qui ont vécu ce genre de phénomène, cela me paraît plausible, rationnel.

— Si tu découvrais des éléments susceptibles d'ébranler tes convictions, je suis sûre que tu saurais les évaluer avec recul. C'est décidé : tu pars pour Paris.

— Paris ? répéta Will, surpris.

— Il faut couvrir le congrès international sur l'EMI qui débute mardi. Steven devait y aller, mais sa femme est sur le point d'accoucher. Sur ton CV, il est mentionné qu'en plus de ta langue maternelle, tu maîtrises l'italien, l'allemand et le français que tu as perfectionné lors d'une année d'études à Paris. Et comme tu es dispo…

— Pas vraiment. Je devais traiter la réforme du statut des taxis new-yorkais pour le supplément hebdomadaire.

— C'est moi qui fais les plannings ! répliqua sèchement Joan. Mark te remplacera. Tu recevras par e-mail tes billets d'avion ainsi que l'adresse de ton hôtel. As-tu d'autres questions ?

Will secoua négativement la tête.

— Alors merci de fermer la porte en sortant.

A midi, Will se rendit au Piccolo Caffè, un petit restaurant italien à la décoration rustique situé à deux pas du journal. Les paninis y étaient succulents, c'était pratique pour déjeuner sur le pouce.

Tout en savourant son expresso, il ouvrit le journal qui traînait sur la table voisine et parcourut les rubriques économie, sport et international. Un article, tiré d'une dépêche d'agence de presse, attira son attention :

**Vol au musée de Copenhague**
**et mort mystérieuse du gardien de nuit**
**La police lance un appel à témoins**

COPENHAGUE. – *Le gardien de nuit du Musée national du Danemark a été retrouvé mort. Sa dépouille flottait dans un canal à environ cent mètres du musée. L'autopsie n'a révélé aucune trace de violence sur le corps. Dépêchée sur les lieux, la police a également constaté le vol dans l'enceinte du musée d'une pièce unique datant de l'âge de fer, le chaudron de Gundestrup, d'origine celtique et d'une valeur considérable.*

*Les enquêteurs ont saisi les images des caméras de vidéo-surveillance prises au moment du vol, à 3 heures du matin. Pour le moment, aucune piste n'est privilégiée.*

D'une tape virile sur l'épaule, Mark l'interrompit dans sa lecture :

— Paris ? dit-il en s'asseyant face à Will et en lui arrachant le journal des mains. T'as la baraka ou quoi ?

— Il n'y a pas de secret, sourit Will. La chance aide parfois, le travail toujours.

— Sérieux, comment fais-tu ?

— Tu sais, pour réussir dans la vie, il faut avoir dans son jeu au moins deux de ces trois atouts : le travail, la chance et le talent.

Mark compta sur ses doigts :

— La chance, dit-il en rabaissant son pouce, je n'en ai jamais eu. Le travail, ajouta-t-il en pliant son index, ce n'est pas mon point fort. Par contre, le talent, c'est mon deuxième prénom ! conclut-il en brandissant fièrement son majeur.

Will secoua la tête, mi-amusé, mi-exaspéré :

— Mark, derrière toi, il y a trois gosses qui déjeunent avec leur mère. Ils t'observent depuis tout à l'heure. Essaie de te tenir correctement, s'il te plaît.

Mark se retourna pour saluer les enfants de la main. En guise de réponse, ils lui tirèrent la langue.

— Sales gosses, marmonna Mark en se tournant vers son ami. Rappelle-moi de refuser à ma femme de lui en faire.

— Tu n'as pas de femme !

— Ça viendra, laisse-moi le temps.

— Au fait, ça a donné quoi la blonde d'hier soir ? Tu t'es bien comporté, j'espère ?

— Je n'en ai pas eu besoin. Elle s'est barrée dès que tu es parti…

Will allait répliquer lorsqu'un individu à l'air austère, vêtu d'un costume de tweed, le cou serré par une cravate et portant un attaché-case, entra dans le restaurant et se dirigea vers lui.

— Monsieur Aberdeen ?

— Moi-même, s'étonna le journaliste qui n'avait jamais vu cet homme.

— Je ne voudrais pas troubler votre déjeuner, dit-il en tendant sa carte de visite, mais je dois absolument vous parler.

Will lut l'inscription imprimée en relief sur la carte couleur blanc crème.

*Milton Stamm Goldwin, notaire*

L'homme s'adressa à Will, tout en regardant Mark de façon suspicieuse.

— Puis-je vous parler en privé ?

— C'est inutile, répliqua Will, vous faites sûrement erreur et Mark peut tout entendre.

— Sauf votre respect, monsieur Aberdeen, mes recherches m'ont conduit jusqu'à vous. J'ai un legs à vous transmettre. Les dernières volontés de votre père.

Will fronça les sourcils en signe d'incompréhension et s'efforça de garder son calme.

— Mon père est décédé il y a trois ans. La succession avait déjà été réglée à l'époque.

— Je vois, répondit le notaire embarrassé. Vous n'êtes donc pas au courant...

— Au courant de quoi ? interrogea Will, intrigué par la tournure de la conversation.

Le notaire se racla la gorge avant de reprendre :

— Je suis venu vous parler de l'héritage de votre père. Votre père biologique. Celui dont vous méconnaissez visiblement l'existence.

# 4

*Sur la route, entre New York et Stafford Springs*
*Dimanche 14 octobre 2012*

Ce matin-là, veille de son départ pour Paris, Will prit la route pour rendre visite à sa mère. Toujours abasourdi par ce que le notaire lui avait appris, il voulait entendre ce qu'elle avait à lui dire. En face. Entendre la vérité de sa bouche, en la regardant droit dans les yeux. Elle qui coulait des jours paisibles dans une maison confortable de Stafford Springs dans le Connecticut ne s'imaginait pas ce qui l'attendait. Mais Will s'accrochait encore à l'espoir d'une erreur du notaire.

Il parcourut les deux cent vingt-cinq kilomètres en ne cessant de penser à ce qu'il venait d'entendre. Dans le vide-poches de la portière, une lettre mentionnait les dernières volontés de son supposé père biologique qui lui léguait une maison, quelques actions en Bourse et un compte en banque bien garni. Posé sur le siège passager, un dossier contenait un étrange journal de bord datant du XVIII$^{e}$ siècle que Will n'avait même pas pris la peine d'ouvrir. Le notaire avait souligné que ce très vieux document pourrait sans doute répondre à certaines des questions qu'il serait amené à se poser.

*Comment cette relique est-elle censée m'apporter des réponses ? C'est ridicule !*

— Tu n'as pas beaucoup mangé, remarqua sa mère. Veux-tu que je te prépare autre chose ?

— Non, ça ira.

Will avait l'impression de nager en plein délire. Une fois sur place, il s'était accordé un moment de répit, le temps de trouver les mots justes pour évoquer ce qui le tourmentait. Malgré l'apparente quiétude qui régnait à table, la tension était palpable.

Il observa sa mère du coin de l'œil. Autrefois, elle avait été une assez belle femme, élégante en toute occasion, même lorsqu'il s'agissait de remplir son chariot à l'épicerie du coin. Son principal souci était de renvoyer une bonne image d'elle et de sa petite famille. Surtout aux voisins. Avec les années, sa silhouette s'était un peu épaissie et la couleur auburn de ses cheveux coupés au carré provenait d'une teinture achetée au rayon parfumerie. Elle se laissait de temps en temps aller quand elle était seule à la maison, mais elle était toujours bien mise lorsqu'elle recevait son fils unique ou ses amies. Une vraie femme d'intérieur, comme on n'en faisait plus.

Les apparences avaient toujours compté pour elle. Will se souvint des costumes guindés et des mocassins vernis qu'elle lui imposait enfant. Ces chaussures trop brillantes qu'il s'efforçait d'abîmer en tapant sur les pierres et les murets en rentrant de l'école. A présent, il portait presque toujours une chemise avec une veste, un jean et des baskets. Bien plus pratique pour se déplacer rapidement sur les lieux de ses reportages.

— Au fait, dit-elle avec enthousiasme en lui servant du thé, on a accueilli Darla, une nouvelle adhérente au Stafford Women's Club. Non seulement Darla joue très bien au bridge, mais elle a une fille magnifique. L'autre jour, elle a accompagné sa mère au club avec des muffins aux myrtilles qui sortaient du four. Si ce n'est pas adorable ! Et puis, ajouta sa mère comme la cerise sur le gâteau, elle a un très joli sourire et de très belles dents.

— Maman, une petite amie, ça ne se choisit pas comme une jument.

Elle soupira. Décidément, elle n'arriverait jamais à caser son fils. En tout cas, pas avec une fille de son choix.

— Pourquoi es-tu si sarcastique ? Ce n'est pas habituel chez toi. J'ai bien vu que quelque chose te tracassait depuis ton arrivée.

Il était temps qu'il se lance :

— Avant-hier, j'ai rencontré un notaire. Ce qu'il m'a raconté m'a paru complètement farfelu. Il prétend avoir été missionné pour régler la succession de mon père. Mon père biologique…

Sa mère baissa les yeux, se leva sans un mot et se dirigea vers la fenêtre. Elle ne regardait pas l'extérieur, mais l'intérieur d'elle-même. Et ce qu'elle voyait effaçait tout amour-propre. Une larme perla sur sa joue. Dans sa tête, des images douloureuses affluèrent. Elle ne pouvait plus les ignorer.

— Il faut que je t'explique, finit-elle par bredouiller sans savoir par où commencer.

Déconcerté, Will la fixait, avec l'espoir fou que tout cela ne soit qu'une blague, une vaste plaisanterie. Mais ce n'était pas le cas. A voir sa réaction, il avait déjà compris, mais tout son être refusait de l'admettre.

Elle se tourna vers lui. Son regard, d'ordinaire direct et chaleureux, était triste, perdu.

— Tu sais à quel point je t'aime et à quel point ton père t'aimait aussi. Nous avons essayé pendant des années de te donner un petit frère ou une petite sœur, mais c'était impossible. Ton père… enfin… Richard souffrait d'infertilité. Il le savait lorsqu'on s'est connus. Et il m'a aimée, moi et le bébé que j'avais porté comme si c'était son propre enfant. Richard t'a adopté…

*Adopté ?*

Le mot était lâché. Will accusa le coup. Il pensait vivre un cauchemar. C'était pourtant bien la réalité qu'il prenait en pleine face. Le notaire disait vrai et tout son univers était en train de s'écrouler.

— Pourquoi ne m'avoir rien dit ? finit-il par demander à mi-voix.

— Nous voulions tout te révéler quand tu serais assez grand, mais…

— Quand je serais assez grand ? s'emporta-t-il. Mais maman ! Tu te rends compte ? J'ai trente-trois ans !

— Nous avons essayé de le faire, reconnut-elle, des sanglots dans la voix. Pour ton anniversaire. Le jour de tes neuf ans. Nous t'avions emmené faire un tour de poney dans une ferme…

— Et ? Pourquoi m'avoir laissé dans l'ignorance ?

— Parce que tu étais un petit garçon si heureux, si joyeux ! Nous étions si fiers de toi. Surtout, nous ne voulions pas que tu souffres. Nous n'avons pas eu le courage. Je… je n'ai pas eu le courage. Will, je te demande pardon.

Will chassa ses excuses du revers de la main. Il lui fallut un effort surhumain pour garder son calme et ne pas lâcher un juron devant elle. Il se détourna pour ne pas faiblir devant ses larmes.

— S'il te plaît, maman, j'en ai assez entendu ! Je dois réfléchir à tout ça. Il faut que je m'en aille.

Tard dans la soirée, de retour à New York, Will déposa la lettre du notaire et le journal de bord sur la console de l'entrée. Il lança un regard furieux au miroir accroché au-dessus du meuble. Ses yeux gris, ce n'étaient pas ceux de son père. En tout cas, pas ceux de celui qu'il avait connu.

Il s'empara d'une valise et la remplit avec des vêtements, sa trousse de toilette, un appareil photo, un dictaphone, des stylos, un carnet de notes et son ordinateur.

Il avait l'habitude de partir en reportage. Voyager, découvrir de nouveaux lieux était un de ses plaisirs dans le cadre de son travail. Préparer sa valise était une routine qu'il effectuait avec entrain. Mais, cette fois-ci, il y jetait ses affaires avec rage.

Ses bagages bouclés, il enfourna une pizza congelée dans le four dont il claqua la porte. Pendant que son dîner cuisait, il se servit une bière fraîche qu'il but directement au goulot avant de s'affaler sur le canapé.

Il ne cessait de penser à ce que sa mère lui avait caché. Qui était son véritable père ? Pourquoi lui avait-il laissé un héritage alors qu'il n'avait jamais cherché à le rencontrer ? Et comment un journal de bord vieux de plusieurs siècles était-il censé lui apporter des réponses ?

Will avalait une autre gorgée quand le téléphone sonna. C'était Mark :

— Comment ça s'est passé avec ta mère ?

Will soupira. Une aigreur acide reflua de son estomac et brûla son œsophage.

— Comment veux-tu que ça se passe avec quelqu'un qui t'a menti toute ta vie ?

Fidèle à lui-même, Mark avait tout de suite posé la question qui fâchait et à laquelle Will n'avait naturellement pas envie de répondre. Pourtant, c'était cette franchise parfois brutale que Will avait d'emblée appréciée chez lui.

— J'imagine que ça a été un choc pour toi, compatit Mark. Je ne crois pas que ta mère ait voulu te faire du mal. Et puis, considère qu'un père, c'est celui qui s'est levé tous les matins pour toi, qui t'a appris à pêcher, à jouer au baseball, qui a partagé avec toi tous ces moments privilégiés… Ce père, tu l'as connu, Will.

— Tu as raison, évidemment…

— Mais tu n'as jamais eu de doutes ?

Will réfléchit avant de répondre.

— Si… enfin, je crois… A douze ou treize ans, quand je commençais à m'intéresser aux filles. Je ne me trouvais aucune ressemblance physique avec mon père… enfin, Richard. Et puis… il y a eu les sous-entendus des voisins toujours bien intentionnés. Mais à l'époque, je n'y faisais pas vraiment attention.

— Et maintenant, insista Mark, ça te fait quoi de connaître la vérité ?

— Aujourd'hui, je sais que mes doutes étaient fondés. Mais j'ai maintenant l'impression d'être orphelin de mes origines. Tout mon environnement, tout ce que j'ai connu quand j'étais gosse, ce n'était pas vraiment moi. Un enfant abandonné comme tant d'autres à la naissance par son géniteur…

— Je comprends, mais ton père biologique ne t'a pas tout à fait abandonné puisqu'il t'a laissé un héritage. D'ailleurs, avec le pognon qu'il t'a légué, tu peux passer une année sabbatique sous les cocotiers !

— Cet argent ne me rendra pas mon véritable père ! protesta Will. Il est mort à présent et je ne sais strictement rien de lui. Il y a une partie de moi qui m'est totalement inconnue et que je ne connaîtrai jamais.

Un bruit sourd provenant de l'entrée, comme si un paquet de farine s'écrasait sur le plancher, attira son attention. Intrigué, Will prétexta des bagages à terminer pour raccrocher.

Dans l'entrée, il s'immobilisa, les yeux rivés au sol. L'épais journal de bord en cuir rouge aux riches ornements s'était ouvert. Il le ramassa. Le papier jauni par le temps, noirci d'une belle écriture, ample et fluide, invitait à la lecture. Le haut de la page indiquait une date : le 15 octobre 1755. Will lut les premières lignes écrites en français :

*La température est plus clémente et la mer calme. Dans les cales, l'eau douce a pris un goût amer et une couleur brunâtre…*

Will vérifia le calendrier sur son smartphone. Minuit passé. On était le lundi 15 octobre 2012.

*Drôle de coïncidence…*

Intrigué, Will reprit l'ouvrage à la première page. L'auteur de ce journal se nommait Thomas de Trécesson. Il avait officié dans la Marine royale française en tant que capitaine d'un vaisseau de guerre baptisé *Le Téméraire*.

Après une brève hésitation, Will glissa le journal dans le sac destiné à embarquer en cabine. Le vol New York-Paris durait huit heures. Il trouverait bien le temps d'en lire quelques pages à bord. Même s'il ne croyait pas du tout à ce que lui avait étrangement suggéré le notaire, il était soudain très curieux d'en savoir davantage sur ce capitaine français.

# 5

*Amérique du Nord*
*Port de l'île Royale, côte Atlantique*
*1er septembre 1755*

Sur les terres d'Amérique, le conflit entre les Français et les Anglais couvait depuis de longues années. Les colonies françaises occupaient un territoire immense. L'expansion de la Nouvelle-France menaçait sérieusement les colonies anglaises. Craignant de voir absorbé un empire très lucratif pour les finances de la Couronne, les Anglais s'apprêtaient à réagir.

C'est en mer, pourtant, que la bataille allait se jouer. Déjà, des accrochages et des escarmouches se multipliaient. Il ne manquait plus que l'étincelle pour mettre le feu aux poudres et déclencher la guerre de Sept Ans.

L'équipage français du *Téméraire* avait senti le vent tourner et était impatient de quitter le port de l'île Royale. Les hommes du capitaine de Trécesson ne redoutaient pas vraiment le combat auquel ils avaient été formés. Seulement, ils refusaient une bataille perdue d'avance. *Le Téméraire*, un trois-mâts équipé de soixante-quatorze canons, était certes très rapide et les vaisseaux de guerre de la Royal Navy, plus anciens, mais ils avaient investi en nombre les eaux territoriales au large de Terre-Neuve et du Canada.

Le jeune capitaine de vaisseau mit fin à l'attente. Il bondit sur le pontage avant, agrippa d'une main un cordage et proclama en pointant l'horizon :

— On lève l'ancre ! Déployez les voiles ! Messieurs, nous rentrons chez nous !

Des cris de joie volèrent sur le pont en même temps que les bonnets au-dessus des têtes des matelots.

Le Goic, le second, souffla à son capitaine :

— La cale n'est pleine qu'aux deux tiers de vivres à cause de l'embargo anglais.

Trécesson répondit à voix basse :

— Si nous restons plus longtemps à quai, je crains pour la sécurité de notre équipage. Nous sommes cernés de toutes parts. Nous devons lever l'ancre avant que le conflit n'éclate.

— Nous avons à peine de quoi effectuer la longue traversée de l'Atlantique qui nous sépare de la France. Et encore… seulement si les vents sont avec nous…

Une ride barra le front encore lisse du capitaine. Il fit signe à son second de poursuivre la conversation à l'écart, dans sa cabine située au niveau du gaillard arrière. A l'abri des oreilles indiscrètes, le capitaine lui révéla les informations recueillies une heure plus tôt à terre. Elles n'étaient guère réjouissantes.

— Les Anglais sont sur le point de nous déclarer la guerre. Peut-être demain, dans une semaine, ou dans la minute où je vous parle. Nous devons être prêts. Croyez-moi, même si nous prolongeons de quelques jours notre escale, la situation ne se dénouera pas. Les Anglais ne lèveront pas leur blocus. Soyez-en sûr. Il n'y a aucune accalmie à espérer de leur part. Attendre davantage, c'est épuiser encore plus nos vivres.

Le Goic s'apprêtait à protester, mais le capitaine l'interrompit, mettant fin à toute revendication :

— Vos inquiétudes sont légitimes. Nos provisions sont limitées pour le voyage qui nous attend, mais il faudra s'en contenter. Nous diminuerons discrètement les rations. Il s'agira de ne pas s'attarder en mer. Nous serons toutes voiles dehors, de jour comme de nuit. Les hommes devront être sans relâche sur le pont pour que nous arrivions le plus vite possible à bon port. Vous et moi, nous montrerons l'exemple.

En mer, la vie était rude, difficile, mais à bord du *Téméraire*, sous le commandement juste et avisé du capitaine de Trécesson, les marins avaient au moins la satisfaction de se sentir considérés. Le capitaine inspirait le respect et était apprécié par son équipage. Il savait retrousser ses manches et ses hommes suivaient ses consignes sans trop rechigner.

Le Goic songea à la route périlleuse qui les attendait :

— Et si les Anglais ouvraient les hostilités et nous prenaient en chasse ?

— Le risque est réel… répondit le capitaine, soucieux. Leurs canonniers sont plus adroits que les nôtres. Mais notre navire est plus léger, plus vif, plus facile à manœuvrer. Jusqu'à présent, *Le Téméraire* ne m'a jamais trahi. Partir au plus tôt nous permettra de garder une longueur d'avance sur eux.

Le Goic insista pour passer en revue toutes les situations possibles.

— Avez-vous envisagé une mauvaise mer qui ralentirait notre avancée ? Avec des cales vides, des matelots fatigués, affamés et sous la menace permanente de l'ennemi, je redoute fort une mutinerie.

— Ma décision est prise ! martela le capitaine. J'ai foi en mes hommes ! Au lieu de jouer les Cassandre, priez plutôt pour que les vents nous soient favorables ! A présent, laissez-moi et levez l'ancre. Je dois mentionner dans le journal la date de notre départ.

# 6

*Aéroport international John-F.-Kennedy, New York*
*Lundi 15 octobre 2012*
*16 h 25*

Avant d'embarquer, Will passa les contrôles de sécurité, renforcés depuis les attentats du 11 septembre 2001. Un siège l'attendait en classe économique, la direction du journal ayant imposé des restrictions budgétaires. Quelques privilégiés, les grands reporters plus expérimentés, avaient encore droit à la classe affaires. Mais la promotion de Will était encore trop fraîche pour lui permettre de dicter ses exigences.

Une femme d'environ soixante-dix ans s'arrêta à son niveau en comparant les numéros des places avec son billet.

— Oh non ! se désola-t-elle. Je leur ai pourtant dit que je ne voulais pas être assise côté hublot.

Elle s'adressa à Will :

— Jeune homme, ça ne vous ennuie pas que nous échangions nos places ? A cause des médicaments que je prends, j'ai besoin de me lever souvent. Si j'occupe le côté couloir, je ne vous importunerai pas.

Will accepta de bon gré. A vrai dire, cela l'arrangeait : il pourrait observer le ciel à loisir.

L'avion s'était à peine élancé sur la piste que la dame plissa les yeux et s'agrippa aux accoudoirs du fauteuil. Elle semblait très angoissée. Will chercha à la rassurer :

— Ne vous inquiétez pas. L'avion est le moyen de transport le plus sûr.

— Peut-être, oui. Mais je me sentirai mieux lorsque nous aurons décollé, maugréa-t-elle. Si seulement ma fille n'était pas tombée amoureuse d'un Français…

Lorsque l'avion finit par atteindre sa vitesse de croisière, la dame demanda une boisson à l'hôtesse et mit son casque pour regarder une comédie sur son écran individuel. Will ouvrit son sac et saisit le journal de bord. Il observa un court instant la couverture en cuir rouge finement ouvragée. Avant qu'il entame sa lecture, une sensation étrange et fugace l'envahit. Une impression de déjà-vu ?

# 7

*Journal de Thomas de Trécesson*
*8 septembre 1755*

Nous ne voyons déjà plus les côtes de l'Amérique. Un vent fort nous permet d'adopter une bonne allure et nous dépassons amplement les dix nœuds. Dans des eaux réputées dangereuses, cela nous incite à un certain optimisme. Mais le souffle qui a traversé les glaciers du Canada draine de l'air froid et des brumes. Les températures basses et l'humidité rendent la vie à bord pénible. Néanmoins, si nous poursuivons notre trajet à ce rythme, nous pourrons tenir deux mois sans avoir à souffrir d'une pénurie de nourriture. Deux mois : le temps que je me suis laissé pour la traversée.

Un constat s'impose, j'ai totalement failli à la première mission que le Roi et le Secrétaire de la Marine m'ont confiée : apaiser les relations diplomatiques avec les troupes anglaises…

Il ne me reste plus qu'à réussir la seconde : regagner la France avec mes hommes sains et saufs afin de rapporter des nouvelles de nos colonies, certes guère encourageantes.

A présent, je redoute les « mauvaises surprises » qui pourraient percer le brouillard. L'absence de visibilité aidant, ce n'est pas sans une certaine angoisse que je me surprends à guetter l'horizon.

*21 septembre 1755*

Nous naviguons depuis trois semaines, la boussole toujours tournée vers l'est et la France. Depuis une dizaine de jours, nous subissons de fortes tempêtes qui balaient l'océan sans faiblir. A midi, la houle est si grosse et le soleil si obstiné à se cacher que mes calculs de la position du *Téméraire* ne sont plus vraiment fiables. La nuit, le ciel obscurci par d'épais nuages ne permet même plus de se référer aux astres pour se diriger.

Par crainte des incendies – la houle étant très forte, les braises risqueraient de se propager –, j'ai interdit au cuisinier de cuire les aliments et à mes marins de faire du feu pour se réchauffer. L'équipage doit se contenter de repas froids, ce qui n'est pas du goût de tout le monde. Des flots puissants se déversent sur le pont supérieur et de l'eau s'est infiltrée dans le navire. Les hamacs où dorment les hommes sont détrempés. Avec l'humidité, les biscuits sont devenus le nid préféré des vers. Le Goic ne cesse de me le répéter : à bord, la colère commence à gronder.

Je dois rétablir l'ordre au plus vite et redéfinir les priorités de chacun. Aucun débordement ne sera permis à bord du *Téméraire* ! Loin des côtes, la moindre erreur peut être fatale.

*5 octobre 1755*

Nos voiles, abîmées lors de la dernière tempête, ont été taillées et recousues. Les réparations sont sommaires, mais la toile claque bien au vent et résiste à la brise qui nous accompagne. Cependant, je suis persuadé qu'elles se déchireront à nouveau à la moindre bourrasque. En prévision, j'ai réservé le second jeu de voiles dans la soute. La mer est incertaine, mieux vaut rester prudent.

L'après-midi, sur un océan redevenu bleu, nous avons croisé la route de corsaires de Saint-Malo. Des gens peu recommandables. Mes hommes se tenaient prêts à les canonner. Avant que la situation ne s'envenime de façon irréversible, j'ai préféré expliquer à leur chef que les hostilités entre la France et l'Angleterre étaient sur le point de reprendre. Tous les corsaires français seront bientôt autorisés par lettre du Roi à attaquer l'ennemi et à conserver le butin pris sur les vaisseaux et les navires marchands anglais. Etoffes rares, pierres précieuses, fourrures, rhum, ils pourront se servir en toute légalité avec le soutien officiel du Roi et de la Marine royale.

En temps de guerre, toutes les forces, même les plus viles, nous seront utiles pour l'emporter…

Après la période de vaches maigres que le *statu quo* entre la France et l'Angleterre a entraînée, leurs affaires allaient enfin repartir.

Comme les corsaires hésitaient, je leur ai promis la corde au cou s'ils persistaient sur la mauvaise voie. Pendus haut et court. « Haut » pour qu'ils soient vus de loin. « Court », car ils ne valent pas le prix de la corde pour les pendre.

Finalement, je les ai détournés du destin funeste qui les guettait et ils sont repartis vers d'autres contrées.

*15 octobre 1755*

La température est plus clémente et la mer calme. Dans les cales, l'eau douce a pris un goût amer et une couleur brunâtre. Heureusement, pour le moment, aucun empoisonnement n'est à signaler. Sûrement grâce aux cuisines récurées de fond en comble et à la chasse aux rats dont s'étaient chargés avant notre départ quelques matelots sous l'autorité de Le Goic. Tout cela m'encourage et m'amène à envisager la fin de notre traversée avec une relative sérénité.

En revanche, les journées à bord sont assez mornes. Les repas parviennent ponctuellement à briser la monotonie. Comme le temps est agréable, j'accorde à mes hommes des plages de repos plus importantes. Ils prennent du bon temps avec des jeux de cartes et de hasard. Certains chantent ou relatent de précédents périples. D'autres s'adonnent à la lecture, mais ils sont bien rares. D'autres encore se prendraient presque à regretter les intempéries. Même le sermon de notre aumônier est devenu une distraction ! C'est dire…

Mais trop d'oisiveté nuit à la discipline. Le Goic se chargera de donner l'ordre aux plus désœuvrés de brosser le pont avec du vinaigre. Ça les occupera et éliminera les salissures comme les odeurs.

*22 octobre 1755*

Nous approchons des côtes, mais de forts vents contraires nous poussent toujours plus au sud. Si nous dérivons encore le long des côtes du Portugal, royaume malheureusement allié à l'Angleterre, il nous faudra ensuite bien du temps pour remonter la péninsule Ibérique et rejoindre la France.

Le Goic craint la rencontre avec une flotte de vaisseaux anglais sur la route des Indes, une autre zone conflictuelle. Je ne peux que lui donner raison.

Et si la guerre avait été déclarée depuis notre départ des Amériques ?

*31 octobre 1755*

Terre ! La vigie l'a signalée à l'aube. Les frontières du Vieux Continent sont enfin à portée de vue. L'euphorie passée, ce que je redoutais s'est avéré. Nous nous trouvons à hauteur de Lisbonne, capitale du royaume de Portugal. Des navires marchands anglais y circulent librement. Mais en ces temps confus de paix vacillante, leurs bateaux sont escortés par plusieurs unités de vaisseaux armés pour assurer leur sécurité.

Si une bataille navale est inéluctable, j'ai pour ordre d'éviter que l'équipage du *Téméraire* ne se retrouve prisonnier. Il ne faut pas que nous servions de monnaie d'échange aux Anglais. Donc, si le pire se produit, nous devrons nous battre jusqu'au bout, sans jamais nous rendre…

Je dois également empêcher par tous les moyens la prise du *Téméraire* et qu'il ne vienne rejoindre la flotte ennemie. Malgré l'ordre que j'ai reçu par voie royale, et que je respecterai quoi qu'il advienne, la perspective de saborder *Le Téméraire* et de condamner mes hommes au cimetière marin me révulse au plus haut point.

Au loin, j'aperçois de nombreux vaisseaux anglais. Ils se découpent en amont du rivage. Je sens presque, portée par les embruns, l'odeur de la poudre prête à s'enflammer. La menace tant redoutée prend corps.

Il nous reste un espoir : ne pas être leur cible.

*1er novembre 1755*

Hier, le temps s'est rapidement dégradé. Dans la soirée, de lourds nuages noirs se sont amoncelés dans le ciel. La nuit a été épouvantable. Des grondements de tonnerre terribles m'ont réveillé en sursaut. Encore hanté par d'affreux rêves d'attaques des Anglais, j'ai cru, à chaque fois que la foudre frappait, qu'un boulet de canon fracassait la coque du navire.

Depuis les premières lueurs du jour, des vents violents soufflent en tourbillonnant et des flots furieux agitent le navire. L'horizon est très sombre. J'ai sommé mes hommes de réduire la voilure. Sans effet.

Malgré des conditions déplorables, l'aumônier est parvenu à réunir l'ensemble de l'équipage pour prononcer une oraison. Sur le pont, les hommes s'étaient rassemblés sans trop pester afin de célébrer la Toussaint.

Quand il a commencé son sermon, une pluie diluvienne s'est mise à fondre sur nous. Alors il a tonné avec plus d'acharnement encore le Credo pour faire entendre la voix du Seigneur, le doigt levé au ciel et une main agrippée à la Bible. La scène dégageait une aura étrange. Le prêtre semblait combattre des forces invisibles, démoniaques. Nous avons tous prié avec une ferveur inhabituelle pour la mémoire de nos anciens compagnons d'infortune trépassés en mer. Nous avons aussi tous prié pour ne pas les rejoindre...

Il est la demie de neuf heures. Sans horloge, il aurait été impossible de savoir si la lueur sinistre qui perce le ciel est celle de l'aurore ou du crépuscule du soir. Avant de rejoindre le pont pour diriger mes hommes dans un ultime combat, j'ai pour devoir de relater les événements qui viennent de se dérouler.

La vigie m'a informé que des bateaux anglais, profitant du tumulte, fonçaient droit sur nous. Je n'ai aucune illusion sur l'issue de ce combat, mais nous nous battrons avec loyauté et honneur.

Je suis fier d'avoir servi la France à bord du *Téméraire*.

*Thomas de Trécesson*

# 8

*Espace aérien de la région parisienne*
*Mardi 16 octobre 2012*
*5 h 50 (heure locale)*

— Monsieur… Monsieur ?

Will se réveilla, sans comprendre où il se trouvait, les yeux encore gonflés de sommeil. Le bruit d'un réacteur et le sourire de l'hôtesse le rappelèrent aussitôt à la réalité.

— Nous allons bientôt atterrir. Veuillez attacher votre ceinture.

Will s'exécuta. Le journal de bord était resté ouvert sur ses genoux. Thomas de Trécesson s'en était-il sorti ? Avait-il consigné ses derniers instants ? Will n'avait pas le temps d'en lire davantage. Il glissa le journal dans son sac.

Il était très tôt et le soleil ne s'était pas encore levé. A travers le hublot, on pouvait deviner la tour Eiffel qui brillait d'une lumière dorée. Will réalisait sa chance de séjourner de nouveau dans cette capitale magnifique.

Il aurait aimé retrouver la Ville Lumière dans d'autres circonstances. Ce congrès ne le passionnait guère. Les documentaires à la télévision avaient forgé sa conviction : ceux qui racontaient avoir vécu une expérience de mort imminente ressemblaient à des illuminés. Un peu à l'image de ceux qui, croyant la fin du monde fixée au 21 décembre 2012, s'étaient préparés à survivre à l'apocalypse, enterrés dans des bunkers. Mais Joan l'avait prévenu : son avis importait peu. De son grand reporter, elle attendait un traitement objectif : s'en tenir aux faits et uniquement aux faits.

La piste était éclairée. L'appareil entrait dans la phase finale du vol, statistiquement la plus dangereuse. Il regarda sa voisine qui avait les yeux clos et les mains crispées sur sa ceinture. Ce n'était pas le moment de lui expliquer que plus de la moitié des accidents d'avion survenaient à l'atterrissage.

# 9

*Couvent de Santa Inácia, Lisbonne, Portugal*
*31 octobre 1755*
*22 heures*

La faible lueur d'une torche dans le noir. Des relents de moisissure et d'excréments. Des murs de pierre ruisselants d'humidité. Des ténèbres encore plus profondes que la nuit.

Après avoir dérobé la clé dans le bureau de mère Clarisse, Estrela était descendue dans les souterrains du couvent, mais avait fini par se perdre dans ce dédale. Elle pataugeait dans une eau glacée, de la vapeur s'échappait de ses lèvres. Quelle direction fallait-il prendre ? La luminosité de sa torche était trop faible pour laisser entrevoir une issue.

Le souffle qui agita la flamme l'aida à deviner le chemin de sa liberté.

Des couinements transpercèrent l'obscurité. Estrela brandit sa torche en direction du bruit, l'angoisse tordit son estomac. Une multitude de rats, aussi sales que dodus, avançait vers elle. Le plus audacieux frôla sa cheville. Estrela recula. Excité par sa réaction, un autre rongeur sauta sur sa jambe. Son seul flambeau pour arme, elle le repoussa en brûlant son pelage. Un crépitement nauséabond lui donna un haut-le-cœur et un cri strident lui perça les tympans.

Les rats s'éloignèrent, mais très vite un autre son résonna dans le silence. Estrela reconnut le grincement de la trappe qu'elle venait d'emprunter. L'unique entrée pour accéder aux souterrains. Des frottements. Des chuchotements. Des silhouettes se dessinaient dans le couloir. Des flambeaux projetaient leurs ombres sur les parois. Estrela aperçut les visages cireux et grimaçants des sœurs qui progressaient vers elle.

Elle pressa le pas. Son pied buta sur un caillou dans le sol. Elle étouffa une plainte et se rattrapa *in extremis*. Elle se retourna pour évaluer la distance qui la séparait des religieuses. Ces dernières avaient gagné du terrain, s'approchaient, glapissant de haine.

— Tu ne nous échapperas pas !

Estrela accéléra. Des larmes de terreur roulaient sur ses joues. A présent, elle courait, glissant plusieurs fois sur le sol mouillé. Elle avait creusé son avance. Hors d'haleine, elle voulut ralentir, remplir ses poumons pour reprendre son souffle. Mais le claquement de sandales redoublait. La meute était toujours à sa poursuite. Estrela faillit s'avouer vaincue. Une petite voix l'incitait pourtant à continuer. A ne pas abandonner.

Une lueur au loin regonfla son espoir. Elle se mit à courir, plus vite encore. Le bout du tunnel était proche. Trente mètres… Vingt mètres… Dix mètres… Elle y était presque.

Estrela ouvrit la porte et se précipita au-dehors. La nuit était déjà tombée. Elle referma la serrure à l'aide de la clé. De l'autre côté, des poings martelaient le bois avec rage. En vain.

— Le diable s'est emparé de votre âme ! hurla la mère supérieure derrière la porte. C'est lui qui vous agite, vous fait parler, vous transporte. Je te maudis, démon ! Tu entends ? Je te maudis !

Estrela essuya ses larmes du revers de sa manche. Elle venait de franchir la porte d'un couvent qui se transformerait en ruine le lendemain.

Un carrosse stationnait devant la sortie du passage souterrain. Exactement comme le lui avait promis la princesse Marie en réponse à sa lettre. Le cocher l'attendait depuis le matin. Il l'aida à monter à bord.

Une fois à l'intérieur, elle serra dans la grande poche de son manteau blanc l'objet qu'elle était parvenue à cacher et qui lui avait causé tant de malheurs, la plaque d'un chaudron convoité par ses ennemis, prêts à tout, y compris au pire, pour le récupérer.

Le cocher lui tendit un message, écrit de la main de la princesse :

*Chère Estrela,*

*Il m'était insupportable de renoncer à vous venir en aide. Le cocher vous conduira jusqu'au port. Un vaisseau anglais vous y attend. Le commandant est un ami. Il est au courant de votre venue. Vous y serez en sécurité. Ensuite, nos chemins devront se séparer.*

*Ma sœur, je vous fais mes adieux.*

— Où est la princesse Marie ? demanda Estrela, encore essoufflée.

L'homme lui confia que celle-ci avait insisté auprès du roi pour le convaincre de passer quelques jours en dehors de Lisbonne. Finalement, il s'était laissé persuader. Après tout, précisa le cocher, la princesse Marie pouvait bien exiger cette faveur : elle était l'unique et légitime prétendante au trône puisque le roi et la reine n'avaient pas de fils.

Estrela soupira de soulagement.

— Et les habitants de la cité ? interrogea-t-elle. Où seront-ils demain ?

— Demain ? C'est samedi, jour de marché. Mais c'est aussi le 1^er^ novembre, jour de la Toussaint. Après la messe, ils iront acheter leurs provisions.

Prise de panique, Estrela demanda soudain au cocher :

— Avez-vous une épouse ? Des enfants ?

— Une femme et trois garçons. Le dernier est encore allaité par sa mère.

— Une fois que vous m'aurez déposée au port, allez les chercher sans vous attarder en chemin, et partez immédiatement ! Loin, très loin d'ici. Au-delà des sept collines de la cité. Jurez-le-moi ! Sinon un malheur terrible s'abattra sur vous et votre famille !

— Seigneur Dieu ! se signa le cocher, effrayé par les paroles de la religieuse. Je le jure, ma sœur ! Je le jure !

Sur les quais, le cocher prit congé et déguerpit à toute vitesse. Le commandant du vaisseau anglais salua Estrela avec déférence et l'escorta à bord.

— Quand quitterons-nous Lisbonne ?

— Demain, répondit le commandant, aux premières lueurs du jour.

Sur le pont, Estrela se tourna alors vers la ville endormie. Son cœur se serra de douleur. Il était trop tard pour l'évacuer. Demain, plusieurs dizaines de milliers de personnes allaient mourir.

# 10

*Paris*
*Mardi 16 octobre 2012*
*7 heures*

Anna Jensen tâtonna dans l'obscurité pour repousser l'heure de son réveil. Elle enfouit sa tête sous l'oreiller et s'enroula dans la couette. Depuis presque une semaine, elle se réveillait plusieurs fois la nuit en sursaut, le cœur battant, hantée par le même cauchemar.

Elle était épuisée, mais le sommeil s'était envolé. Elle finit par quitter à regret la chaleur de son lit. Si les vieilles fenêtres en bois de son appartement avaient un charme indéniable, elles faisaient surtout le jeu des courants d'air.

Dans la cuisine ouverte sur le salon, elle se frotta les yeux pendant qu'un double café bien tassé coulait dans un mug orné d'un Mickey rétro. L'air piteux, elle contemplait par-dessus le comptoir sa planche à dessin coincée contre la fenêtre. Depuis quelques jours, son esprit fonctionnait au ralenti, quand il n'était pas à l'arrêt.

Ça tombait mal. Patrick, son éditeur, lui avait passé une importante commande : elle devait réaliser toutes les illustrations d'un conte rédigé par une ancienne gloire du grand écran. Classique, pour ne pas dire banal, il racontait l'histoire d'un chevalier des temps modernes parcourant le monde à la recherche d'une princesse disparue.

Mais Patrick en était persuadé : la notoriété de l'auteur faciliterait la promotion du livre et en augmenterait les ventes. Pour élargir la cible des lecteurs potentiels, il avait fait appel au talent d'Anna. Sa sensibilité sublimait les textes les plus ordinaires, leur apportait un supplément d'âme, une poésie visuelle.

Café en main, Anna observa les dessins déjà réalisés. La représentation des lieux et des décors avait bien avancé. Mais elle n'était pas satisfaite du visage du chevalier. Evidemment, elle devait respecter un impératif absolu, exigé par l'auteur : le chevalier devait être beau, mais il ne devait pas ressembler à une star connue du grand public. Anna ne cherchait pas seulement à offrir à son chevalier des traits réguliers, ç'aurait été trop facile. Son but, c'était de lui donner un air expressif, profond, doux et fort à la fois, touchant et volontaire, rusé et malicieux.

*La perle rare…*

Quand l'inspiration lui manquait, elle coupait son portable et cherchait le déclic en arpentant les rues de son quartier, à la recherche du modèle idéal. Mais le week-end dernier, aucun bel inconnu n'avait fait l'affaire.

Elle jaugea la météo à travers la vitre. Le ciel était gris et les trottoirs luisaient sous la pluie. Quelques parapluies glissaient le long de la rue pour rejoindre le boulevard Saint-Germain. Ce n'était pas un temps à mettre le nez dehors. Anna soupira de dépit et décida de rester au chaud. Elle devait trouver l'inspiration ailleurs.

A trente-deux ans, elle avait choisi d'exercer son métier d'illustratrice-graphiste en free-lance. Elle aimait travailler sans contraintes horaires, dans son deux-pièces d'un immeuble ancien du Ve arrondissement, à deux pas de la place Maubert où elle aimait flâner les jours de marché. Des luminaires dans chaque recoin de son appartement et des tissus dans des teintes lin ou beige clair atténuaient la grisaille habituelle du ciel parisien. C'était son refuge.

Elle démarra son ordinateur. Peut-être trouverait-elle l'illumination en surfant sur Internet ? Elle en profita pour vérifier ses e-mails, supprimant les messages publicitaires, les ventes privées pour des vêtements de marque auxquelles elle ne se rendait jamais, les offres pour des pinceaux et tubes de peinture de qualité professionnelle, des vernissages de peintres méconnus qui rêvaient de se faire un nom dans le milieu de l'art.

Parmi ce flot de courriels impersonnels et inutiles, Caroline, sa meilleure et seule amie, lui avait laissé un message :

*Impossible de te joindre sur ton portable ! Ça fait presque une semaine que je n'ai pas de tes nouvelles. Merci de me rappeler pour me dire si tu es toujours en vie. Je passe ce soir après le boulot récupérer mes CD. J'espère que tu m'ouvriras. Sinon, je te préviens, j'appelle un serrurier !*

Caroline, célibataire en recherche de CDI ou CDD affectifs, était webmaster d'une petite chaîne de télévision dédiée à la culture. Deux ans plus tôt, elle avait aidé Anna à ouvrir un compte Twitter et à créer un site Internet un peu plus attirant que son vieux blog amateur. Grâce à son nouveau site et à une communication active et efficace sur les réseaux sociaux, Anna avait déniché de nouveaux clients. Ses revenus demeuraient irréguliers, mais ils lui permettaient d'honorer ses factures et d'éviter les coups de fil de son banquier.

D'après Caroline, c'était d'abord la photo de profil d'Anna sur Twitter qui attirait les commanditaires. L'illustratrice avait bien du mal à admettre cette vérité, vexée de constater que ses contrats ne dépendaient pas seulement de son coup de pinceau, mais peut-être aussi de ses traits avenants.

Le téléphone sonna plusieurs secondes avant qu'Anna songe à décrocher.

— Tu devais me scanner tes dessins vendredi dernier, s'inquiéta Patrick. Tu en es où ?

— J'ai bientôt terminé. Laisse-moi encore quelques jours.

— Anna, tu as déjà quatre jours de retard ! Tu as jusqu'à vendredi. Dernier délai. Si l'on veut se trouver sur les tables des librairies le jour prévu, tout doit être validé en fin de semaine.

— Je serai dans les temps.

— J'espère. Je t'attends vendredi matin avec toutes tes illustrations. Je compte sur toi !

Anna raccrocha et son ventre se serra. C'était en partie grâce aux à-valoir que Patrick lui versait qu'elle parvenait à joindre les deux bouts. Elle ne pouvait pas le décevoir.

Devant sa planche à dessin, elle agitait nerveusement le bout de son pinceau. Son cerveau bouillonnait, mais aucune idée lumineuse n'en émergeait pour se matérialiser sur le papier.

Une seule image s'imprimait dans son esprit. Une image qui surgissait des ténèbres de son cauchemar. Celle d'hommes sans visage qui la traquaient sans relâche, tels des prédateurs nocturnes pourchassant leur proie.

# 11

*Paris*
*Mardi 16 octobre 2012*
*7 h 30*

Will déposa ses affaires dans sa chambre à l'hôtel de Vendôme. Salle de bains en marbre, lit douillet et confortable, l'hôtel était idéalement situé, à deux pas du Louvre et des Tuileries. Pourtant, avec six heures de décalage horaire dans les jambes, Will n'avait qu'une envie : ôter ses vêtements et profiter de la literie. Mais le temps lui manquait.

Il prit une douche froide pour s'activer le sang et se lava énergiquement les cheveux avec un shampooing à la fleur d'oranger. Une serviette nouée autour des hanches, il décrocha le combiné et commanda un taxi auprès du standard.

A l'entrée du Palais des Congrès de la Porte Maillot, Will présenta sa carte de presse à l'hôtesse qui lui remit un badge. Près de deux mille personnes s'étaient déplacées pour assister au congrès. Etaient-elles toutes convaincues par la réalité du phénomène ou y avait-il quelques sceptiques parmi elles, comme Will ? Le journaliste était surpris de l'intérêt suscité par ce thème singulier. Il aurait pourtant dû s'en douter : jamais Joan ne lui aurait fait traverser l'Atlantique pour un sujet mineur.

Will s'offrit un gobelet de café avant de s'installer dans la salle de conférences sur l'un des rares sièges libres. Le colloque débutait dans cinq minutes.

Il en profita pour feuilleter la brochure distribuée à l'accueil et cerner les pistes qui allaient être explorées.

« On estime qu'environ 20 millions de personnes en Europe et 15 millions aux Etats-Unis ont vécu une expérience de mort imminente. Les récits de ces personnes présentent souvent des points communs. Encore tout récemment, ce phénomène était considéré comme fantaisiste. Aujourd'hui, avec la multiplication des témoignages, cet aller-retour entre la vie et la mort est devenu un véritable sujet d'étude scientifique.

« Pourquoi sont-ils revenus ? Quel a été l'impact d'une telle expérience sur leur vie ? C'est ce que nous essaierons de comprendre lors de ce colloque. »

Le premier débat portait sur le cas particulier des expériences de mort imminente dites « négatives ».

Will avait une vague idée de ce qu'avaient vécu les patients concernés. La plupart d'entre eux évoquaient la sensation de quitter leur corps, attirés par une lumière blanche, très intense, avec parfois la vision de proches disparus ou d'êtres à l'aspect angélique. A chaque fois, ces patients rapportaient un sentiment de bien-être. Une sorte de perception idéalisée du paradis, pensa le journaliste, supposant que cela correspondait aux EMI dites « positives ».

*Mais alors, les expériences de mort négatives… était-ce une vision de l'enfer ?*

Sur l'estrade, plusieurs médecins livraient leur témoignage. Mais, contrairement aux autres thèmes développés ultérieurement pendant ce colloque, aucun patient n'avait souhaité s'exprimer.

— Concernant le nombre des EMI négatives, précisa un urgentiste, on estime qu'elles représentent un petit pourcentage de 5 %.

— Pourquoi avons-nous recueilli aussi peu de récits les concernant ? questionna l'animateur.

— Parce que le phénomène reste marginal. Pourtant, il existe bel et bien, même s'il est statistiquement peu significatif. Mes confrères ont avancé le fait que les patients touchés par les EMI dites infernales n'avaient tout simplement pas envie de témoigner.

— Pourquoi ne souhaitent-ils pas s'exprimer ?

— Par peur. Peur d'être stigmatisés ou jugés. Peur d'avoir mérité de vivre ces tourments et d'être condamnés à la damnation éternelle.

L'animateur se tourna vers Jean-Claude Bapteste, un anesthésiste-réanimateur parisien réputé.

— Professeur, merci de nous honorer de votre présence. Je sais que vous avez longuement hésité avant de venir. Pourquoi avoir finalement changé d'avis ?

— Pour tenter de comprendre l'inexplicable. Et aussi pour faire avancer nos connaissances dans le domaine des EMI, un domaine encore insuffisamment exploré par la médecine. Il y a encore beaucoup à faire. Mais avant, il faudra dépasser les préjugés du monde médical, des médias et de l'opinion publique…

Will, qui se sentait visé par les propos du professeur Bapteste, se tassa sur son siège.

— C'est tout l'enjeu de ce colloque ! s'enthousiasma l'animateur. Concrètement, à quoi ressemble une EMI négative ?

Le médecin se racla la gorge, gêné :

— Tout d'abord, je tiens à préciser que je suis, depuis toujours, un athée convaincu. L'existence d'un dieu et d'une quelconque gratification divine pour les croyants n'a pour moi aucun sens. Je ne crois donc pas à l'enfer, ni au paradis. Mais, il y a à peu près huit ans de cela, j'ai été particulièrement troublé par le récit d'une de mes patientes…

— Pouvez-vous nous en dire plus ?

— Par souci du secret médical, vous vous doutez bien que je ne peux pas dévoiler son identité. Je peux juste vous dire qu'elle est une survivante du tsunami qui a frappé l'Asie du Sud-Est en décembre 2004.

— Et qui a fait un nombre incroyable de victimes.

— Près de deux cent trente mille morts, précisa le médecin.

— Que s'est-il passé avec votre patiente ?

— Elle avait été rapatriée en France par avion sanitaire. Elle était dans le coma quand elle a été admise dans mon service. Ce fut une course contre la montre pour la maintenir en vie…

# 12

*Paris*
*2 janvier 2005*
*Sept jours après le tsunami*

L'alarme retentit. Au pas de course, Bapteste parcourut le couloir jusqu'à la chambre d'Anna Jensen. Il se précipita vers l'électrocardiogramme. Tracé plat.

Eric Lambel, son assistant, le rejoignit peu après.

— Arrêt cardiaque ! hurla Bapteste. Défibrillateur !

Lambel brancha l'appareil et lui tendit les électrodes.

— Chargez !

L'appareil émit un signal perçant. Sous la décharge, le corps de la jeune femme se souleva, puis s'immobilisa.

— Aucune réaction, nota Lambel.

— Augmentez la puissance ! Chargeur à 150 !

Le corps de la jeune femme bondit, les doigts crispés sur les draps, puis retomba, inerte.

— Toujours rien, commenta Lambel, les yeux écarquillés, en fixant son mentor. On fait quoi ?

— Chargeur à 200 ! s'entêta Bapteste. Bougez-vous le cul, nom de Dieu !

Tendue comme un arc, la jeune femme semblait prendre son envol. Puis elle s'écroula, livide, sur le lit d'hôpital. Sans bouger. Sans respirer. Tous les indicateurs convergeaient vers le même verdict.

Bapteste la dévisagea. Elle semblait si paisible, comme endormie. Lambel posa une main sur l'épaule de son chef de service et se désola :

— C'est fini, professeur… On l'a perdue…

Bapteste serra les poings. Il refusait ce verdict funeste. Cette fille était revenue de l'enfer, ce n'était pas pour mourir dans ses bras ! Mû par l'espoir fou de la ranimer, Bapteste jeta les électrodes et retroussa les manches de sa blouse. Les mains croisées sur le sternum, il pratiqua un massage cardiaque soutenu.

*Un, deux… vingt-huit, vingt-neuf, trente !*

Il bascula la tête de la jeune femme, insuffla de l'air dans sa bouche, puis reprit le massage, sans relâcher la pression.

Son assistant l'observa, sidéré. Par le passé, le professeur Bapteste avait accompli des miracles. Mais, parfois, il fallait savoir accepter la sentence, l'injustice du destin. Pourquoi, cette fois, s'entêtait-il à nier l'évidence ?

— Regardez ! s'exclama Lambel en désignant l'électrocardiogramme.

Sur le moniteur de contrôle, le tracé électrique dessinait de petits pics sporadiques pour devenir peu à peu régulier. Les joues de la jeune femme commencèrent à rosir. Le médecin reconnut aussitôt cette couleur : celle de la vie qui reprenait son cours.

*3 janvier 2005*

Affairée à renouveler les poches de perfusion dans la chambre d'Anna Jensen, Roselyne, l'infirmière principale du service, leva la tête vers sa jeune consœur qui venait d'entrer :

— Alors, c'est toi la nouvelle ?

— Oui, on n'a pas eu le temps d'être présentées. Je m'appelle Noémie.

— Alors, bienvenue ! Moi, c'est Roselyne. Je ne devrais pas être là, mais j'ai dû écourter mes vacances à la demande du professeur Bapteste. Principalement pour m'occuper de cette patiente, expliqua-t-elle en désignant Anna Jensen dans le coma.

— C'est terrible ce qu'elle a vécu. J'ai vu les images à la télé. Ce tsunami, quelle tragédie !

L'infirmière principale ôta les bandages souillés pour nettoyer les plaies. Noémie ne put retenir une grimace en remarquant les cicatrices. Deux blessures, une à la cuisse et l'autre à l'épaule, avaient nécessité de nombreux points de suture. Roselyne devança les interrogations de sa jeune collègue :

— C'est du boulot d'artiste. D'ici un ou deux ans, on n'y verra plus rien.

— Vous croyez qu'elle nous entend ?

— Certainement pas ! certifia Roselyne. C'est malheureux à dire, mais un patient dans le coma, c'est comme un légume. Ça ne ressent rien.

Noémie lui lança un regard perplexe tout en collectant les compresses usagées dans une coupelle. Puis elle demanda :

— Que lui est-il arrivé ?

— Elle a subi un grave traumatisme crânien. Elle a été rapatriée en France pour entrer directement au bloc. L'opération s'est parfaitement déroulée, mais le choc a été trop rude. Elle est en réanimation à présent. Son état est stable. Vu qu'elle n'a que vingt-quatre ans, Bapteste espère qu'elle ne gardera aucune séquelle. Enfin, si elle sort un jour du coma…

— La pauvre… Comment s'est passé son rapatriement ?

— On ne t'a pas mise au courant ?

Noémie secoua la tête. Roselyne ne se fit pas prier. Les bavardages égayaient sa mission difficile pétrie de frustrations, lui permettaient d'évacuer un stress permanent et de dédramatiser les nombreuses situations tragiques auxquelles elle était confrontée à l'hôpital. Une soupape de décompression pour ne pas imploser.

— Après le tsunami, l'aide internationale a été rapidement dépêchée sur place. La France avait donné comme consigne de rapatrier en priorité les ressortissants les plus gravement atteints. Cette petite se trouvait dans un dispensaire pour mourants. Une touriste qui logeait dans le même hôtel l'a reconnue par hasard. Elle n'aurait pas survécu si elle était restée là-bas.

— Elle était partie seule ?

— Non. Elle était avec son petit ami, mais il est porté disparu, soupira Roselyne. Il ne faut pas se faire d'illusions…

— Vous pensez que c'est vraiment fini pour lui ?

— Officieusement, les secours comptent déjà les disparus parmi les victimes…

L'électrocardiogramme d'Anna s'emballa soudainement, dangereusement.

Noémie s'affola en gesticulant de façon désordonnée. La principale tâcha de garder son calme et contacta Bapteste par la ligne interne :

— Professeur, venez vite !

Bapteste injecta en perfusion un tranquillisant. Le rythme cardiaque retrouva une pulsation normale et régulière. Roselyne et Noémie échangèrent un regard, avec un mélange de soulagement et de culpabilité. Elles craignaient que la jeune femme n'ait pu, bien que plongée dans le coma, entendre leur conversation. Bapteste avait pourtant été très clair : la plus grande prudence s'imposait avec ce genre de patients, car ils pouvaient reprendre conscience à tout moment.

Bapteste saisit la main d'Anna et demanda d'un ton rassurant :

— Entendez-vous ma voix ? Si c'est le cas, essayez de serrer mes doigts ou de cligner des yeux.

Bapteste contemplait le visage impassible, guettant le moindre signe d'éveil. Mais les paupières restaient closes, la main atone, le corps immobile.

— Etes-vous réveillée ?

Soudain, les doigts d'Anna pressèrent très légèrement la main du médecin. Les yeux de Bapteste s'illuminèrent. Il se tourna vers les infirmières.

— Elle nous entend ! Il faudra prévenir ses parents.

— Ils sont dans la salle d'attente, précisa Roselyne. Ils attendent l'heure de visite. Dois-je aller les chercher ?

— Non. Attendez encore un peu. Je veux être sûr qu'elle va bien.

Il se concentra à nouveau sur sa patiente.

— Je sais que vous m'entendez. Je m'appelle Jean-Claude Bapteste, je suis médecin. Vous êtes hospitalisée à Paris. Ne vous inquiétez pas. Vous allez reprendre tout doucement le contrôle de votre corps. Cela prendra du temps, mais tout rentrera dans l'ordre. On veille sur vous.

Tout à coup, elle serra très fort la main du médecin et ouvrit de grands yeux effrayés. Des larmes coulaient sur ses joues. Elle balaya du regard les recoins de la pièce. Des murs blancs, une fenêtre, une table. Près de son lit, un homme en blouse blanche aux cheveux grisonnants était assis sur une chaise. Il la scrutait avec compassion, mais aussi avec un peu de crainte. En retrait, deux femmes se tenaient debout. Une jeune, une plus âgée. Elles semblaient bouleversées.

— Pourquoi pleurez-vous, Anna ? s'inquiéta le médecin. Vous souffrez ?

Ses lèvres tremblantes articulaient à peine quelques mots incompréhensibles, un souffle inaudible. Bapteste se rapprocha et tendit l'oreille pour écouter ce qu'elle chuchotait. Le médecin recula aussitôt et se raidit sur sa chaise, choqué par ce qu'il venait d'entendre.

# 13

*Paris*
*Mardi 16 octobre 2012*
*9 h 30*

Dans la salle de conférences, l'animateur voulut en savoir davantage :

— Donc, elle s'est réveillée, mais qu'a-t-elle dit ?

Le professeur Bapteste répéta une partie de ce qu'il avait entendu de la bouche d'Anna, huit ans plus tôt : « L'enfer existe. »

— Ses premières paroles ont été très… perturbantes, commenta l'animateur en pesant ses mots. Que voulait-elle exprimer ? Faisait-elle allusion au drame qu'elle avait vécu lors du tsunami ?

— Je ne pense pas. Ce qu'elle décrivait était très différent des images que nous avions tous pu voir dans les journaux télévisés. Mais le plus déconcertant, c'est qu'elle parlait aussi une autre langue. Une langue qu'elle n'avait pourtant jamais apprise. Ni à l'école, ni au cours d'un voyage, ni avec ses proches.

— Vraiment ? C'est fascinant ! Les capacités du cerveau humain sont stupéfiantes. Et que disait-elle dans cette langue ?

Will remarqua le silence pesant qui régnait dans la

salle. Face à un public tout ouïe, le professeur Bapteste saisit son verre d'eau et but une gorgée avant de continuer :

— J'avais commandé une traduction à l'époque, mais... je ne l'ai pas apportée...

— C'est dommage... En revanche, rebondit l'animateur, pouvez-vous nous raconter son EMI négative ? C'est l'objet de notre débat...

— Comme dans la plupart des cas, elle a vu son esprit se détacher de son corps. Mais, contrairement à ce que d'autres ont relaté, il n'y avait rien d'agréable à cela. Sentir la vie lui échapper a fait naître en elle un atroce sentiment de terreur. Elle voyait ce qui se passait dans la salle d'opération. Moi. Mon assistant. Mais très vite, la pièce où elle se trouvait s'est embrasée. Au milieu des flammes, des visages déformés et grimaçants la regardaient, s'approchaient d'elle, tels des fantômes avides de pomper son énergie. Puis une pluie noire s'est mise à tomber. Les gouttes qui s'écrasaient autour d'elle s'étiraient et rampaient vers elle, comme des langues de feu se tordant de douleur...

— Comment interprétez-vous cela ? relança l'animateur.

— Je n'en sais rien, avoua le professeur Bapteste tout aussi perplexe que son auditoire. Elle a eu beaucoup de mal à se confier. D'après elle, c'étaient les âmes des damnés. Elle ressentait à ce moment-là un profond désespoir, un terrible sentiment de solitude, d'abandon. Longtemps après être sortie du coma, elle est restée totalement désemparée, comme si personne ne pouvait la comprendre. Je reste persuadé qu'il y a un épisode dont elle n'a jamais voulu me parler.

L'animateur se pencha, désireux d'en savoir plus :

— Selon vous, à quoi se rapportait cet épisode ?

Le professeur hésita un long moment avant de conclure :

— Cela va à l'encontre de toutes mes convictions, mais... je pense qu'elle a rencontré le diable.

La double porte de la salle s'ouvrit brusquement. Un courant d'air glacial parcourut l'assemblée. Un murmure lointain, confus, s'éleva. Puis le silence retomba.

Will avait pris beaucoup de notes. Il regrettait d'avoir oublié son dictaphone dans sa valise. Il attendit la fin du débat pour aborder le professeur en aparté.

Grâce à sa carte de presse, il se faufila dans une salle réservée aux intervenants. Le professeur Bapteste échangeait avec un confrère. Will guettait la fin de la discussion. Dès que le médecin fut disponible, il s'imposa en tendant la main :

— Will Aberdeen, journaliste au *World News Corporation*. Puis-je m'entretenir quelques instants avec vous ?

— Vous travaillez pour un grand journal, dit le professeur en lui serrant la main. Que puis-je faire pour vous ?

— C'est au sujet de la patiente que vous évoquiez pendant la conférence. Vous disiez qu'elle parlait une langue étrangère. Quelle était cette langue ?

— Je crains de ne pouvoir vous donner plus de précisions. En réalité, pour être honnête avec vous, ma patiente ne le souhaite pas.

— Je vois… Mais pouvez-vous répondre à cette question : vous-même, vous maîtrisez cette langue étrangère ?

— Non. Comme je l'ai dit, je l'ai enregistrée et j'ai fait traduire la bande.

Will reprit ses notes pour citer la phrase exacte :

— Au moment où votre patiente a prononcé : « L'enfer existe », vous n'aviez pas de magnétophone avec vous ?

— Non, en effet. Mais j'ai pu comprendre ces mots parce qu'elle les a prononcés dans sa langue maternelle. Elle était consciente et réveillée à ce moment-là. Curieusement, elle ne parlait la langue étrangère que pendant son sommeil, comme si c'était son subconscient qui s'exprimait. Et c'est ce que j'ai enregistré.

Will aurait payé cher pour savoir ce qu'elle avait révélé. Ses lecteurs auraient certainement apprécié. Il se lança. Après tout, il n'avait rien à perdre :

— Votre patiente ne souhaite pas s'exprimer en public. C'est son droit légitime. Mais pensez-vous qu'il soit possible de la rencontrer ? Evidemment, si tel est son désir, je pourrais relater son expérience sans dévoiler son identité.

Bapteste le considéra avec circonspection puis regarda sa montre. Mauvais signe, songea Will. Ce geste traduisait une gêne, une impatience.

— Je suis désolé, rétorqua le professeur, mais je dois bientôt reprendre mon service à l'hôpital.

Will se demandait comment il pourrait convaincre son interlocuteur. Il s'adressa au professeur Bapteste comme on abat sa dernière carte :

— Vous disiez avoir accepté de participer à ce colloque pour faire avancer la science.

Le professeur acquiesça. Will renchérit :

— Une publication dans le *World News Corporation* permettrait de donner à votre recherche une plus large visibilité et de lui apporter le crédit qui lui manque, notamment aux Etats-Unis.

Le professeur parut réceptif à cet argument :

— Votre proposition est tentante. Mais ce n'est pas si simple. En réalité, je ne suis pas certain que ma patiente souhaite en parler. Même avec vous. Elle a mis beaucoup de temps à se reconstruire après le tsunami. Cette histoire l'a fragilisée.

— Pouvez-vous tout de même la joindre ?

— Je l'appellerai, mais je ne peux rien vous garantir. Laissez-moi vos coordonnées. Je vous tiendrai informé de sa décision.

Will flairait le bon coup. Si tout fonctionnait comme prévu, ce serait son premier entretien en tant que grand reporter, un témoignage incroyable.

*Le récit d'un aller-retour vers l'enfer. Rien que ça !*

Il sentit dans son dos un regard lourd. Il se retourna. Un homme de grande taille, en costume sombre, les cheveux coupés ras, fit volte-face puis se mêla à la foule. Will eut juste le temps de discerner une cicatrice sur sa joue.

Sans doute un gorille du service d'ordre.

N'y pensant plus, il fouilla dans son portefeuille et

nota les coordonnées de son hôtel sur sa carte de visite. Il la tendit au professeur.

Satisfait, il reprit place parmi les auditeurs pour assister à la suite du colloque. Une petite voix intérieure lui conseillait de se méfier. Il s'apprêtait à explorer un territoire dans lequel il ne s'était jamais aventuré. Il ignorait encore que tous ceux qui franchissaient cette frontière n'en revenaient jamais indemnes.

# 14

*Paris*
*Mardi 16 octobre 2012*
*20 heures*

— J'ai acheté des sushis, annonça Caroline sur le pas de la porte en présentant le plateau. J'imagine que tu n'as pas encore dîné…

— Pas encore ! s'exclama Anna, un grand sourire aux lèvres.

Caroline suivit son amie et mesura l'ampleur du désordre. Des pinceaux sales étaient abandonnés sur la table, des taches de peinture maculaient les carreaux de la fenêtre et des boulettes de papier froissé constellaient le sol.

Caroline promena son regard dans le petit renfoncement du mur perpendiculaire à la fenêtre aménagé en bibliothèque. Y étaient entreposés toutes sortes d'objets hétéroclites : des romans, des bougies parfumées, la bonbonnière en verre qu'elle avait offerte à Anna pour son anniversaire, des boutons, des clés, des trombones, des cartes de fidélité, des post-it griffonnés et tout ce qui pouvait traîner dans un appartement, mais qu'on ne savait jamais où ranger. Soucieuse, Caroline regarda discrètement à l'intérieur du sac de pharmacie posé à côté de la bonbonnière et aperçut une boîte de somnifères. Son amie avait sûrement renoué avec ses cauchemars.

Caroline se tourna vers la fenêtre et frissonna en devinant le contenu du nouveau tableau, posé contre le mur et masqué par un large pan de rideau. Il allait sans doute rejoindre les œuvres non exposées qu'Anna dissimulait dans sa chambre, sur le dessus de l'armoire. La seule et unique fois où son amie l'avait autorisée à les voir, elle avait été comme hypnotisée, bouleversée jusqu'aux tréfonds de son âme. La vue de ces peintures lui avait été extrêmement pénible. Il lui avait fallu plusieurs jours pour s'en remettre.

Elle se détourna du tableau pour ne plus y penser. Sur la planche à dessin, elle remarqua des visages crayonnés.

— Tu en penses quoi ? interrogea Anna, depuis la cuisine.

— De quoi ? Du bazar qui règne ici ?

— Non, soupira Anna, je te parle des visages sur la planche à dessin ! Je cherche des traits pour mon personnage principal. Un chevalier.

Caroline fit défiler les croquis entre ses mains et les regarda attentivement.

— Le premier… bof, pas terrible. Il a l'air un peu benêt. Mais si c'est une histoire comique au second degré, il est parfait. Le second… il me fait penser au personnage du Prince Charmant dans *Shrek*. Tu sais, le genre beau mec, mais qui, au fond, est un gros pervers.

— Génial !… se désespéra Anna. Et le troisième ?

Caroline chercha parmi les feuillets, mais ne vit pas de troisième personnage. Anna lui indiqua la table basse.

— Ah oui ! siffla Caroline admirative en s'installant sur le divan. Là, on joue en Ligue des champions ! T'as dessiné Johnny Depp, non ? Je croyais que tu ne devais pas…

— Pas de visage connu, confirma Anna, dépitée. Je suis au fond du trou…

— Mais non, c'est juste un passage à vide. Je connais ton talent. Tu vas trouver !

Caroline changea de sujet de conversation.

— Au fait, as-tu écouté le message que j'ai laissé sur ton portable ?

— Que disait-il ?

— Rien d'important. Mais je ne comprends pas pourquoi tu ne réponds jamais !

— Je l'ai coupé. Le téléphone m'empêche de me concentrer sur mon travail.

Caroline haussa les épaules. Au vu du résultat… Mais elle ne voulait pas l'accabler davantage.

— Là, en ce moment, tu ne travailles pas ?

— Ça va, concéda Anna, je l'allume…

Elle avait reçu trois messages. Le premier de Patrick, son éditeur : il ne relâchait pas la pression et lui rappelait l'heure du rendez-vous vendredi. Le deuxième, c'était Caroline qui lui demandait quels sushis elle désirait pour le dîner. Et le troisième…

Caroline observa le visage d'Anna se décomposer.

— Que se passe-t-il ?

Anna s'effondra sur le divan.

— C'est le médecin qui s'est occupé de moi. Le professeur Bapteste.

— Pourquoi t'appelle-t-il ? s'inquiéta Caroline. Un problème ?

— Non. Enfin… pas d'ordre médical. Il souhaiterait que je rencontre un journaliste, que je lui raconte mon histoire.

Caroline parut soulagée. C'était moins grave qu'elle ne l'avait envisagé.

— Tu vas accepter ?

— Raconter ce que j'ai vécu à un type que je ne connais même pas ? Donne-moi une seule bonne raison de le faire.

— Parce que ton expérience mérite d'être connue. Au fond, que crains-tu ?

— Passer pour une dingue, par exemple. Avec cette histoire, j'ai perdu la plupart de mes amis. Il ne me reste plus que toi.

— Anna, déjà, tu n'es pas dingue ! rétorqua Caroline. Et les amis dont tu parles n'en étaient pas vraiment. Tu n'as rien perdu. De toute façon, pour ce journaliste, c'est toi qui vois. Au fait, juste pour satisfaire ma curiosité, c'est qui ? Il a un nom ?

Anna essaya de se souvenir du nom cité par Bapteste dans le message laissé sur son répondeur.

— Will… Will Aberdeen, je crois. Il travaille pour un journal américain, le *World News Corporation*.

— Quoi ? Le *World News Corporation* ! Et il veut ton interview ? T'es branchée sur Internet, là ?

Anna désigna son ordinateur déjà connecté. Caroline renseigna le moteur de recherche. Elle découvrit quelques articles signés de la main du journaliste et des photos publiées sur des réseaux sociaux. Elle se renversa sur sa chaise, l'air triomphant.

— Un type canon, intelligent et sexy qui veut te rencontrer ! Non, mais je rêve ! T'attends quoi pour accepter ?

Anna s'approcha et tourna l'ordinateur vers elle. Son cœur se mit à s'emballer, troublé par le visage qui venait d'apparaître à l'écran. Non seulement c'était le visage qu'elle recherchait pour son chevalier, mais ce journaliste ressemblait à s'y méprendre à l'homme idéal. Un peu le genre Clark Kent qui se transformerait en Superman. Ce n'était pas juste un fantasme d'adolescente qui l'attirait irrésistiblement vers lui. Il y avait bien plus que cela. Même à travers l'écran, Will Aberdeen exerçait sur elle une attraction mystérieuse et indéfinissable. Et cet homme-là voulait la rencontrer ? C'était trop beau pour être vrai !

— Alors, tu fais quoi maintenant ? s'enquit Caroline.

Anna tâcha de réfléchir. Elle ne voulait pas céder à l'emballement.

— Je veux bien y aller à ta place ! lança Caroline en la prenant de court. Si tu es d'accord, évidemment. De quoi pourrais-je lui parler ? De l'élection du prochain président des Etats-Unis ? C'est début novembre, je crois. Il a une tête à voter démocrate, non ? De toute façon, le monde entier vote Obama.

— Depuis quand t'intéresses-tu à la politique ?

— Je suis prête à m'intéresser à n'importe quel sujet quand il s'agit de plaire à un mec comme lui ! Mais tu as raison, c'est toi qu'il veut rencontrer. Veinarde ! Au fait, tu vas mettre quoi ? J'espère que tu ne vas pas t'habiller comme une bonne sœur ! Assez perdu de temps ! Tu l'appelles ou je le fais pour toi ?

Anna hésita. Elle mourait d'envie de rencontrer ce journaliste, mais elle savait bien que l'objet de leur entretien n'aurait rien de romantique. Pourquoi au juste devrait-elle lui raconter son histoire ? Depuis longtemps, Bapteste cherchait à la convaincre de partager son expérience pour exorciser ses peurs. Mais il se heurtait toujours à la réticence de sa patiente, persuadée qu'affronter ses vieux fantômes ne pourrait que lui nuire. Qui sait quelle terrible vérité cela pourrait réveiller ?

Anna regarda à nouveau le visage terriblement séduisant affiché à l'écran. Après tout, elle n'avait pas besoin de tout lui avouer. Elle pouvait éviter de lui relater les détails sordides de ses cauchemars qui feraient fuir n'importe quel être sensé. Mais s'il lui posait trop de questions ? Il était journaliste. C'était son rôle de creuser.

Anna s'empara du téléphone.

— Je suis heureux de vous entendre ! répondit le professeur Bapteste. Avez-vous pris une décision ?

# 15

*Paris*
*Mardi 16 octobre 2012*
*20 h 30*

Will retourna à son hôtel, fatigué par le décalage horaire et cette longue journée passée à prendre des notes, interroger médecins et patients au colloque sur les expériences de mort imminente. Les récits étaient tous poignants, déroutants, mais l'un d'eux l'était davantage : celui du professeur Bapteste.

La faim commençait à le tenailler et il décida de repousser la rédaction de son article. Il n'avait pas la force d'affronter Paris by night pour dîner dehors et passa commande auprès du room service : cœur de rumsteak saignant accompagné de purée de pommes de terre avec surtout une double ration de sauce béarnaise, tarte fine aux pommes et sa boule de glace vanille en dessert, le tout arrosé d'une demi-bouteille de cabernet sauvignon.

Allongé sur le lit, il attrapa la télécommande pour capter CNN. En vue des élections américaines du 6 novembre prochain, Barack Obama et Mitt Romney avaient rendez-vous ce jour-là pour leur deuxième débat présidentiel. Ils devaient convaincre les citoyens américains indécis. Tout était encore jouable, la confrontation était décisive et son vainqueur verrait sûrement pleuvoir dans les urnes une majorité de bulletins portant son nom.

Will se souvenait de la piètre performance d'Obama lors de son premier duel face à Romney. Au fond de lui, il espérait que le président sortant se reprendrait et se montrerait plus persuasif.

Will zappa sur une autre chaîne d'information et tomba sur une actualité en rapport avec cet article qu'il avait lu quelques jours plus tôt :

« Le point à présent sur la mort du gardien du Musée national du Danemark et le vol survenu la semaine dernière dans la ville de Copenhague. La mort par noyade du gardien reste toujours inexpliquée. Qu'est-ce qui a poussé cet homme sans histoire à se jeter du pont ? Les policiers ont recueilli le témoignage d'un sans-abri, mais selon des sources proches de l'enquête il n'a pas été jugé suffisamment fiable. Par ailleurs, le chaudron de Gundestrup, pièce phare du musée en or et argent et datant du IIe siècle avant Jésus-Christ, a été dérobé durant cette même nuit. Sa valeur est estimée à plus de 100 millions d'euros. Il semblerait que le système d'alarme du musée ait été désactivé et les bandes de la vidéosurveillance ont été mystérieusement effacées au moment du vol. Pourquoi le chaudron a-t-il été dérobé ? D'où vient-il ? Des éléments de réponse avec Li Na Wang, notre envoyée spéciale. »

Postée devant le musée, la journaliste plantait le décor, micro en main. Puis des plans d'images se succédèrent à l'écran : des photos d'archives du chaudron, des tourbières du Danemark, des vidéos de la police scientifique s'affairant aux abords du canal où le gardien du musée avait trouvé la mort.

« Le chaudron de Gundestrup pèse près de 9 kilos, mesure 70 centimètres de diamètre et 40 centimètres de hauteur. Il est orné de nombreux motifs illustrant la mythologie celte. Il est constitué de plusieurs plaques sur lesquelles on peut notamment voir l'image d'un dieu plongeant des guerriers morts dans une sorte de cuve. L'une d'entre elles est manquante. On ne sait pas pourquoi elle a disparu, le chaudron ayant été exhumé dans cet état en 1880, dans un marécage du Jutland, à l'extrémité nord de la péninsule du Danemark. Les experts n'ont jamais pu déterminer si le chaudron avait une vocation religieuse, s'il jouait un rôle dans des rituels funéraires ou s'il remplissait une tout autre fonction. Son passé demeure, aujourd'hui encore, une énigme. Ce dont on est sûr, c'est que ce chef-d'œuvre de l'art celtique est invendable sur le marché officiel. »

Will s'interrogea. En général, c'étaient les tableaux de grands maîtres qui étaient visés par les réseaux mafieux. Ils étaient plus faciles à transporter et à revendre qu'un chaudron de cette taille.

Il changea une dernière fois de chaîne. Une série policière venait de commencer. Il regarda le début, sans trouver d'intérêt au scénario. En réalité, son esprit restait obnubilé par le journal de bord dont il avait interrompu la lecture dans l'avion. Il ouvrit le coffre-fort où il avait entreposé le précieux journal et se replongea dans les aventures du capitaine de Trécesson.

# 16

*Au large de Lisbonne, Portugal*
*1er novembre 1755*
*9 h 35 du matin*

D'effroyables secousses ébranlèrent *Le Téméraire*, comme si le navire heurtait différents écueils. Dans la cabine du capitaine, de nombreux objets s'écrasèrent sur le plancher. Thomas de Trécesson tenta de rattraper ce qu'il pouvait, mais il ne put empêcher l'encrier de se renverser sur son bureau et la coulée noire de maculer son journal de bord.

*Impossible que ce soit les Anglais ! Aucun canon, même le plus sophistiqué, ne possède un pouvoir de nuisance comparable. L'énergie est bien plus colossale, dévastatrice…*

Gêné par les débris jonchant le sol, Trécesson se fraya difficilement un chemin jusqu'au pont.

La panique était générale. Des flots se déversaient sur le pont et les hommes hurlaient pour se faire entendre. Le vent forcissait, la houle gonflait à vue d'œil, les vagues enflaient et provoquaient des creux semblables à une chaîne montagneuse. Les plus superstitieux pensaient voir un monstre marin émerger des profondeurs.

Le capitaine en rappela quelques-uns à l'ordre :

— Vérifiez qu'il n'y a pas de voies d'eau dans les cales !

Il envoya un autre groupe de matelots pour les seconder. Chaque pont devait être passé au crible. Puis il saisit le gouvernail et lutta pour reprendre les commandes. Au premier virement de bord, le navire s'inclina dangereusement et les mâts rasèrent les crêtes d'écume. Trécesson craignait qu'une de ces lames géantes ne vienne frapper *Le Téméraire* de travers : il chavirerait, roulerait sur lui-même, l'eau s'engouffrerait et le navire coulerait à pic.

Un grondement incroyable domina le fracas de la tempête. Tout l'équipage les vit alors apparaître, à environ un mille de distance. Trois murs d'eau. Vertigineux. Dépassant les vingt-cinq mètres. Peut-être trente. Le sang du capitaine se glaça. De mémoire d'homme, il n'avait jamais vu un phénomène aussi extraordinaire.

Il fallait tenter le tout pour le tout et orienter *Le Téméraire* face au vent. Percuter les vagues en frontal, la proue en avant, et espérer un miracle pour s'en sortir. Trécesson connaissait les risques d'une telle manœuvre et alerta ses hommes :

— Tous aux abris ! Je ne veux voir personne sur ce pont !

Seul son second demeura à ses côtés.

— Le Goic, ne restez pas là ! Courez vous mettre à couvert.

— Je refuse. Je ne vous abandonnerai pas.

— Ne soyez pas buté, bon sang ! Si je viens à disparaître, vous êtes la seule personne qui peut reprendre les commandes du *Téméraire*. Puisque vous êtes là, ramassez ces cordages et utilisez-les pour attacher mes poignets au gouvernail. C'est le seul moyen de maintenir le cap.

— C'est insensé ! s'offusqua son second. Je ne puis accepter.

— C'est un ordre !

Leurs échanges étaient souvent tendus, mais Le Goic avait toujours voué une sincère admiration à Trécesson. A contrecœur, il finit par obtempérer et attacha son capitaine, les bras en croix, solidement fixés au gouvernail, tel un supplicié offert en sacrifice à Poséidon.

— Fuyez ! hurla le capitaine.

*Le Téméraire* n'avait jamais aussi bien porté son nom. Il escaladait avec agilité et audace l'océan tourmenté. Le navire, solide comme un roc, résistait à cette course folle.

Le capitaine serra les dents quand l'hydre à trois têtes surgit enfin. Le navire gravit lentement la première vague, une pente abrupte, pour atteindre le sommet, puis il descendit à toute vitesse le versant opposé. La proue du *Téméraire* avait tout juste eu le temps de se redresser quand la deuxième vague se présenta. Le vaisseau s'élança avec fureur et percuta le sommet de la falaise d'acier. L'impact fut terrible. Plusieurs tonnes d'eau explosèrent sur le pont. Le capitaine fut projeté en arrière. Le choc, d'une violence inouïe, lui déchira le cœur. Les cordages qui le maintenaient au gouvernail cisaillaient ses poignets. Mais, à nouveau, *Le Téméraire* parvint à franchir l'obstacle.

La troisième vague apparut alors. Une montagne d'une puissance surnaturelle, prête à engloutir toute âme se dressant devant elle. Trécesson sentit sa fin proche et leva les yeux au ciel.

— Seigneur, ayez pitié de nous…

Un brouillard âcre et tenace envahit l'atmosphère. Une odeur de brûlé et des vapeurs fétides le prenaient à la gorge. Le capitaine plissa les yeux et balaya l'air empoisonné, mais rien ne se détachait du néant. Ici, les frontières qui séparaient le ciel, la terre et la mer semblaient n'avoir jamais existé.

— Cette puanteur… Cette solitude… Est-ce donc cela l'enfer ? se lamenta Trécesson à voix haute. Ai-je tant péché pour subir de tels tourments ?

Sa tête le faisait horriblement souffrir et son esprit s'égarait.

— Capitaine, est-ce vous ?

Trécesson reconnut la voix. C'était celle de Jean Coutras. Un matelot originaire de Vendée, d'une loyauté sans faille.

— Coutras ? Coutras, où êtes-vous ?

— J'arrive, mon capitaine !

— Oh… Jean… pauvre et fidèle compagnon… Vous voir ici… Cette nouvelle m'attriste. Vous étiez pourtant un brave homme ! En même temps, je suis si heureux de ne pas être seul…

— Je ne comprends pas, mon capitaine.

— Allons, Coutras, vous ne réalisez pas ? Ne sentez-vous pas cette abjecte exhalaison ? L'odeur du soufre ardent et de la chair brûlée ? Nous sommes morts ! Condamnés à subir les affres de l'enfer ! Mon pauvre Jean, c'est bien là la preuve de notre damnation !

— Pardonnez-moi, mon capitaine, mais nous ne sommes pas seuls…

— Quoi ? Ils sont là ? Ils viennent nous chercher ? Ne me dites pas qu'un pire cauchemar nous attend et que les démons sont déjà à nos trousses !

— Je ne sais pas si ce sont des démons ou de pauvres diables, mais ils ne devraient plus tarder à nous rejoindre. Beaucoup d'hommes sont encore secoués. Certains sont blessés, mais je crois qu'aucun mort n'est à déplorer. Vous avez été sonné par le choc, mais, tout comme moi, vous êtes bien en vie !

— En vie, dites-vous ? Mais alors, quel est ce chaos ?

— Je l'ignore, mon capitaine… Attendez-moi, je cours prévenir le chirurgien.

— Non ! Parlez-moi encore, Coutras. Racontez-moi ce qui s'est passé.

Tandis que Coutras relatait les derniers événements survenus à bord du *Téméraire*, le capitaine reprit peu à peu ses esprits et remarqua que ses poignets avaient été détachés du gouvernail. Coutras avait coupé ses liens alors qu'il était encore inconscient.

Rassuré par l'état de son capitaine, le matelot fila chercher le chirurgien. Peu après, celui-ci s'agenouillait pour l'ausculter. Il observa les profondes entailles aux poignets. Les autres blessures étaient superficielles.

— Capitaine, vous êtes un homme robuste. Après une journée de repos, vous pourrez reprendre les commandes du navire.

— Et mes hommes ?

— Certains sont encore ébranlés, trois souffrent de membres brisés, mais ils s'en remettront.

L'aumônier qui venait d'arriver sur le pont se signa.

— Seigneur, merci pour ce miracle !

Le Goic apporta une couverture de laine pour réchauffer le capitaine. La nouvelle se répandit rapidement. Les marins qui tenaient encore debout se pressèrent sur le pont. Tous baissaient la tête par gratitude.

Le Goic prit la parole, tâchant de se montrer à la hauteur de ce moment solennel, mais sa voix tremblait :

— Capitaine, je m'adresse à vous au nom de l'équipage du *Téméraire*. Nous sommes heureux de vous savoir toujours parmi nous. Si nous sommes aujourd'hui tous en vie, c'est grâce à vous. Nous vous serons éternellement reconnaissants.

Tous applaudirent le héros, plusieurs essuyant même les larmes d'émotion qui brillaient dans leurs yeux.

Une demi-heure plus tard, malgré les recommandations du chirurgien, Trécesson inspectait le navire pour constater les dégâts. Le brouillard demeurait persistant, mais son courage l'était davantage. La voilure devait être remplacée et il se félicita d'avoir conservé un jeu de rechange dans les soutes. Ebahis par la détermination de leur capitaine, les hommes du *Téméraire* s'inspirèrent de sa bravoure pour se remettre au travail : ils ramassèrent, colmatèrent et réparèrent ce qui avait rompu lors de cette incroyable tempête.

Soudain, la vigie hurla :

— Les Anglais ! A tribord !

Les hommes se précipitèrent au bastingage, scrutant les épaisses nappes de brume qui barraient l'horizon.

Un bâtiment de guerre émergea du brouillard. Ses voiles abîmées flottaient au vent, la gigantesque déesse à la chevelure abondante qui ornait la proue avait le visage mutilé, et un drapeau anglais en berne sur le mât s'agitait faiblement. Le vaisseau glissait en silence et fonçait droit sur eux.

La panique s'empara des hommes à bord du *Téméraire*. Le capitaine se précipita sur le gouvernail et vira de bord *in extremis*. Il évita la collision de justesse. Toutefois, lors de la manœuvre, tous notèrent le même fait étrange : il n'y avait aucune trace d'équipage sur le pont. Le vaisseau fantôme voguait à la dérive. Tous les membres du *Téméraire* avaient cependant eu la même vision : celle d'une silhouette blanche et éthérée sur le gaillard d'avant qui s'était évanouie.

Trécesson prit Le Goic en aparté qui suggéra de poursuivre leur route vers la France, sans s'arrêter. Thomas de Trécesson trancha :

— Nous allons l'aborder !

— Vous n'y pensez pas ? s'écria Le Goic. Les hommes ont cru voir un esprit sur ce vaisseau. Ils ont peur !

— Je ne crois pas aux fantômes. Allons, Le Goic, ressaisissez-vous. Ce navire a subi une grave avarie. Rien d'autre.

— Et si c'était un piège ? Et si le commandant anglais et ses hommes se tenaient en embuscade ? Peut-être qu'ils espèrent justement qu'on les accoste pour nous attaquer et tenter de s'emparer de notre bateau.

— Pour songer à une telle manœuvre, il faut avoir le cœur perfide…

— Sauf votre respect, capitaine, ce sont des Anglais !

— Nous devons tout de même vérifier qu'il n'y a aucun survivant à bord.

— Pourquoi ne pas les abandonner à leur sort ?

— Parce qu'on ne traite pas des marins ainsi ! Quand bien même ils appartiendraient à un pays ennemi. Par ailleurs, nous ignorons toujours si la France et l'Angleterre sont entrées en guerre. Peut-être que ce vaisseau détient quelques missives susceptibles d'y répondre ? Vous êtes à mes côtés ?

Le Goic maugréa, mais finit par se ranger à l'avis du capitaine.

Trécesson et Le Goic réunirent tout l'équipage sur le pont.

— La situation est inhabituelle, annonça le capitaine. Nous allons aborder ce bâtiment avec la plus grande prudence. L'équipage est soit mort, soit blessé, soit dissimulé sous le pont. Ne tuez personne, sauf pour vous défendre. Si des Anglais se cachent, attrapez-les vivants !

Dix matelots lancèrent des grappins sur le bateau fantôme pour le placer parallèlement au leur. Bardés d'armes de poing, les hommes du *Téméraire* s'apprêtaient à aborder le vaisseau ennemi. Ils étaient anxieux, mais ce n'était pas tant des vivants qu'ils craignaient la rencontre que de la silhouette spectrale.

— Fouillez le vaisseau ! lança Le Goic. Pont inférieur, gaillards, soutes, galerie… N'oubliez rien !

L'équipage se rendit rapidement à l'évidence. Plus aucune âme ne se trouvait à bord : les Anglais avaient disparu. L'alerte fut déclenchée : la coque étant percée, le navire menaçait de sombrer.

Le capitaine pénétra dans sa cabine et nota la position exacte du naufrage sur son journal de bord.

Les filins qui les reliaient au vaisseau anglais furent coupés à la hâte. Ce fut alors que sous les yeux ébahis de leurs camarades, deux hommes regagnèrent le pont du *Téméraire* en escortant un prisonnier. Plutôt menu, celui-ci portait un long manteau blanc dont la capuche dissimulait son visage.

Trécesson quitta son bureau et interrogea ses deux hommes.

— Il était caché dans la cabine du commandant, raconta l'un des deux matelots. Il n'a pas fait d'histoires, mais il a refusé de montrer sa figure. Comme il semblait inoffensif, on n'a pas insisté.

Le capitaine avança vers le mystérieux personnage et lui demanda de se découvrir. Il lui promit que s'il se montrait coopératif, il ne lui arriverait rien. Le prisonnier, toujours tête baissée, répondit :

— Je vous croirai si vous le jurez sur votre roi.

Le capitaine fut surpris. Le prisonnier possédait une voix étonnamment douce et mélodieuse. Et il maîtrisait parfaitement le français. Spontanément, Trécesson répondit :

— Je le jure sur mon roi !

Le détenu hésita avant de se soumettre. Puis des mains fines et pâles repoussèrent lentement le tissu. De longs cheveux aux reflets d'ambre retombèrent sur ses épaules, encadrant un visage de madone.

*Une femme !*

Pantois, l'équipage éprouvait une admiration mêlée de crainte. Un marin méfiant chuchota à son voisin :

— Une telle beauté sur un vaisseau ? C'est forcément malhonnête…

— La beauté du diable, oui ! enchaîna un autre.

— Une femme sur un bateau, c'est le malheur qui s'abat sur l'équipage ! Regardez ce qui est arrivé aux Anglais !

— Une sorcière, j'vous dis !

— C'est elle qui les a conduits à leur perte ! Débarrassons-nous-en avant que ce soit notre tour !

Le capitaine bondit sur le poste de commandement :

— Silence ! Chassez de vos esprits ces superstitions ridicules ! Cette femme détient sûrement des informations importantes.

Le capitaine tenta de rassurer la jeune femme en s'engageant à assurer personnellement sa protection. Il l'invita dans sa cabine et lui proposa de s'installer dans un fauteuil face à son bureau. La nouvelle venue regarda autour d'elle. Avec la tempête, un grand désordre avait investi les lieux, mais la cabine était décorée avec goût : parquet en acajou, tentures, draperies, moulures, lampes d'argent suspendues au plafond. Le capitaine repoussa les instruments de navigation qui encombraient la table et commença l'interrogatoire.

A l'instant où il croisa son regard, le trouble l'envahit. Jamais une femme n'avait suscité en lui un si profond émoi. Des traits réguliers, des yeux magnifiques, profonds et attachants, d'une couleur indéfinissable. Elle ressemblait à une fée, une nymphe à l'air vulnérable. En ce moment précis, il sentit son destin sur le point de basculer.

Il rajusta son col pour se donner une contenance et s'évertua à poser ses questions sur un ton calme et posé.

— Je me nomme Thomas de Trécesson et je suis capitaine de ce navire. Qui êtes-vous ? D'où venez-vous ?

— Appelez-moi Estrela. Je viens du couvent de Santa Inácia, à Lisbonne.

— Une religieuse ? Que faisiez-vous à bord ?

Elle détourna le regard et demeura muette.

Le capitaine n'insista pas, pour ne pas l'importuner davantage. Elle était sûrement très affectée par sa mésaventure. Aussi préféra-t-il se montrer patient : il gagnerait petit à petit sa confiance.

— Que s'est-il passé à bord du vaisseau anglais ?

La jeune femme le regarda droit dans les yeux, gardant toujours le silence. Elle semblait terrifiée. Il reformula sa question :

— Pouvez-vous m'expliquer où sont passés tous les membres de l'équipage ?

— L'équipage était sur le pont quand… une énorme vague les a tous emportés.

La voix de la jeune femme s'altéra au point de surprendre le capitaine.

— Beaucoup d'autres ont péri…

— Quels autres ?

Elle secoua la tête, comme pour effacer de terribles images.

— Estrela, de qui parlez-vous ?

— Des milliers d'innocents ! Je les entends, gémit-elle, les mains collées sur les oreilles. Les hurlements des femmes. Des enfants. Les maisons en flammes !

— Pouvez-vous m'expliquer ? s'obstina le capitaine, médusé par sa réaction.

La jeune femme abandonna son fauteuil et courut vers le pont. Le capitaine la suivit et avisa ses hommes d'un signe. Tous s'écartèrent pour leur ouvrir le passage.

Ses longs cheveux fouettés par le vent, elle pointa son doigt vers l'horizon et prononça une sentence funèbre :

*Lorsque le jour des saints honorera l'automne,*
*La terre tremblera sous des murs effondrés,*
*Tous les flots de la mer submergeront Lisbonne,*
*Que les feux de l'enfer finiront de brûler.*

Soudain, les brumes se dissipèrent, comme soumises à un puissant sortilège. Sur des ruines rougeoyantes, un gigantesque brasier ravageait la cité. Lisbonne était méconnaissable, semblable à une vision de l'enfer. Les quatre éléments s'y livraient à une danse macabre : terre, feu, mer et vent, tous couleur de sang.

# 17

*Place Saint-Sulpice, Paris*
*Jeudi 18 octobre 2012*
*14 h 45*

Will patientait à la terrasse du Café de la Mairie, que se partageaient touristes sensibles au charme de cet établissement typiquement parisien et habitués. La veille, alors qu'il relisait ses notes, un appel du professeur Bapteste avait piqué sa curiosité. Celui-ci l'informait qu'Anna Jensen avait finalement accepté de le rencontrer. Le rendez-vous était fixé dans ce café, aujourd'hui, à 14 h 30. Mais elle avait quinze minutes de retard. Avait-elle changé d'avis ?

Le serveur vint enlever la tasse vide. Il allait et venait en regardant Will avec insistance. Les tables en terrasse avec vue sur la fontaine et l'église étaient très prisées. Monopoliser une place sans consommer était mal vu. Will commanda un nouveau café afin d'éviter un incident diplomatique.

Pour tuer le temps, il consulta les informations sur son smartphone. Un nouveau sondage donnait Obama vainqueur du second débat qui l'avait opposé à Romney. Le face-à-face avait été vif et le président sortant s'était montré plus combatif. Les équipes de campagne des deux adversaires avaient également investi en force le réseau Twitter : les échanges très musclés avaient atteint un total de 7,2 millions de commentaires durant l'affrontement.

Will lut ensuite ses e-mails. Joan le félicitait pour son premier article sur le colloque. Sauf imprévu, il pourrait regagner New York ce week-end. Dans un autre message, Mark s'inquiétait gentiment de connaître les effets de son pouvoir de séduction sur les Parisiennes. Enfin, Will fut touché par celui de sa mère : elle n'avait pas osé l'appeler pour ne pas le déranger. Elle souhaitait simplement avoir de ses nouvelles et se gardait d'évoquer leur dernière discussion. Aussitôt, Will lui écrivit pour la rassurer : oui, il était bien arrivé à Paris, non, le temps n'était pas très beau, même si le soleil pointait parfois derrière les nuages et, non, il n'était pas trop fatigué par le voyage. Lui aussi préféra éviter le sujet épineux de sa conception. Ce n'était ni le moment ni le lieu.

Il téléphona ensuite à Mark.

— Alors, vieux ! Elles sont comment, les Parisiennes ?

— Très élégantes. Je suis sûr que tu les trouverais à ton goût. Mark, en fait, je t'appelle pour que tu me rendes un service.

— Demande toujours.

— Est-ce que tu peux m'envoyer tout ce que tu peux trouver sur un événement qui aurait eu lieu le 1er novembre 1755 au large de Lisbonne ?

— Au Portugal ? Quel rapport avec l'article que t'a demandé Joan ?

— Aucun. C'est personnel.

— Tu ne peux pas m'en dire plus ?

— Non. Je veux juste vérifier un truc.

— OK. Je t'envoie ce que je trouve par e-mail.

Lorsque Will raccrocha, une jeune femme ravissante se tenait devant lui. Un rayon de soleil dorait ses cheveux et un sourire timide se dessinait sur ses lèvres délicatement ourlées. Quand leurs yeux se croisèrent, son cœur palpita avec violence comme s'il avait reçu un uppercut venu de nulle part, une sensation très puissante, irrationnelle, au-delà de l'attrait physique.

— Monsieur Aberdeen ?

— Heu… oui, bafouilla-t-il. Vous êtes Anna, Anna Jensen ?

— C'est bien moi, dit-elle en lui tendant la main.

Will se mit debout et sourit béatement en lui serrant la main.

— On… on ne s'est pas déjà vus ? demanda-t-il sans pouvoir la quitter du regard.

— Je ne crois pas, non… Désolée pour le retard.

— Ne vous excusez pas. Je vous en prie, asseyez-vous.

Will lui proposa de commander un verre, le temps de reprendre ses esprits.

Pendant qu'elle sirotait son Coca light les yeux baissés, il en profita pour la dévisager à loisir. Il ressentait quelque chose de vraiment spécial, rare, qu'il n'avait jamais connu auparavant. Se sentant observée, elle lui sourit, gênée, puis détourna le regard pour admirer le panorama.

— J'aime beaucoup ce lieu, dit-elle.

— Moi aussi…

— Vous connaissiez ?

— Oui. J'ai vécu un an à Paris, pendant mes études. J'ai beaucoup aimé mon séjour en France. Peut-être que je vous ai croisée à cette occasion...

— Peut-être...

— Elle est très belle, cette église, fit Will en désignant l'édifice sur sa gauche.

Pendant qu'il parlait, son attention s'était détournée d'Anna. Elle en profita pour le regarder à son tour. Il était encore plus beau que sur les photos. Ses yeux avaient la couleur intense d'un ciel d'orage et ses mèches sombres lui donnaient l'air d'un apollon ténébreux. Un sentiment nouveau la submergea. Un sentiment aussi excitant qu'imprévisible, qu'elle tenta d'étouffer en reprenant une gorgée de soda glacé.

— Vous avez de la chance de pouvoir l'admirer. Il n'y a pas si longtemps, elle était en rénovation et des échafaudages dissimulaient la façade.

Will laissa son regard vagabonder entre le monument et le centre de la place où l'eau jaillissait de la fontaine. Puis il posa son magnétophone sur la table.

— Ça vous ennuie si j'enregistre notre conversation ?

— Si vous y tenez... Mais avant de publier l'article, promettez-moi un droit de regard sur ce que vous écrirez. Je ne souhaite pas que mon nom apparaisse.

— Pas de problème. Je respecterai votre volonté.

Il prit un air grave :

— Anna, croyez-vous en Dieu ?

Troublée, elle répondit :

— Quand je vois les atrocités qui se produisent sur terre, je ne comprends pas comment un Dieu puissant et miséricordieux les laisserait s'accomplir... Et vous, quel est votre avis ?

Will réfléchit. Il n'avait pas d'avis tranché et définitif sur l'existence d'une puissance supérieure.

— Pour être honnête, je crois qu'il ne faut pas trop compter sur lui. Mais, si Dieu existe, peut-être qu'il compte sur nous... Durant votre sommeil, avança Will, Bapteste a raconté que vous parliez une langue étrangère. En avez-vous gardé le souvenir ?

Cette question arracha Anna à ses pensées et la tournure de la conversation la rappela brutalement à la réalité. Elle infirma d'un signe de tête.

— Vous ne vous souvenez de rien ? Pas même de la langue que vous parliez ?

— C'était une langue ancienne. Enfin, je crois. C'est ce que le professeur m'a rapporté.

— Une langue ancienne ? Vous voulez dire : une langue qui n'est plus parlée de nos jours ?

— C'est ainsi que je l'ai interprété.

— En revanche, vous vous souvenez de votre expérience de mort imminente. Bapteste a dit que vous étiez consciente lorsque vous vous êtes réveillée du coma. Vous avez même dit...

— Je sais ce que j'ai dit, coupa Anna en pinçant les lèvres.

— Vous ne souhaitez pas en parler ?

Encore marquée par cette épreuve, elle secoua doucement la tête. Les années avaient passé, mais la blessure demeurait très sensible. L'évoquer était pour elle extrêmement douloureux. Contrairement à sa façon habituelle de mener un entretien, Will ne s'obstina pas.

— Anna, si ce n'est pas indiscret, quel âge aviez-vous au moment du tsunami ?

— Vingt-quatre ans. J'étais assez naïve pour partir au bout du monde avec un homme que je connaissais à peine.

— Votre petit ami… Il est décédé là-bas ?

— Il n'est pas mort ! s'exclama Anna.

Will fronça les sourcils. Un élément lui avait-il échappé ?

— Pardon, j'ai cru que…

— Je l'ai cru longtemps, moi aussi, concéda-t-elle. Il était porté disparu mais un an plus tard, j'ai appris qu'il était en vie.

— Que fait-il maintenant ?

— Il est toujours dans l'import-export. A l'époque, il avait des ennuis avec ses fournisseurs. Des retards de paiement. Finalement, j'imagine que sa disparition l'arrangeait bien. Mais je n'ai jamais vraiment cherché à savoir.

— Pourquoi vous êtes-vous séparés ?

— Nous avons évolué différemment.

— A-t-il essayé de renouer avec vous ?

— Oui, avoua-t-elle, tracassée. Mais je ne suis plus la même.

— Qu'est-ce qui a changé en vous ?

Elle poussa un long soupir. Une partie d'elle-même avait envie de se libérer de son secret, de relater ses cauchemars, ses terreurs nocturnes, de montrer les tableaux effrayants peints au saut du lit. Mais elle redoutait plus que tout de le faire fuir.

— Avant l'accident, je travaillais dans une banque, comme conseillère. Plus je vendais de services aux clients, plus je touchais de primes. J'avais vite compris les règles du jeu et je gagnais correctement ma vie. Après le tsunami, je me suis remise en question.

— Pourquoi ?

— J'ai ouvert les yeux. J'étais fière auparavant de faire partie d'un vaste système sur lequel, à ma petite échelle, je croyais agir. En réalité, je n'étais qu'un simple pion sur l'échiquier. Les valeurs auxquelles j'accordais de l'importance n'en avaient plus.

— Quelles valeurs ?

— Celles que nous partageons tous, que nous pensons indispensables à notre bonheur. Vous n'imaginez pas à quel point nous sommes prévisibles. Tout ce que nous réalisons dans la vie est conditionné par ce que la société nous a inculqué depuis que nous sommes nés.

Will l'écoutait avec un grand intérêt, mais il pensa à ses lecteurs. Il fallait recentrer le débat sur le tsunami.

— En 2004, cette tragédie a fait un nombre considérable de victimes. Que ressentez-vous en tant que survivante ?

Anna enfonça, avec la paille, les glaçons qui flottaient dans son verre. Tôt ou tard, ils finiraient tous par se dissoudre et disparaître. A commencer par les plus petits. Une image du destin de l'humanité ! Elle répondit à Will par une autre question :

— Saviez-vous que parmi toutes ces victimes figurait une majorité d'enfants ? Que des dizaines de milliers d'innocents ont été fauchés en l'espace de quelques instants ?

— C'est en effet ce que j'ai lu…

— Je vais vous dire ce que je ressentais en tant que survivante : je ne comprenais pas pourquoi, moi, j'avais été épargnée. Etais-je meilleure que ceux qui avaient péri ? Qu'avais-je fait de plus pour être digne d'être sauvée ? J'avais beau y réfléchir, retourner la question dans tous les sens, la réponse était toujours la même : je n'avais rien fait, absolument rien, pour mériter plus qu'un autre d'être en vie. Aujourd'hui encore, cette tragédie me paraît totalement injuste, arbitraire. Si Dieu existe, croyez-moi, ça fait longtemps qu'il nous a oubliés !

— Anna, je ne sais pas si cela va soulager votre conscience, mais beaucoup de gens qui ont survécu à une catastrophe ressentent, comme vous, une profonde culpabilité. Je vous le dis sincèrement, tel que je le pense : ce n'était pas votre faute, ni votre heure.

— Pas mon heure ? Donc vous pensez que tout est joué d'avance ? Que l'heure de notre mort est déjà écrite et que, quoi qu'on fasse, la finalité sera toujours la même ?

— Non ! En vérité, je n'en sais rien, soupira-t-il en signe d'impuissance. C'est peut-être le destin…

Ils restèrent silencieux. Will rebondit sur un autre sujet :

— Vous travaillez toujours dans le secteur bancaire ?

— Plus maintenant. Quand j'ai quitté l'hôpital, j'ai repris mon poste. J'ai recommencé à faire ce pour quoi j'avais été engagée : vendre des services, proposer des placements, faire du chiffre… Mais le cœur n'y était plus. Je ne me sentais plus à ma place, voire en total décalage avec celle que j'étais avant. J'ai négocié mon départ et suivi une formation pour me lancer dans le dessin. A présent, je suis illustratrice-graphiste, un métier que j'avais toujours voulu exercer. Je travaille à mon compte, chez moi.

La vie avait offert à Anna une seconde chance, pensa Will, et il avait fallu qu'elle subisse ce terrible drame pour trouver enfin sa voie. Mais le journaliste se demandait si son isolement était subi ou délibérément choisi.

— Pourquoi ne travaillez-vous pas en entreprise ? Une agence de communication, par exemple ?

— Je préfère rester dans mon appartement, éluda-t-elle sans donner d'explication.

— Que dessinez-vous ?

— Un peu de tout. Je réalise la plupart de mes dessins en fonction des commandes de mes clients. Des illustrations de contes pour enfants, des couvertures de livres, des plaquettes publicitaires. A titre privé, je peins aussi des tableaux, une passion dévorante, lâcha-t-elle en regrettant aussitôt d'en avoir trop dit.

— J'aimerais beaucoup les voir, ces tableaux.

— Je ne suis pas certaine que vous les apprécieriez.

— Je parie le contraire ! J'espère qu'un jour, vous pourrez vivre de votre passion.

— Les exposer au grand jour, ce serait me mettre totalement à nu. Je ne suis pas sûre d'être prête pour ça. Peut-être même que je ne le serai jamais...

*Elle a dû y mettre toute son âme...*

Au cours de leur entretien, Will remarqua qu'Anna ne prononçait jamais le mot « coma », comme s'il était tabou. Elle n'évoquait pas plus son expérience de mort imminente, ni son « séjour » en enfer. A quoi cela ressemblait-il ? Ses lecteurs voudraient sûrement le savoir…

— De quoi vous souvenez-vous, juste avant l'accident ? Y a-t-il un événement qui vous a marquée quand vous étiez en Thaïlande ?

Anna réfléchit. Tout à coup, un flot d'images surgit de sa mémoire.

— Je me souviens des éléphants.

— Les éléphants ? répéta Will, surpris par cette réponse.

Une ombre de tristesse voila le visage de la jeune femme.

— Nous n'avions pas su décrypter leur message…

## 18

*Koh Phi Phi, Thaïlande*
*25 décembre 2004*
*Veille du tsunami*

— Anna, dépêche-toi ! On va rater la navette !

Son petit côté macho l'avait attirée. Au début, du moins. Mais elle ne supportait plus la façon dont Xavier lui parlait, l'infantilisant, la rabaissant au rang de petite chose fragile. Ces vacances devaient être source de plaisir, de détente, d'insouciance. Elle avait surtout eu droit à l'humeur ombrageuse et aux remarques désobligeantes d'un homme dont elle pensait être amoureuse. Sur cette île paradisiaque, où toute échappatoire était impossible, Anna avait découvert une autre facette d'un homme dont elle pensait être amoureuse. Elle n'avait pas envisagé qu'il révélerait un caractère aussi pénible et cynique.

La météo annonçait un soleil de plomb et une température avoisinant les 30 °C. Anna enfila un short, un tee-shirt, récupéra ses lunettes de soleil, son appareil photo, et quitta la chambre en claquant la porte.

La nature luxuriante et les falaises majestueuses dominaient la mer d'Andaman. Des taxis-pirogues glissaient sur les eaux turquoise. Des touristes doraient sur des transats sur la plage de Loh Dalum, un croissant de sable blanc bordé de palmiers.

A bord de l'une de ces embarcations, Anna mitraillait le paysage tout en repoussant sa chevelure que le vent rabattait sur son visage. Elle ratissa le fond de son sac en toile pour dénicher une barrette et releva ses cheveux en chignon. Cette coiffure mettait en valeur ses grands yeux clairs. Elle tenta en vain de s'écarter de Xavier pour éviter la main possessive qu'il posa sur ses hanches.

— Nous sommes arrivés ! informa le pilote du bateau avec un sourire chaleureux.

Des dresseurs thaïlandais les conduisirent jusqu'à l'enclos des éléphants, un lieu retiré de la plage, au cœur de la forêt tropicale. Anna ignorait totalement où elle mettait les pieds, mais elle eut très vite un mauvais pressentiment. C'est Xavier qui avait insisté pour qu'ils participent à cette excursion.

— Tu as peur ? ricana-t-il.

Résignée, Anna haussa les épaules. En chemin, les cornacs rassuraient les vacanciers pour dissiper leur appréhension : les pachydermes étaient choisis pour leur âge avancé et leur caractère calme. Il n'y avait aucun risque.

Dans l'enclos, les éléphants enchaînés par une patte montraient pourtant des signes d'anxiété. Anna sentit l'inquiétude gagner les dresseurs. Mais Xavier avait déjà pratiqué ce type d'excursion et il voulait que ça se sache. Il brava les consignes de sécurité et, sans y avoir été invité, avança vers l'une des bêtes. Anna le mit en garde :

— Ne fais pas ça !

Effrayé, Xavier recula d'un bond. L'animal qu'il venait d'approcher avait subitement été pris d'une pulsion incontrôlable, barrissant et secouant la tête, cherchant à l'atteindre de ses défenses. Il brisa la chaîne et disparut à vive allure dans la jungle, en direction des collines. Ses congénères s'affolèrent les uns après les autres. Les coups de fouet des dresseurs supposés les calmer attisaient davantage leur furie. Une panique contagieuse s'empara des mastodontes qui se libérèrent tour à tour de leurs chaînes et s'enfuirent dans la forêt.

— J'ai cru qu'il allait m'embrocher ! s'exclama Xavier, encore ébranlé.

Les vacanciers tentaient de se réconforter. Totalement déroutés par ce qui venait de se produire, les cornacs cherchèrent à se dédouaner en avançant l'hypothèse de baies hallucinogènes avalées accidentellement par les éléphants lors d'une précédente promenade.

Mais Xavier ressentait le besoin de laisser exploser sa colère, ajoutant un stress supplémentaire à la peur collective. Il entama le procès des dresseurs, coupables à ses yeux d'avoir manié le fouet trop tard.

De retour à l'hôtel, il exigea le remboursement ainsi que des dommages et intérêts au réceptionniste qui avait réservé l'excursion. Si besoin est, il traînerait le directeur devant les tribunaux.

Consternée, Anna regagna leur chambre et s'isola sur la terrasse qui surplombait la mer. Le comportement irrationnel des éléphants la tracassait. Pour elle, pas de doute : ils étaient terrifiés. Mais par quoi ?

Et s'ils avaient pressenti une menace que les êtres humains ne pouvaient pas percevoir ?

Face à un océan étrangement calme et silencieux, Anna était trop préoccupée par cette idée pour prendre conscience du nombre de signes singuliers qui, pourtant, donnaient l'alerte : les arbres ne bruissaient plus, les oiseaux ne volaient plus, les insectes s'étaient tus. La nature tout entière s'était arrêtée de vivre.

# 19

*Paris*
*Jeudi 18 octobre 2012*
*16 h 15*

Will regagna son hôtel, toujours sous le charme mystérieux d'Anna Jensen. En sa présence, il avait vécu un moment de douceur, de complicité troublante. Un moment unique, suspendu dans le temps. Un moment qu'il aurait aimé prolonger, encore et encore…

Mais il devait retranscrire son interview et l'envoyer dans les meilleurs délais à sa rédactrice en chef. Il s'obligea à analyser cet entretien avec un regard professionnel et objectif. Anna Jensen semblait sincère. Elle était touchante. Son récit paraissait cohérent et crédible. Pourtant, il sentait qu'elle lui avait caché quelque chose. Une vérité qui, manifestement, la terrifiait.

Il réécouta le passage sur les éléphants. Cet épisode lui rappela un dossier paru dans *National Geographic* consacré au sixième sens présumé des animaux qui évoquait cette faculté paranormale leur permettant d'anticiper un désastre imminent. Lors du tsunami du 26 décembre 2004, très peu d'entre eux avaient péri, alors qu'on déplorait plus de deux cent mille victimes humaines.

La sonnerie du téléphone mit fin à ses réflexions :

— J'ai trouvé quelque chose ! annonça Mark avec entrain. Le 1er novembre 1755 au large de Lisbonne, il s'est passé un truc énorme !

— Va droit au but ! s'impatienta Will, fébrile.

— Ce matin-là, il y a eu un séisme d'une magnitude estimée à 9 sur l'échelle de Richter. Le tremblement de terre a provoqué un tsunami terrible et un gigantesque incendie. La ville a été dévastée. On estime qu'entre soixante mille et cent mille personnes ont péri. Soit près du tiers de la population !

Will écoutait, abasourdi.

— Je t'ai envoyé plusieurs documents, continua Mark. Un texte d'un auteur anonyme, quelques illustrations anciennes qui se passent de commentaires et un poème de Voltaire qui a suscité à l'époque une belle polémique.

— Une polémique ? Pourquoi ?

— Les Lisboètes étaient très croyants. Là, je ne t'apprends rien. Mais cette catastrophe naturelle les a surpris le matin même de la Toussaint, pendant la célébration de la messe. C'est-à-dire quand la majorité d'entre eux se trouvait à l'église. Voltaire sauta sur l'occasion pour se moquer des religieux et de leur soumission à la volonté divine. Comme d'autres philosophes du siècle des Lumières, d'ailleurs.

— Pour un croyant, je reconnais que la coïncidence est troublante…

— Je suis bien d'accord. Mais ne t'y trompe pas : Voltaire croyait en Dieu, mais il estimait que trop de crimes étaient perpétrés au nom de la religion catholique dont il a dénoncé avec virulence la tyrannie.

Mark s'interrompit :

— Joan m'appelle, il faut que je te laisse !

Will songea aussitôt à Anna, au drame qu'elle avait vécu le lendemain de Noël. La date était tout aussi symbolique. Une simple coïncidence ? Depuis que Joan avait décidé de l'envoyer en reportage à Paris, sa vie défilait en accéléré. L'homme qui l'avait élevé n'était pas son vrai père. Quant à son géniteur, il venait de mourir en lui léguant un journal qui narrait la vie d'un capitaine de vaisseau français, voguant au large du Portugal. Désormais, il savait que le navire de ce capitaine avait dû affronter un tsunami en 1755. Comme Anna, deux siècles et demi plus tard…

Les illustrations envoyées par Mark sur le drame de Lisbonne nourrirent sa réflexion, tout comme le texte d'un témoin direct sans doute, qui avait survécu :

*Lisbonne, jeudi 6 novembre 1755*

*En ce matin de Toussaint, les Lisboètes se massaient sur les bancs des églises. Hommes, femmes, enfants et vieillards étaient tous venus célébrer la fête de tous les Saints.*

*De toutes les capitales sur terre, la ville aux mille églises et aux sept collines était la plus riche, la plus prospère, la plus pieuse.*

*Lisbonne brillait à la face du monde par l'abondance de ses richesses qui avaient traversé les océans. Ors, soieries, œuvres d'art… Mais aussi esclaves d'Afrique, expédiés au plus offrant, dans les cales des navires.*

*Dans les couvents, des jeunes filles d'origine noble ou modeste, certaines enfermées contre leur gré, offraient leurs âmes à Dieu en rêvant de plaisirs charnels. Des seigneurs puissants et fortunés pourchassaient les plus belles pour assouvir d'ardents désirs.*

*Mais ce jour-là, on récitait avec ferveur la prière de tous les Saints quand un son affreux, semblable au grondement du tonnerre, résonna sous les pieds de la cité. Tous les murs tremblèrent à l'unisson.*

*Dans une église, le clocher vacilla. Le prêtre interrompit son sermon et s'agrippa à l'autel. Ses ouailles, effrayées, tentèrent de fuir. Mais il les exhorta à rester calmes et à implorer la miséricorde du Tout-Puissant. Une nouvelle secousse ébranla l'édifice. Le sol s'éventra et des blocs de pierre s'écrasèrent sur les fidèles. Les cris de terreur se mêlaient à la trompette du jugement dernier.*

*Palais et demeures s'effondrèrent les uns après les autres. Un gigantesque nuage de poussière s'éleva au-dessus des ruines, si dense que la lumière du soleil disparut.*

*Les rescapés se réfugièrent sur les quais du Port royal, libre de toute construction, se croyant hors de danger. Ici, en bord de mer, les cris avaient cessé. Les soupirs de désespoir et les sanglots les avaient remplacés, se mêlant pour ne plus former qu'une longue plainte lugubre.*

*Déjà profondément ébranlés, les survivants assistèrent de nouveau à une scène irréelle. L'océan reflua, loin, très loin. Les poissons se débattaient sur les bancs de sable nus. Les navires marchands et les barques de pêcheurs gisaient sur la grève.*

*Quelques minutes à peine s'étaient écoulées lorsque sous leurs yeux médusés, les flots déferlèrent à grande vitesse, s'élevant jusqu'à vingt mètres. Le temps de réagir, il était trop tard. La mer submergea les rues étroites de la ville, faucha les blessés et rattrapa tous ceux qui avaient réchappé au tremblement de terre. Lorsque la mer se retira, elle emporta dans son sillage cadavres et mourants.*

*Dans les maisons écroulées, des braises couvaient à l'abri des âtres, se nourrissant du bois des portes et des charpentes brisées. Des vents violents avaient séché les décombres et les feux grossirent peu à peu. Bientôt, des flammes prodigieuses se propagèrent dans toute la ville.*

*Durant quatre jours, un immense brasier dévora les restes de la cité. Lisbonne, la Splendide, était ravagée, en ruine, en cendres. Lisbonne n'était plus.*

Will lut enfin un extrait du poème de Voltaire qui s'interrogeait sur le désastre de Lisbonne :

*Aux cris demi-formés de leurs voix expirantes,*
*Au spectacle effrayant de leurs cendres fumantes,*
*Direz-vous : « C'est l'effet des éternelles lois*
*Qui d'un Dieu libre et bon nécessitent le choix » ?*
*Direz-vous, en voyant cet amas de victimes :*
*« Dieu s'est vengé, leur mort est le prix*
*[de leurs crimes » ?*
*Quel crime, quelle faute ont commis ces enfants*
*Sur le sein maternel écrasés et sanglants ?*

Les propos d'Estrela rapportés dans le journal de Thomas de Trécesson étaient donc fondés. Qui était-elle ? Comment avait-elle pu prédire cette catastrophe ? Qu'étaient-ils devenus, elle et le capitaine, après leur rencontre à bord du *Téméraire* ? Impossible d'en savoir davantage : le journal se terminait abruptement sur les paroles prophétiques de la jeune femme.

Will essayait d'imaginer un épilogue à l'histoire de la religieuse et du capitaine. Il finit par s'endormir, avec, en tête, d'insolubles questions qui l'entraînèrent rapidement vers un sommeil agité.

# 20

*Campénéac, France*
*3 décembre 1755*

Un profond sommeil berçait les maisons et leurs occupants. Le village et les landes sauvages qui s'étendaient des collines jusqu'aux lisières de la forêt étaient plongés dans le noir.

Aux douze coups de minuit, une lueur perça les vitraux de l'église.

Sous les voûtes, des torches redessinaient d'une manière étrange bas-reliefs et tableaux. La danse des bougies animait les saints statufiés dans une éternelle béatitude. Conviés à une mystérieuse cérémonie nocturne, ils contemplaient fixement l'autel.

Un homme, fils du seigneur des terres avoisinantes, et une femme née dans un pays étranger s'étaient réunis dans le plus grand secret pour recevoir les sacrements du mariage. Seuls au monde, Thomas et Estrela écoutaient le curé prononcer la bénédiction nuptiale.

— A la lumière de ton amour, daigne, Seigneur, embraser ce cierge. Témoin silencieux de votre engagement, ce cierge se veut garant de la durée de votre amour. Quand le soleil luit, la lumière d'un cierge paraît bien insignifiante. Mais quand dans votre foyer l'ombre commence à planer…

Thomas et Estrela observaient le cierge d'où s'élevait une flamme triste. Quand, soudain, il s'éteignit. Une fumée grise et âcre s'échappa de la mèche noircie. N'était-ce pas là l'un de ces signes annonciateurs de grands malheurs tant redoutés dans les campagnes ?

Pétrifié, le prêtre se signa et récita un *De profundis* :

— Des profondeurs, je crie vers toi, Seigneur…

Avant qu'il eût achevé son psaume, les portes de l'église s'ouvrirent avec fracas. Trois hommes en bure surgirent du néant et avancèrent vers l'autel. Leurs pas lourds et cadencés résonnaient dans les murs du sanctuaire. Avec son courage pour seule défense, Thomas de Trécesson s'interposa. Il ne résista pas bien longtemps, car dans son dos, un coup traître l'assomma. Il s'effondra au sol.

Les étranges moines s'emparèrent d'Estrela et la traînèrent au-dehors, une main plaquée sur la bouche pour l'empêcher d'alerter le voisinage. Le curé s'élança à leur poursuite et les supplia d'épargner la jeune femme :

— Au nom du Seigneur, arrêtez cette folie !

Un rictus tordit les lèvres du chef de la bande. Il pivota sur lui-même. Avec une rapidité foudroyante, l'épée tournoya dans les airs avant de s'abattre. La tête tranchée du curé roula à terre et son sang rougit le parvis de l'église.

# 21

*Paris*
*Vendredi 19 octobre 2012*
*6 h 55*

Will se réveilla en sursaut, le sang battant aux tempes, secoué par un affreux cauchemar. Il vérifia l'heure. A peine le temps de se préparer. Le réveil n'avait pas sonné, ou il ne l'avait pas entendu. Il fila sous la douche avant de s'habiller à la hâte.

Le professeur Bapteste l'avait convié à l'hôpital pour y écouter les enregistrements d'Anna Jensen et lire les traductions qu'il avait archivées. La jeune femme avait fini par donner son accord.

Une pluie molle s'accrochait aux vitres du taxi. Le soleil tardait à se montrer, mais les rues grouillaient déjà de voitures. Les conducteurs nerveux accéléraient pour éviter un feu rouge et freinaient au dernier moment, évitant d'emboutir le véhicule qui les précédait. Les piétons s'engouffraient dans des bouches de métro semblables à d'immenses fourmilières. Will espérait être à l'heure. Le professeur Bapteste l'attendait à 8 heures précises, une demi-heure avant le début de son service.

— Vous avez rendez-vous avec le professeur

Bapteste ? demanda, impassible, la secrétaire à l'accueil du grand bâtiment.

— Oui, répondit Will. Pouvez-vous m'indiquer où se trouve son bureau ?

— Pas si vite. Il faut d'abord que vous remplissiez ce dossier.

Elle lui tendit une liasse de feuilles, pointa son stylo sur les cases à compléter et débita à toute vitesse :

— Nom, prénom, date de naissance, numéro de sécurité sociale, médecin traitant…

— Je suis journaliste, coupa Will en présentant sa carte de presse. Notre rencontre est strictement d'ordre professionnel.

— Il fallait le dire plus tôt ! bougonna la femme. Prenez les ascenseurs. Troisième étage. Porte 345.

Dans le couloir, Will salua un agent chargé de l'entretien des locaux qui poussait un lourd chariot. L'homme, de grande taille, lui lança un regard glacial et pressa le pas. Le journaliste se retourna sur son passage avec l'étrange sensation d'avoir déjà vu cette silhouette, tandis que l'agent franchissait une porte de service.

Will frappa à la porte du bureau de Bapteste. Pas de réponse.

— Professeur ? C'est Will Aberdeen. Puis-je entrer ?

Toujours le silence. Will tourna doucement la poignée et jeta un œil à l'intérieur. Des diplômes universitaires étaient accrochés au mur, des affiches de congrès médicaux scotchées sur une armoire métallique et des revues scientifiques éparpillées sur le bureau. Le professeur, assis dans son fauteuil, la tête inclinée sur la poitrine, se tenait immobile, le bras droit ballant dans le vide. La manche retroussée, son bras gauche était posé sur l'accoudoir, une aiguille plantée dans le creux du coude.

Les secours dépêchés ne purent le sauver. Bapteste était déjà mort avant qu'ils n'interviennent. L'analyse révélerait plus tard que la dose de poison injectée avait été létale. Il s'agissait d'un anesthésique de type curare, très puissant, réservé aux praticiens. Ses effets étaient mortels en cas de surdosage.

Un message retrouvé dans le bureau du professeur accréditait la thèse du suicide. Les enquêteurs appelés par l'hôpital privilégièrent rapidement cette option.

— Pourquoi voulez-vous que ce soit un suicide ? Puisque je vous dis que j'avais rendez-vous ce matin avec lui ! répéta Will pour la énième fois aux officiers de police.

Bruno Padova, commissaire de la police judiciaire, observait Will d'un air circonspect. Intrigué par l'insistance du journaliste, il finit par faire signe à ses collègues : il s'occuperait personnellement du cas Aberdeen.

— Quel était l'objet de ce rendez-vous ? lui demanda-t-il.

— Il devait me transmettre des données confidentielles. Cela concerne une de ses patientes. Pouvez-vous vérifier ?

Padova enfila des gants et ouvrit l'armoire consacrée aux archives. Il soupira d'un air las en contemplant la multitude de dossiers classés par date et par ordre alphabétique.

— Quel est le nom de la patiente ?

— Anna Jensen. Je pense que vous trouverez son dossier à l'année 2004, indiqua Will.

— Il n'y a rien à ce nom.

— Essayez à l'année 2005, suggéra Will. Le temps d'être rapatriée, elle n'a peut-être été admise dans le service du professeur Bapteste qu'en janvier.

C'était plausible, le tsunami datait du 26 décembre. Le commissaire secoua la tête, puis se ravisa. Il y avait bien un dossier au nom d'Anna Jensen. Mais il était vide.

— Vide ? s'étonna Will. Le contenu du dossier est forcément ici. Il l'a certainement sorti en prévision de notre rendez-vous.

— Nous avons déjà fouillé son bureau, répliqua le commissaire. Aucun document correspondant au nom d'Anna Jensen n'a été trouvé.

— Ce n'est pas possible ! Je devais justement rencontrer le professeur pour consulter ce dossier ! Ou alors, quelqu'un l'a subtilisé avant que je n'arrive…

Une sueur froide perla sur le front du journaliste.

— Avez-vous envisagé que la mort du professeur Bapteste et la disparition du dossier d'Anna Jensen puissent être liées ? La personne qui a voulu faire croire au suicide du professeur est peut-être la même qui a dérobé le dossier médical ?

Padova croisait et décroisait ses doigts crispés, frustré de ne pouvoir sortir son paquet de cigarettes. Un meurtre maquillé en suicide, pourquoi pas ? Sa carrière l'avait déjà confronté à ce scénario. Mais avant de se rallier à l'hypothèse du journaliste, il fallait trouver un mobile crédible. Les criminels tuaient toujours pour les mêmes raisons : l'argent, le pouvoir, la jalousie, ou bien un acte de démence. Mais tuer pour dérober le dossier médical d'un patient ! Le mobile ne tenait pas la route.

— Vous perdez votre temps, conclut le commissaire en s'adressant au journaliste. Le docteur a expliqué son geste dans une lettre.

— Qui vous prouve qu'il l'a écrite lui-même ? protesta Will. Quelqu'un a très bien pu falsifier son écriture.

— Un expert en graphologie sera mandaté pour l'analyser, bien qu'à première vue le texte semble émaner du professeur. Vous semblez sûr qu'il ne s'agit pas d'un suicide, mais comment pouviez-vous connaître ses intentions réelles ? Depuis quand le connaissiez-vous ?

Will baissa la tête.

— Je l'ai rencontré pour la première fois il y a quelques jours…

Le commissaire hocha la tête d'un air entendu :

— Vous savez, Bapteste donnait l'apparence d'un homme à la vie comblée, mais il n'était sans doute pas si heureux. Il était surmené, travaillait quatorze heures par jour, poussé à bout par une surcharge de travail à cause du manque d'effectifs… La veille de sa mort, il avait assuré une garde de vingt-quatre heures, presque sans dormir. Nul n'est un surhomme. Quand on force trop, un jour la machine finit par s'enrayer, même pour les plus solides d'entre nous. Croyez-en mon expérience, monsieur Aberdeen, même quand il s'agit de nos proches, on ne connaît jamais vraiment les gens.

Quelques heures plus tôt, derrière la porte de service du troisième étage, Nybbas avait abandonné le chariot qu'il poussait dans le couloir. Il ôta ses gants en latex et sa blouse, arracha sa perruque, laissant apparaître ses cheveux coupés ras. Il enfouit le tout dans une sacoche, chaussa des lunettes de soleil, emprunta les escaliers de secours et quitta furtivement l'hôpital. Comme à l'aller, il prit garde d'emprunter un trajet qui échappait au champ des caméras de surveillance.

Une fois dans sa voiture aux vitres teintées, Nybbas réfléchit froidement à ce qu'il venait d'accomplir. Tout avait fonctionné comme prévu. Un travail de pro, comme il en avait l'habitude. Personne ne l'avait remarqué. Enfin, presque personne. Il n'avait pas imaginé que fort malencontreusement, un détail pourrait venir gripper la machine : il avait croisé ce foutu journaliste en quittant le bureau du professeur. Il roula une centaine de mètres, quitta l'enceinte de l'hôpital et composa un numéro sur une ligne sécurisée :

— C'est fait, annonça-t-il, laconique.

Dans le Norfolk, un comté pittoresque du nord-est de l'Angleterre, se trouvait un vieux manoir que sir Al Astor avait hérité de ses ancêtres. Quelques mois dans l'année, Al Astor, un homme très influent dans le milieu de la finance à Londres, aimait s'échapper de la vie trépidante de la City pour se ressourcer dans cette grande demeure luxueusement meublée et réaménagée avec tout le confort moderne. Le manoir était situé à proximité du littoral et de grandes réserves naturelles où Al Astor pouvait s'adonner à une de ses passions : la chasse aux cerfs. Sa vie était rythmée par deux obsessions : traquer ses proies et être le meilleur dans tout ce qu'il entreprenait.

Dans la salle des trophées, au centre d'une pièce aux murs ornés de têtes d'animaux empaillées et d'étagères emplies d'une centaine de reptiles conservés dans du formol, un aquarium cylindrique géant venait d'être installé.

Al Astor était fasciné par ses nouveaux locataires, des méduses immortelles originaires des mers des Caraïbes : les *Turritopsis nutricula*. Ces mystérieuses méduses fluorescentes faisaient onduler leurs longs filaments venimeux dans une eau éclairée d'une lumière bleue. Elles avaient le pouvoir de stopper le processus naturel de vieillissement, et même de l'inverser. Si on les tuait violemment, elles étaient capables de se régénérer entièrement à partir d'une seule cellule. En laboratoire, des scientifiques étudiaient cette extraordinaire aptitude, espérant découvrir l'élixir de l'éternelle jeunesse. Mais dans le meilleur des cas, les résultats de leurs recherches ne seraient pas connus avant une vingtaine d'années.

Un délai trop long pour Al Astor rongé par un cancer insidieux à cinquante-six ans. Pourtant, il ne s'était jamais senti aussi vivant. Il avait hérité de la fortune familiale, de riches armateurs, et s'était encore enrichi grâce à ses talents de spéculateur roué. Il vivait une seconde jeunesse auprès de sa troisième épouse d'origine russe rencontrée lors d'un défilé de mode à Milan, et qui avait à peine la moitié de son âge. Elle avait rapidement abandonné sa carrière de mannequin et se pliait désormais à ses moindres désirs ou caprices, même les plus vils.

Al Astor pouvait tout acquérir, tout s'offrir : yacht de luxe amarré dans les plus beaux ports du monde, déplacements en jet privé, îles privées paradisiaques… Il pouvait tout acheter, sauf le temps.

Les meilleurs spécialistes qu'il avait consultés pour bénéficier des traitements les plus avancés avaient contenu le mal pendant de longues années. A présent, il n'avait plus que deux ans à vivre.

Hormis son médecin personnel et son épouse, très peu de personnes étaient au courant de son état. Pas même ses disciples. Surtout pas ses disciples. Al Astor souhaitait conserver coûte que coûte le contrôle absolu, l'image d'un homme fort, infaillible, impitoyable pour garder son emprise, inspirer le respect et la peur.

En marge des cérémonies rituelles données dans son manoir, Al Astor continuait d'organiser des fêtes somptueuses, orgiaques, où le champagne coulant à flots était servi par des femmes sublimes et dévêtues. Tous les invités vénéraient et craignaient Al Astor, le Grand Maître de l'Ordre du Dieu Cornu, une société secrète dédiée à Cernunnos, un dieu païen qui avait la particularité de porter des cornes ou des bois de cerf.

Une des quêtes de cet ordre secret était la recherche d'un chaudron mythique qui selon les légendes pouvait nourrir un millier d'hommes, donner l'accès au savoir universel, conférer l'immortalité ou même ressusciter les morts. Et cette quête était enfin sur le point d'aboutir.

Al Astor s'accrochait à cet espoir. Un espoir fou. Il avait peut-être trouvé le moyen de vivre et revivre indéfiniment sa jeunesse. Il était tout près du but, mais il devait encore régler certains détails. Il était prêt à tout, mû par le cynisme de ceux qui n'ont plus rien à perdre.

Lorsque la ligne sécurisée de son téléphone sonna, il plissa les yeux et décrocha sans attendre :

— Et le dossier médical de la fille, Nybbas, l'avez-vous récupéré ?

— Affirmatif, répondit l'homme de main sans émotion dans la voix.

— Bien ! Envoyez-moi une copie de l'intégralité des documents.

— Vous les aurez dans la demi-heure.

Al Astor tira une longue bouffée de son Cohiba, un cigare cubain en édition limitée, qui inonda son palais d'un mélange de tabac, de moka et d'épices. Il forma plusieurs ronds de fumée qui se dissipèrent dans les moulures du plafond. Les médecins lui avaient pourtant interdit de fumer. Mais à quoi bon se priver ? Pour gagner quelques jours ? Quelques semaines ? Quitte à mourir, autant profiter jusqu'au bout des plaisirs qui égayaient encore son quotidien. Et puis, si ses plans se déroulaient comme prévu, il pourrait bientôt jouir de la vie autant qu'il voudrait.

— Et l'homme qui discutait avec Bapteste au colloque, qu'avez-vous appris sur lui ?

Un long silence, qui n'annonçait rien de bon, s'écoula avant que Nybbas ne réponde.

— Il s'appelle Will Aberdeen. Il travaille au *World News Corporation*. J'ai trouvé sa carte de visite dans le portefeuille du professeur.

— Un journaliste ! fulmina Al Astor en écrasant avec rage son cigare dans un cendrier.

— Ce n'est pas tout. Je l'ai croisé dans le couloir de l'hôpital, en sortant du bureau du professeur.

— C'est très ennuyeux... Ce journaliste peut devenir un témoin gênant. Il faut à tout prix le neutraliser. Discrètement.

— Le nom de son hôtel figure au dos de sa carte. Dois-je m'occuper de lui ?

Al Astor réfléchit.

— Il vous a déjà vu. Il connaît votre visage. Ça pourrait éveiller ses soupçons. J'enverrai quelqu'un d'autre. Vous, surveillez la fille.

# 22

*Paris*
*Vendredi 19 octobre 2012*
*14 heures*

— Magnifique ! s'exclama Patrick en observant une à une les illustrations qu'Anna lui présentait.

— Ça te plaît ? Vraiment ?

— Et comment ! La subtilité des couleurs, les détails délicats des décors, l'émotion des expressions des personnages. Et cette force, cette fragilité dans les traits de ce chevalier ! Tu as su retranscrire toute la dualité de cet homme qui est, à la fois, à la recherche d'une princesse disparue et en quête de ses origines. Tu t'es surpassée, Anna !

Soulagée, la jeune femme soupira. Depuis sa rencontre, la veille, avec Will Aberdeen, elle avait passé une partie de la nuit et de la matinée à dessiner, s'inspirant de mémoire des traits du journaliste. C'était la magie du dessin de permettre à une personne rencontrée dans la vie réelle de se muer en héros d'un conte imaginaire.

— Tu ne respectes pas toujours les délais, nuança toutefois Patrick. Mais, quand je vois ton travail, je comprends pourquoi je reviens toujours vers toi.

Anna appréciait à sa juste valeur le jugement de son éditeur. Ses remarques l'avaient aidée à progresser, à affiner sa technique. Il était toujours prioritaire sur la liste des commandes qu'elle devait honorer, car, d'une certaine manière, elle lui était redevable : il avait été le premier à lui faire confiance quand elle s'était lancée dans ce métier.

Patrick remarqua la petite mine d'Anna. Il n'était pas dupe. Son manque de sommeil sautait aux yeux. Elle avait travaillé sans relâche pour lui fournir les illustrations dans les temps.

— Tu as déjeuné ?

— J'ai avalé un sandwich en chemin.

— Alors, viens ! Je t'offre le dessert dans un endroit très sympa.

Patrick voulait lui faire découvrir un nouveau lieu qu'il appréciait beaucoup, notamment pour sa terrasse panoramique. Pour y accéder, il fallait emprunter un ascenseur. Patrick appuya sur le bouton du dernier étage et s'aperçut immédiatement du malaise d'Anna.

— Tu es claustrophobe ?

Anna avait la gorge nouée et était incapable de répondre, son cœur battait à se rompre, avec la peur grandissante de se retrouver enfermée dans cet espace confiné. Quand les portes s'ouvrirent enfin, elle se précipita sur le palier.

Patrick choisit une table qui offrait une vue magnifique sur les toits de Paris. Le ciel était couvert, mais ne gâchait rien du spectacle. Le serveur déposa devant eux deux cafés gourmands et une tartelette aux fruits des bois.

— Quand tu me rejoins dans mon bureau, s'interrogea Patrick, comment fais-tu ? Il y a quand même cinq étages. C'est un immeuble ancien et les marches de l'escalier sont plutôt raides.

Anna s'efforça de masquer sa gêne en tournant la question en dérision.

— Eh bien, ça ne fait pas de mal de faire un peu de sport. Tu devrais t'y mettre toi aussi !

— Et pour te déplacer dans Paris ?

— Je marche, répondit-elle en reprenant son sérieux. Quand je ne peux pas faire autrement, je prends le bus ou un taxi. Mais jamais le métro. Jamais. C'est impossible…

— Pourquoi ? s'inquiéta Patrick.

— Dans le métro, je me sens oppressée. Quand je me retrouve au milieu d'une foule grouillante et compacte, j'ai l'impression que je vais mourir écrasée ou étouffée. Dans tous les lieux clos, c'est pareil.

Patrick l'évalua en silence, songeur, et attendit quelques secondes avant de poursuivre la conversation :

— As-tu remarqué que j'avais arrêté de fumer ? Même plus une petite cigarette pour fêter un bon démarrage en librairie ! Par contre, je me rattrape sur la bouffe, dit-il en dégustant avec gourmandise sa tartelette.

— Comment as-tu réussi à arrêter ? Avec des patchs à la nicotine ?

— Ah non ! J'ai déjà testé ces saloperies, dit-il en balayant l'idée de la main. J'ai trouvé mieux que ça !

Il sortit son téléphone et lui montra un des contacts enregistrés : Michèle Blanchet.

— Qui est-ce ? demanda Anna, curieuse.

— Une femme formidable. Elle est thérapeute. Son truc, c'est l'hypnose. Elle vient de publier un ouvrage chez nous.

— Tu t'es fait hypnotiser pour arrêter de fumer ? sourit Anna.

— Ce n'est pas ce que tu crois ! Ça n'a rien à voir avec ces charlatans qui passent à la télé. On ne m'a pas trafiqué la tête pour m'obliger à faire la poule.

Anna ne put s'empêcher de rire en imaginant la scène. Elle se ressaisit :

— Donc, tu as arrêté de fumer grâce à l'hypnose ?

— Oui. Michèle Blanchet a une très bonne réputation. Elle participe régulièrement à des séminaires en France et à l'étranger.

— Sa technique doit être sacrément efficace. Depuis que je te connais, tu as toujours été un gros fumeur.

— Un gros fumeur au passé ! Je ne le suis plus. Elle pratique aussi l'hypnose régressive. En gros, ça te permet de faire revivre ton passé, pour y retrouver des souvenirs oubliés et ainsi mieux comprendre les problèmes qui affectent le présent. Ecoute, Anna, si je t'en parle, c'est que je pense que tu devrais la voir.

— Pourquoi ? Je n'ai aucun problème !

— Allons, tu crois que je n'ai pas vu ta réaction dans l'ascenseur ? Tu étais tétanisée. Tu crois que c'est normal de vivre comme ça ? Ça fait combien de temps que tu supportes ça ?

Le visage d'Anna s'assombrit. Avant son coma, elle n'était pas claustrophobe. C'était arrivé d'un coup, comme ça, sans qu'elle sache pourquoi. Mais elle n'avait jamais évoqué ce sujet avec son éditeur.

— Prends les coordonnées de madame Blanchet et appelle-la de ma part, conseilla Patrick. Tu n'as rien à perdre à essayer !

Anna rentra chez elle et téléphona à Caroline pour lui annoncer la nouvelle : Patrick avait adoré ses dessins.

— Génial ! Tu devrais appeler le beau journaliste pour lui offrir un verre. Après tout, c'est un peu grâce à lui que tu as pu terminer ton travail.

— Il n'a pas besoin de connaître ce détail, mais c'est bien ce que je comptais faire, avoua Anna.

— J'y pense, comment feras-tu pour lui rendre visite ?

— De quoi parles-tu ? On ne sort pas ensemble !

— Pas encore, mais j'ai bien vu que tu avais craqué sur lui. Donc, si vous sortez ensemble, ça me paraîtrait logique que tu aies envie de le revoir.

Anna s'impatienta :

— Où veux-tu en venir ?

— Eh bien, à un moment donné, il va forcément finir par rentrer à New York ! Et qui dit New York dit prendre l'avion ! Mais avec ton problème de…

— Je n'ai pas de problème ! coupa Anna.

*Qu'est-ce qu'ils ont tous aujourd'hui ?*

— Bien sûr, tu n'as pas de problème… Au fait, tu vas lui raconter à ton journaliste que depuis ton « accident » tu es pétrifiée à l'idée de prendre les transports en commun ? Que tu es à la limite de la crise d'hystérie quand tu te retrouves dans un ascenseur ? Qu'à cause de ta claustrophobie, tu travailles comme une recluse chez toi ? Que la nuit, lorsque tu fais des cauchemars, tu te réveilles pour peindre des tableaux effrayants ?

Anna se regarda dans le miroir pour vérifier son maquillage et replaça une mèche de ses cheveux comme si elle s'apprêtait à sortir. Elle saisit son téléphone et commença à composer le numéro de Will Aberdeen. Elle mourait d'envie d'appuyer sur la touche verte du clavier, mais ses doigts hésitants tapotaient le rebord du téléphone.

Ses échanges avec Patrick et Caroline l'obsédaient. Elle avait un problème. Un sérieux problème, même. Tant qu'il ne serait pas réglé, elle ne renouerait jamais avec une vie normale. Alors, elle se laissa gagner par l'amertume et effaça les chiffres qu'elle venait de composer. Après hésitation, elle décida de contacter la thérapeute de Patrick.

— Bonsoir, cabinet de Michèle Blanchet. Que puis-je faire pour vous ?

— Bonsoir, répondit Anna. Je souhaiterais prendre rendez-vous rapidement.

— Je suis désolée, répondit la secrétaire, d'après l'agenda, je n'ai de la place que dans un mois.

— Un mois ? C'est trop long ! J'appelle de la part de Patrick Le Déhan, éditeur chez…

— Oui, bien sûr ! En cas d'urgence, madame Blanchet peut recevoir exceptionnellement le samedi matin. Demain à 9 heures. Cela vous convient-il ?

Anna accepta la proposition.

En guise de dîner, elle fit griller deux tranches de pain de mie dans le toaster et les farcit de tomates, de mozzarella, le tout arrosé d'huile d'olive et de feuilles de basilic. Une émission de télé meubla sa soirée. Pendant le divertissement consacré à l'actualité, elle avait posté des messages sur Twitter, comme d'autres téléspectateurs, ce qui lui avait donné l'impression d'appartenir à une joyeuse communauté. Mais une fois l'émission terminée et le flux des tweets tari, elle se sentit bien seule sur son canapé. Cette solitude était devenue sa plus fidèle compagne.

Il n'était pas encore une heure du matin, l'heure butoir avant laquelle elle ne trouvait jamais le sommeil. Pas sans somnifère, du moins… Mais elle s'obligea à décrocher d'Internet et à se coucher plus tôt qu'à l'accoutumée, sans prendre un de ces satanés cachets qui l'empêchaient de rêver et étouffaient le souffle de son inspiration.

Avant de se glisser dans les draps, elle enfila en guise de chemise de nuit le long tee-shirt orné d'un lapin rose improbable accroché au porte-serviettes de la salle de bains. Elle en avait toute une collection. Caroline la raillait souvent sur ses tenues de parfaite célibataire qui n'avait pas accueilli d'homme dans son lit depuis des mois.

Anna s'allongea sous la couette et régla son réveil pour être à l'heure à son rendez-vous avec madame Blanchet. Etait-ce parce qu'elle n'arrêtait pas de penser à Will Aberdeen qu'elle trouvait enfin la motivation nécessaire pour affronter ce qui la hantait depuis trop longtemps ? Cette fois, elle avait la ferme intention d'en finir avec les problèmes qui lui pourrissaient la vie.

Espérant trouver rapidement le sommeil sans médicament, elle entreprit la lecture d'un roman que Caroline lui avait prêté. Au bout d'une heure, elle commença à cligner des yeux et tendit la main pour éteindre la lampe de chevet. Dans le noir, elle remarqua que les rideaux étaient restés ouverts. Elle se leva et tira sur le tissu occultant, sans jeter un œil dans la rue et sans prêter attention à la voiture, tapie dans l'ombre, qui la suivait depuis l'après-midi. A l'intérieur du véhicule aux vitres fumées, Nybbas l'épiait en silence comme un chasseur observe sa proie, attendant le feu vert pour agir.

# 23

*Campénéac, France*
*3 décembre 1755*

La lune inondait d'une lumière pâle la forêt et les champs. Son reflet dansait sur les eaux noires qui ceinturaient le château de Trécesson. Recroquevillé sous un arbre, un braconnier se désespérait de son maigre butin : il risquait sa peau pour deux pauvres merles encore tièdes au fond de sa besace. Il vérifia à nouveau ses pièges, huma l'odeur de mousse et d'humus. Rien qui évoquât la présence de gibier. Cette nuit, lapins, bécasses et sangliers avaient déserté la lande et les sous-bois.

De l'autre côté de la route, le château était endormi. Le braconnier contemplait la fumée blanche qui s'échappait des cheminées et se dissipait dans la brume. Las, il se remémora ce jour maudit, veille de la Saint-Jean, du temps où il était un honnête paysan. Ce jour où sa vie avait été bouleversée. Un mois avant les moissons, un mendiant avait frappé à sa porte, réclamant un asile pour la nuit. Dans les campagnes, les étrangers qui demandaient l'aumône inspiraient davantage la crainte que la pitié. Sous leurs guenilles se cachaient parfois des sorciers, de sombres personnages qui avaient pactisé avec le diable. Leurs paroles suscitaient la peur tant leurs sortilèges pouvaient être redoutables.

Ne souhaitant pas provoquer le courroux de son visiteur, le paysan lui avait offert un bol de soupe, du pain et un coin de son étable. Au matin, le mendiant s'était invité dans sa maison et avait exigé à nouveau du pain et de l'argent pour poursuivre son voyage. Le paysan lui avait donné sa dernière miche, mais sa bourse était vide. Il avait déjà payé son dû au seigneur de Trécesson et il lui restait tout juste de quoi survivre avec sa famille jusqu'aux récoltes. Ce refus avait déclenché la colère de son hôte qui avait jeté une poignée de poudre dans l'âtre de la cheminée en quittant la pièce. Une fumée suffocante s'était élevée en tourbillonnant et le mendiant avait proféré d'un air mauvais : « Je jette la malédiction sur toi et sur tout ce que tu as ! »

La sécheresse avait décimé ses récoltes, ses deux vaches produisaient désormais du lait de mauvaise qualité. Le beurre ne prenait plus et la crème tournait. Ses deux grands fils peinaient à l'aider aux champs et le plus jeune n'avait plus que la peau sur les os. Le rebouteux du village l'avait prévenu : « Si le petit ne mange pas à sa faim, il ne passera pas l'hiver ! »

Le funeste présage obsédait le paysan devenu braconnier malgré lui. Il en oubliait presque la bise glacée qui traversait ses vêtements usés et engourdissait ses membres. Combien d'heures s'étaient écoulées depuis qu'il avait quitté sa chaumière ? Combien d'espoirs de rapporter un lapereau s'étaient brisés sur un simple craquement de broussaille ? Il avait perdu toute notion du temps, le futur devenant le présent et le présent, le passé. Il était certain d'une seule chose : son avenir était sombre. Sombre comme l'ombre de ce château qui recouvrait la surface de l'étang.

L'homme s'allongea sur le dos, les mains serrées sous sa vieille blouse. Il observait la vapeur de son souffle s'évaporer. Son estomac était vide, mais sa tête pleine de songes. Si seulement il pouvait exaucer un souhait et oublier sa morne existence. Le temps d'une nuit, d'une heure, d'un instant. Le sommeil était un si doux refuge. Pourquoi résister ? Il était si facile de se laisser aller. Rêver. Fermer les yeux et partir pour un monde meilleur…

Le bruit lointain d'un galop l'arracha à sa torpeur. Il se redressa et tendit l'oreille. Etait-ce l'Ankou, le serviteur de la Mort, qui chevauchait son chariot pour faucher son âme ? Les vibrations des sabots martelant le sol s'approchaient. Les battements de son cœur s'accéléraient. Tremblant de peur, il se dissimula sous les buissons. Ses pensées l'assaillaient. Etait-ce son seigneur, le comte de Trécesson, qui venait l'arrêter ? Ou bien celui-ci revenait-il d'un banquet donné par l'un de ses pairs de haut lignage ? Il trouvait étrange qu'il ait pris la route, car les chemins n'étaient pas sûrs à la nuit tombée. Hommes sans vertu et bêtes sauvages sortaient de leur tanière pour assaillir les imprudents.

Chasser était un honneur réservé au roi et à la noblesse. Le paysan se souvint du jour où il avait été surpris à enfreindre cette loi. Le tribunal présidé par le seigneur de Trécesson s'était montré clément, eu égard à sa condition de chef de famille, et il avait évité de peu la morsure du fouet. Mais la prochaine fois, il n'aurait que le droit de croupir aux galères et à la confiscation de tous ses biens. Cela ne pouvait être pire que sa cruelle vie sur cette terre. Quant à ses biens, ils se résumaient à deux laitières sur le déclin. Mais l'idée d'abandonner sa femme et ses enfants à leur triste sort l'empêchait de sombrer.

La peur le tenaillait et il se raccrochait à l'espoir d'échapper à la justice. Soudain, un attelage tiré par de grands chevaux noirs surgit sur la route menant au château et longea le sentier, passant tout près de sa cachette. Il stoppa sa course à quelques mètres de lui. Le braconnier retint son souffle.

Trois hommes vêtus tels des moines en descendirent. Torches en main, ils avancèrent jusqu'à un chêne centenaire dressé au bord de l'étang. L'un resta sur place pour éclairer la scène et surveiller les alentours, les autres regagnèrent le carrosse, et revinrent sur leurs pas les bras armés de pelles et de pioches. Ils creusèrent un trou assez large et assez profond pour y enterrer un être humain.

Le braconnier était hypnotisé par le spectacle. Soudain, une peur panique s'empara de lui. Et si la fosse lui était destinée ? Et s'il lui arrivait malheur, qu'adviendrait-il de son épouse et de ses fils ? Devait-il fuir ? Mais fuir le mettrait à coup sûr à découvert. Il décida d'attendre sans bouger qu'ils aient achevé leur besogne.

Les individus retournèrent au carrosse. La portière entrouverte laissait deviner le profil d'une femme d'une grande beauté, vêtue d'une longue robe de soie blanche. Une jeune mariée, qui tenait serré contre elle un bouquet de fleurs d'oranger. Mais elle ne manifestait aucune joie et ses yeux étaient baignés de pleurs. Un des cerbères arracha son bouquet, le jeta à terre et le piétina. Puis, aidé de ses complices, il saisit la jeune femme et la traîna jusqu'au chêne.

Elle se débattait, trébuchait. Les ronces et les épines déchiraient l'étoffe délicate de sa robe. D'un mouvement vif, la jeune femme réussit néanmoins à se soustraire. Mais elle renonça à s'échapper. La tentative aurait été inutile. Alors, elle se jeta à genoux, les mains jointes au-dessus de sa tête, et implora ses bourreaux de lui laisser la vie sauve. La voix brisée de sanglots, elle supplia :

— Pitié ! Laissez-moi partir !

Son désespoir était insoutenable et le braconnier ne pouvait retenir ses larmes. Quand cette sinistre comédie cesserait-elle ? Il pensait avec horreur au sort qui attendait la jeune femme, un châtiment d'ordinaire réservé aux sorcières, celles qui commerçaient avec l'esprit du mal et pratiquaient la magie noire. Comment était-ce possible ? Cette femme au visage d'ange s'était-elle rendue coupable de tels actes ? A ses manières et au vêtement qu'elle portait, on la devinait pourtant de noble naissance, à mille lieues d'évoquer les adoratrices de Satan.

Les bourreaux restèrent sourds aux suppliques, déterminés à exécuter leur sombre dessein. Le braconnier songea à intervenir pour empêcher ce crime. Mais que pouvait-il faire ? Seul contre trois, le combat était inégal et perdu d'avance. Paralysé par la peur et incapable de trouver une solution, il assistait, impuissant, à cette macabre mise en scène.

Ils précipitèrent la jeune femme dans la fosse, de grandes pelletées de terre souillèrent son doux visage et sa robe immaculée. Ses derniers hurlements furent étouffés. Son effroyable agonie avait été de courte durée.

Sans l'ombre d'un scrupule, les meurtriers remontèrent dans leur carrosse. Les chevaux hennirent de douleur sous le coup des fouets et le sinistre convoi roula à vive allure vers la forêt. Il s'enfonça dans les bois et disparut, dévoré par les ténèbres.

# 24

*Paris*
*Samedi 20 octobre 2012*
*9 heures*

Chaleureux et douillet, le cabinet de Michèle Blanchet était situé au premier étage d'un immeuble haussmannien, dans une rue ombragée du XVIe arrondissement. La décoration de la salle d'attente avait été étudiée pour mettre à l'aise les patients, première étape indispensable au travail de la thérapeute.

Michèle Blanchet, une femme brune d'une cinquantaine d'années au visage plein et souriant, entra dans la salle d'attente. Elle invita Anna à la suivre dans une autre pièce.

Anna s'attendait à un cabinet classique, comme chez un médecin. Mais ici, la pièce était plus vaste, très agréable, à l'image de celle qui occupait les lieux. Face à face, deux canapés se trouvaient séparés par une table basse posée sur un tapis moelleux. Deux grandes fenêtres donnaient sur une petite cour aménagée en jardin. Un havre de paix en plein Paris.

Anna s'installa, un bras reposant sur l'accoudoir. Michèle Blanchet prit place sur le canapé opposé. Elle lui demanda de préciser les raisons de sa présence, ses motivations et ses attentes. La thérapeute fouilla dans l'enfance et le passé récent d'Anna, puis nota les réponses sur un calepin. Elle souligna trois annotations : « tsunami en 2004 », « coma » et « cauchemars ».

— Mademoiselle Jensen, nous allons voir comment nous pouvons traiter ensemble votre peur panique qui remonte à l'époque du tsunami, après votre coma. Un événement a dû se produire à ce moment-là qui a déclenché cette phobie. C'est ce que je voudrais déterminer avec votre accord.

— Vous allez m'hypnotiser ? demanda Anna, un peu nerveuse.

— Sauf si vous y êtes opposée. Mais l'hypnose est depuis une vingtaine d'années ma méthode de travail privilégiée. J'obtiens toujours de très bons résultats.

Anna hocha la tête, résignée.

— Mais en quoi cela consiste-t-il exactement ?

— Le principe de l'hypnose régressive est de permettre aux souvenirs de refaire surface et au patient de revivre son passé. Tout au long de cet état que j'aurai provoqué, vous serez parfaitement consciente. Après la séance, tout ce qui vous sera revenu en mémoire restera présent dans votre esprit.

— Et si ça se passe mal ?

— Ne vous inquiétez pas. Je vous réveillerai avant la fin de la séance si je l'estime nécessaire. Mais c'est très rare. Pour que le processus se déroule correctement, il faut accepter de revivre des événements refoulés et traumatisants de son passé. Le but de cette séance est d'identifier les chocs émotionnels à l'origine de vos troubles et de les accepter comme souvenirs.

Anna ne se sentait pas très rassurée :

— Et si ça ne marche pas avec moi ?

La thérapeute répondit avec bienveillance et assurance :

— Je comprends votre réserve, mais dans l'absolu tout le monde peut être hypnotisé. Parfois, certaines personnes refusent d'entrer dans cet état. Par peur ou par scepticisme. Ces sujets réfractaires dressent, de façon plus ou moins consciente, une barrière psychique insurmontable. Mais vous pouvez me faire confiance, cette forme de thérapie est très efficace.

Pour Anna, les explications données par madame Blanchet étaient à peu près claires. Cependant, une question continuait de la tarauder :

— Au cours de la séance, pouvez-vous me contraindre à faire des choses que je ne voudrais pas faire ?

— Non, répondit-elle en souriant. En aucun cas je ne vous suggérerai d'accomplir des actes répréhensibles ou contraires à la morale. Mon rôle se limite à vous accompagner, à vous encadrer dans l'exploration de votre mémoire. Tout est enregistré sur un support numérique. Je remets toujours une copie à mes patients à l'issue des entretiens.

Anna approuva le principe et coupa son téléphone afin d'éviter d'interrompre la séance. La thérapeute baissa l'intensité de la lumière et enclencha la caméra.

— Si vous voulez bien, je vous demanderai de vous détendre et de vous installer confortablement.

Les bras croisés sur la poitrine, Anna s'appuya contre le dossier et inclina la tête en arrière. Elle se tenait un peu raide mais écoutait avec attention la voix lente et monocorde de la thérapeute qui lui enjoignait de fermer les yeux et de se concentrer sur sa respiration.

— A présent, je vais vous demander de relâcher tous vos muscles. Petit à petit, vos tensions disparaissent... Vous vous sentez bien. Parfaitement bien... Vous êtes détendue. Parfaitement détendue.

Anna se laissa enfin aller et plongea dans un bien-être apaisant.

— Je vais compter à rebours. Au fur et à mesure, vous voyagerez dans le temps. Vous remonterez le fil de votre passé et vous vous arrêterez sur des événements quand je vous l'indiquerai. Restez concentrée sur ma voix.

10... Vous êtes toujours détendue.

9... Le temps remonte. Des images ou des pensées traversent votre esprit. Ne les retenez pas, laissez-les couler en vous...

8... Des souvenirs vous reviennent en mémoire.

7... Vous plongez toujours plus profondément, plus loin, dans votre passé.

6... Vous allez vous arrêter sur un souvenir de votre enfance. Un moment heureux et agréable.

5... Pensez-y très fort. Vous vous sentiez dans un état de parfaite harmonie, entourée de l'amour de vos proches. Rien ne pouvait vous arriver.

4... Vous vivez ce moment qui vous a plongé dans un grand bonheur. Vous le visualisez. Ce jour-là, vous étiez une petite fille totalement heureuse.

3... Vous descendez toujours à l'intérieur de vous-même. Les images se précisent. Vos sentiments sont plus nets.

2… Vous baignez dans un sentiment de paix, de respect et d'amour.

1… Le temps va s'arrêter à ce moment précis. Vous serez capable de répondre à mes questions, de me décrire ce que vous percevez et ce que vous ressentez.

0… Vous y êtes…

Michèle Blanchet était déconcertée. Rien ne se déroulait comme prévu. Anna semblait profondément endormie et ne répondait pas aux questions qu'elle lui posait. La thérapeute était sur le point de claquer des doigts pour la réveiller quand Anna murmura :

— J'y suis…

— Très bien, glissa la thérapeute, rassurée. Décrivez-moi ce que vous voyez.

— Je suis dans la maison de mes grands-parents. Le jardin est en fleurs. Il fait chaud, le soleil brille. Des ballons de toutes les couleurs sont accrochés aux murs et pendent aux arbres.

— Devant vous, qu'y a-t-il ?

— Une guirlande en lettres prédécoupées sur laquelle on peut lire : « Joyeux Anniversaire ». C'est mon anniversaire ! Sur la table, un énorme gâteau avec cinq bougies est posé devant moi. Je goûte la crème avec mon doigt. Elle a un goût de chocolat. Mon gâteau préféré.

— Il y a des gens autour de vous ?

— Oui. J'entends beaucoup de rires. Des rires d'enfants. Ils jouent dans le jardin. Ce sont mes camarades de classe, mes voisins…

Une petite larme coula sur sa joue. Anna riait et pleurait à la fois.

— Anna ? Que se passe-t-il ?

— Ma mère est là. Elle est magnifique. Elle cherche mon père. Le voilà ! Elle lui demande où il a rangé l'appareil photo. Mon père revient en courant, l'appareil dans la main. Il me demande si je suis prête à souffler les bougies. Tout le monde chante pour moi. Ma mère compte jusqu'à trois. Je souffle. Tout le monde applaudit et me félicite.

— Anna, concentrez-vous. Que se passe-t-il après la fête ? Le soir, au moment de vous coucher, à quoi pensez-vous ?

— Il fait nuit. Je suis dans ma chambre, allongée dans mon lit avec mon ours en peluche. Je suis heureuse d'avoir vécu cette magnifique journée. Mais j'ai peur. Très peur.

Michèle Blanchet fronça les sourcils. Elle n'avait pas prévu de commencer la séance en évoquant des événements douloureux. C'était prématuré. Mais si sa patiente avait d'elle-même ouvert une brèche, peut-être était-elle prête à affronter ses angoisses…

— Anna, de quoi avez-vous peur ?

— Je ne peux pas le dire.

— Pourquoi ?

— Ma mère ne me croit pas. Elle me dit que ce sont des histoires. Il ne faut plus parler de ça. Je dois oublier.

— Anna, je suis là pour vous aider. Vous pouvez me le dire.

— J'ai peur de m'endormir. Peur de revoir ces images dans ma tête. Dans le noir, je garde les yeux ouverts, le plus longtemps possible. Je serre mon nou-

nours très fort contre moi. Je ne dois pas dormir… Je ne dois pas dormir…

— Anna, que se passe-t-il après ?

— Je me réveille. Je hurle. J'appelle ma mère.

— Anna, calmez-vous. Tout va bien. Votre mère arrive. Racontez-moi.

— Elle allume la lumière et me prend dans ses bras pour me consoler. Elle me demande pourquoi je pleure. Je lui répète que c'est à cause du vilain rêve. Toujours le même rêve où je meurs à la fin.

Il était temps pour la thérapeute de sortir sa patiente de l'hypnose, pour l'éloigner de ses souffrances de petite fille.

— Je vais compter jusqu'à trois. A trois, vous serez parfaitement réveillée. Vous vous sentirez en pleine forme et vous vous souviendrez de tout ce qui a été dit.

Michèle Blanchet commença le décompte. Anna ouvrit les yeux.

— Comment vous sentez-vous ?

— Bien, soupira Anna.

— Vous rappelez-vous ce qui s'est passé ?

— C'est très étrange… Ce cauchemar qui m'a poursuivie durant toute mon enfance est revenu après le tsunami. Et depuis environ dix jours, il se répète toutes les nuits. Il a empoisonné mes jeunes années jusqu'à l'âge de six ans. Pour une raison que j'ignore, il a refait surface.

— Que s'est-il passé récemment pour que ce cauchemar revienne vous troubler avec insistance ?

— Je ne sais pas…

— Que se passe-t-il dans ce cauchemar ?

Anna inspira profondément avant de répondre :

— Je rêve que je suis enterrée vivante… Vous pensez que ça peut avoir un rapport avec ce que j'ai vécu en 2004 ?

*Enterrée vivante !*

Le regard de la thérapeute s'assombrit, mais elle tâcha de ne pas montrer son embarras. Pour quelles raisons ce rêve horrible était-il réapparu après le choc du tsunami ? A moins que ce ne soit le coma, ou un autre événement, qui ait rappelé les émotions enfouies et ranimé ce rêve ? Pour le moment, Michèle Blanchet n'avait pas de réponse.

— Si je comprends bien, ce rêve remonte à votre enfance. Pourrait-il trouver son origine dans un traumatisme que vous auriez subi à un plus jeune âge ? Un jeu qui serait allé trop loin ? Un accident au cours duquel vous seriez tombée dans un trou ou avez été enfermée dans un lieu sombre et exigu ?

— Non… Je ne me souviens pas d'avoir vécu quelque chose de semblable.

— Comprenez bien, rêver d'être « enterré vivant » n'est pas anodin. C'est une situation déjà insoutenable pour l'esprit d'un adulte, alors quand il s'agit d'un enfant… Cela vous rappelle-t-il un film que vous auriez vu par inadvertance ?

— C'est peu probable. Mes parents et mes grands-parents allumaient rarement la télévision. Et en ma présence, ils étaient toujours très vigilants.

— Petite fille, à qui vous confiez-vous ?

— A ma mère surtout, mais elle ne m'a jamais prise au sérieux. Avec le recul, j'ai fini par comprendre. Comment réagir face à une enfant de cinq ans qui vous raconte un tel cauchemar ?

— Votre mère n'avait sans doute pas d'explication.

— Je pense surtout qu'elle était aussi effrayée que moi. Elle imaginait sûrement qu'en minimisant ces rêves, je finirais par les oublier. Ça a marché. Jusqu'au tsunami, du moins…

— Et aujourd'hui, comment expliquez-vous que ce rêve soit réapparu ?

— Je n'en sais rien. Ça n'a aucun sens pour moi. Pouvez-vous m'aider ?

Michèle Blanchet réfléchit à la situation. Elle était convaincue que certains enfants gardaient en mémoire des bribes de leur existence antérieure. Le cauchemar qu'évoquait Anna était peut-être lié à un choc émotionnel vécu dans cette ancienne vie. Mais, ce sujet étant controversé, la thérapeute préféra garder son avis pour elle. Elle vérifia sa montre. C'était l'heure d'accueillir le rendez-vous suivant.

— Je peux vous revoir dans une semaine, samedi matin. Je suis désolée de vous recevoir en dehors des heures du cabinet, mais mon agenda est complet. Cela vous permettra de réfléchir tranquillement à tout ce que nous avons exploré aujourd'hui.

— Pas avant ? Après cette séance, je me pose encore plus de questions !

Anna fouilla dans son sac et chercha son carnet à dessin sur lequel elle prenait ses notes et dont elle ne se séparait jamais. Elle ouvrit le carnet, et le tendit à Michèle Blanchet.

— Regardez ce croquis. Vous voyez, cette fosse ? C'est là que je suis enterrée. Comme dans mon rêve ! J'ai cette obsession depuis mon plus jeune âge. J'ai peur de devenir folle. Aidez-moi, je vous en prie !

Anna semblait si désemparée que la thérapeute prévint sa secrétaire : elle aurait du retard. Puis elle se tourna vers la jeune femme :

— Pour comprendre l'origine de vos cauchemars, je crains que nous ne soyons obligées de remonter à une date antérieure à votre naissance. Etes-vous prête à cela ?

Michèle Blanchet reprit le compte à rebours. Anna remonta jusqu'à l'âge de ses trois ans. Puis plus loin encore. Jusqu'à ses tout premiers jours.

Dans un état de plénitude totale, Anna sentit son corps flotter dans un milieu doux, agréable et protecteur : le cocon maternel. Soudain, une peur instinctive, animale, surgit en elle. Son cœur palpitait, battait de plus en plus vite. L'ombre, puis la lumière. Un cri primal, libérateur, sorti du fond de son ventre. C'était le jour de sa naissance.

Rien dans la vie actuelle d'Anna ne justifiait la réminiscence de ses cauchemars. Alors, elle remonta plus loin encore dans son voyage, à la recherche de l'élément déclencheur. Bien que consciente du temps qu'elle traversait, elle n'était plus en mesure de réaliser l'étrangeté de la démarche. Elle se laissait porter par le flot des souvenirs et vivait les sensations sans se poser de questions.

— Quel âge avez-vous ? demanda madame Blanchet.

— Vingt-cinq ans, murmura Anna.

— Comment vous appelez-vous ?

— Il… il ne faut pas qu'ils le sachent…

— Qui « ils » ? Que voulez-vous dire ?

— …

— Où êtes-vous ?

— En France. Il fait nuit. Un château surplombe un étang… et…

— Que voyez-vous ?

La voix d'Anna trembla, ses mains se crispèrent :

— Ils portent des torches. Ils creusent la terre sous un grand chêne. Je ne comprends pas ce qu'ils font. Ils… ils viennent me chercher. Pitié ! NON !!!

Michèle Blanchet interrompit la séance. Elle avait perdu le contrôle de la situation. A peine revenue à elle, Anna reprit son carnet à dessin et emprunta le stylo de la thérapeute qui demanda :

— Que souhaitez-vous faire ?

Mais Anna ne l'écoutait plus. A genoux, le carnet posé sur la table basse, la jeune femme faisait voltiger le crayon avec virtuosité. Peu à peu, l'esquisse se transforma en un dessin très précis. Trois silhouettes sombres portant une capuche. Une fosse au pied d'un grand chêne. Un étang autour d'une forteresse aux murs percés de meurtrières. Un pont-levis, de larges douves qui protégeaient l'accès à un château fort. Un imposant château flanqué de deux tours et muni d'une herse. Et, gravé dans la pierre, un blason qui surmontait la porte d'entrée à double vantail.

— C'est le château que vous avez vu ?

— Oui. Et là, dit Anna en pointant le doigt sur le dessus de la porte, c'est le bouclier orné de symboles.

La thérapeute se pencha et saisit le carnet. Elle observa attentivement le dessin et avança d'une voix hésitante :

— Ce bouclier… il ressemble à un blason.

— Vous voulez dire, comme celui d'une ville ?

— Oui, chaque blason est normalement associé à un nom. Cela peut être celui d'une ville, d'un village, tout comme d'une famille… Ici, il se trouve sur la façade d'un château, je dirais qu'il porte probablement le nom du seigneur de cette demeure.

Tout se bousculait dans la tête d'Anna. Elle sentit son cœur s'emballer, mais elle s'efforça de garder son calme et d'ordonner ses pensées. Elle tenait enfin une piste.

— Donc, si le blason que j'ai dessiné correspond à une famille et que je découvre laquelle, cela signifie que ce château existe et que je peux le trouver ?

— C'est possible, oui. Mais, par nature, je préfère avancer avec précaution. Pour moi, vous avez réalisé ce dessin d'après les souvenirs d'une vie antérieure, mais je n'en ai pas la certitude absolue. Qui me dit que ce château n'est pas le fruit de votre imagination ? Il n'y a que vous qui puissiez le savoir.

— D'accord, mais si on admet que ces images, gravées dans ma tête, sont le reflet de souvenirs bien réels, comment puis-je savoir à qui appartient ce blason ?

— Il faudrait faire appel à un historien, spécialisé dans ce domaine. Je ne connais personne d'assez qualifié pour vous aider.

Michèle Blanchet examina à nouveau le dessin d'Anna et fronça les sourcils. Au bord de la fosse, il y avait un autre symbole qui lui avait échappé : il représentait un être étrange, cornu, assis en tailleur et encerclé par ce qui semblait bien être un serpent.

— Qu'est-ce que c'est ? lança la thérapeute.

La voix étouffée, Anna répondit en portant une main à sa gorge :

— Les hommes qui étaient là. Ils… ils portaient ce médaillon autour du cou. J'ai arraché l'un de ces médaillons quand ils m'ont poussée dans la fosse.

Michèle Blanchet observa le pendentif de plus près. Le personnage arborait de grandes ramures, tout comme un cerf. Il tenait dans une main un torque. Dans l'autre, il serrait le cou du serpent. Mais ce qui troublait le plus Michèle Blanchet était que cette créature, mi-homme, mi-bête, ressemblait à s'y méprendre à un personnage satanique.

La mine circonspecte, la thérapeute rendit à Anna son carnet à dessin.

— Avant de nous quitter, je dois vous avertir : la plupart des gens ne croient pas en la vie antérieure. Si vous deviez effectuer des recherches pour découvrir à qui appartient le blason, à votre place je me garderais de dire dans quelles conditions vous l'avez dessiné.

— Et que pensez-vous du médaillon ? C'est peut-être une autre piste, non ?

Un frisson d'angoisse parcourut le dos de Michèle Blanchet. Pour la première fois de sa carrière, elle se sentait en difficulté face à une situation qu'elle ne maîtrisait plus. Elle se leva brusquement de son fauteuil et raccompagna Anna jusqu'à la porte.

— Je ne sais pas ce que ce médaillon signifie, mais… soyez prudente.

# 25

*Paris*
*Samedi 20 octobre 2012*
*15 heures*

La mort par injection d'un poison rare n'était pas banale, et lorsqu'elle fauchait la vie d'un professeur réputé, il y avait de quoi noircir quelques pages dans les journaux.

Malgré les certitudes du commissaire Padova, Will n'admettait toujours pas la thèse du suicide. Joan décida de prolonger de quarante-huit heures le reportage de Will afin de lui laisser le temps de se pencher sur ce qu'il pensait être un sordide fait divers. Son article serait un excellent prétexte pour mener sa propre enquête sur le terrain.

Une véritable onde de choc avait frappé l'hôpital à l'annonce du décès de Jean-Claude Bapteste. Tout le monde appréciait le chef du service de réanimation, et personne ne comprenait son geste. Il menait de front une brillante carrière et une vie familiale épanouie auprès de son épouse et de ses deux grands enfants, dans une maison de l'Ouest parisien. Rien ne permettait de déceler un quelconque signe de fragilité en lui. Mais au fond, qui sait vraiment ce que cachent des apparences heureuses ? Bapteste aimait son métier plus que tout. Viscéralement hostile à l'idée d'une médecine à deux vitesses, il refusait d'évaluer la santé uniquement en termes d'économie. A force de ne penser qu'en termes de rentabilité, un point critique avait été atteint au-delà duquel la qualité des soins prodigués s'en ressentait, tout comme l'accompagnement des patients. Six mois auparavant, il s'était enfin résolu à évoquer le besoin de renfort à sa direction. Comme cette requête n'avait pas suscité de réaction, il avait décidé d'envoyer un e-mail circonstancié, plus formel, explicitant le manque flagrant d'effectif, de moyens, pour traiter convenablement, humainement, tous ses patients. Mais il s'était vu opposer une fin de non-recevoir.

D'après des sources bien informées, ce n'était pas une lettre de suicide « classique » que la police avait découverte sur son bureau, mais précisément ce courrier électronique, imprimé et sur lequel le médecin aurait écrit en diagonale, en majuscule et à l'encre rouge deux simples mots : « Voilà pourquoi ! »

Will renonça à interroger la famille du professeur Bapteste. Non seulement il aurait trouvé inapproprié de déranger ses proches, mais il était convaincu qu'il devait concentrer toutes ses recherches sur l'élément qui lui avait échappé dans cette affaire. Un élément qui démontrerait que ce suicide n'était qu'une mise en scène, un meurtre orchestré dans le seul but de dérober le dossier médical d'Anna Jensen.

*Comment le prouver ?*

Il tournait en rond dans sa chambre d'hôtel quand le téléphone sonna. C'était Mark. Will fut heureux d'entendre une voix amicale.

— Joan nous a tout raconté. Il paraît que c'est toi qui as découvert le corps !

— Les nouvelles vont vite, soupira Will.

— Du coup, elle nous a dit que tu ne rentrais que lundi soir. Mais avec cette histoire, j'imagine que tu n'as pas trop le temps d'aller draguer.

— Je n'ai pas vraiment la tête à ça…

— Il y a quand même un truc que je ne comprends pas. Ce médecin, c'est lui qui t'a donné rendez-vous le matin de sa mort ?

— Nous devions effectivement nous retrouver dans son bureau.

— Mais pourquoi te donner rendez-vous pour ensuite mettre fin à ses jours ?

— Ça n'a pas de sens, je te l'accorde.

— J'ai ma petite idée, figure-toi !

Will décida d'écouter l'argumentaire de son ami :

— Ton médecin voulait que les causes qui l'ont poussé à se donner la mort soient connues de tous. A cause de la crise, l'Etat français est très endetté, il cherche donc à réduire ses dépenses. Notamment celles dédiées à la Santé. Bapteste travaillait dans une grande structure, mais la France ayant fait fermer plusieurs petits hôpitaux jugés peu rentables, cela a engendré un afflux de patients dans son service qui s'est alors retrouvé à flux tendu, avec tout le stress qu'on peut imaginer se répercutant sur le personnel soignant…

— Donc selon toi, avança Will, le professeur Bapteste se serait suicidé pour dénoncer tout ça dans les médias ?

— Exactement ! Votre rencontre a tout précipité. Il a saisi cette opportunité pour passer à l'action. C'est logique, non ?

— Un type s'est suicidé parce qu'il devait me rencontrer. C'est très logique. Je me sens beaucoup mieux, tout d'un coup ! Merci, Mark, de m'avoir éclairé ! Bon ! Sérieusement, ton explication tient la route. Le professeur avait déjà alerté sa direction au sujet de cette surcharge de travail, mais on ne l'a pas écouté.

— Ah, tu vois !

— Admettons que tu aies raison, que le professeur Bapteste ait été victime d'un épuisement psychologique, pourquoi aurait-il impliqué sa patiente, Anna Jensen, dans cette histoire ? Pourquoi m'a-t-il permis de la rencontrer ? Qu'avait-elle à faire là-dedans ? Sais-tu que son dossier médical avait disparu, alors que j'étais justement venu à l'hôpital pour le consulter ? Il y a forcément un lien entre tous ces événements.

— Anna Jensen ? C'est bien la fille qui était dans le coma et que tu as rencontrée pour ton papier ?

Will lui raconta en quoi la disparition du dossier médical d'Anna éveillait ses doutes :

— J'en ai presque la conviction, Mark. C'est un meurtre !

Mark se concentra sur les données du problème :

— Reprenons depuis le début. Si je suis ton raisonnement, tu penses que quelqu'un a maquillé le meurtre du professeur Bapteste afin de récupérer le dossier d'Anna Jensen. Et que fais-tu de sa lettre ?

— C'est un faux !

Will lui expliqua l'origine du courrier.

— Falsifier une écriture sur deux mots, ce n'est pas si compliqué ! conclut-il.

— Ce n'est pas à la portée de n'importe qui ! Et puis, ça impliquerait que ton meurtrier ait eu connaissance du contenu de cet e-mail. Donc, soit tu accuses la direction de l'hôpital, soit ton gars est un sacré pirate informatique doublé d'un faussaire en écriture.

— Il y a quelques années, un hacker anglais a bien piraté le Pentagone ! rétorqua Will.

— Certes, mais un hacker est rarement un meurtrier ! Là, on parle d'un tueur qui aurait assassiné un médecin dans son bureau. Pour passer inaperçu, ce ne peut être qu'un pro avec une grosse organisation derrière lui.

— Et si c'était le cas ?

— Will, tu sais quoi ? Tu me fais penser à ceux qui croient dur comme fer à la théorie du complot. Ils ont une réponse à tout et, quoi que tu dises, ils auront toujours une explication allant dans leur sens.

— Ecoute, je ne peux pas l'expliquer, mais j'ai l'intuition d'être dans le vrai. Je ne sais pas comment prouver ce que j'avance. Je devrais peut-être aller voir la police.

— Tu as raison ! Autant te jeter dans la gueule du loup !

— Pourquoi dis-tu ça ?

— Parce que si c'est un meurtre et que tu es le premier à être arrivé sur la scène de crime, tu deviens le suspect numéro un.

— C'est quoi ces conneries ? Je n'ai rien à voir avec ça !

— Peu importe ce que, toi ou moi, nous pensons. Tu connais les policiers, c'est ce qu'ils concluront. A ta place, avant d'aller voir les flics, j'essaierais d'obtenir des preuves de ce que j'avance.

— Merci pour le conseil !

— Je ne plaisante pas, Will. Déjà, tu devrais commencer par chercher le mobile. Pourquoi aurait-on tué le professeur Bapteste ? Avait-il des ennemis ? Que contenait le dossier médical d'Anna Jensen ? Mais surtout, as-tu un début de preuve que ton docteur a bien été assassiné ? Le meurtre parfait n'existe pas. Il y a toujours une faille quelque part. C'est toi qui as découvert le corps. Essaie de te rappeler un détail que tu n'aurais pas remarqué sur le moment, mais qui accréditerait ta thèse.

— Elémentaire, mon cher Watson. Non mais, sérieusement, tu as cru que j'étais Sherlock Holmes ?

— Moi, tout ce que je crois, c'est que si ce que tu dis est vrai, tu es dans un sacré merdier. Bon courage, mon pote !

Dehors, les passants se hâtaient de rentrer chez eux. Will s'éloigna de la fenêtre de sa chambre et essaya de faire le vide. Il avait en tête des éléments, des indices, mais aucune preuve. Il tâcha de se remémorer la scène de crime. Une armoire métallique, des diplômes accrochés au mur, des revues médicales éparpillées sur le bureau, et Bapteste, assis, inanimé, la manche retroussée, une aiguille plantée dans le bras gauche… Will réfléchit. Une lueur brève et éclatante jaillit soudain d'une zone de son cerveau.

*Ce n'est pas possible...*

Voilà le chaînon manquant qui lui donnait raison ! Will s'en voulut de ne pas avoir compris plus tôt. Désormais, il se souvenait très bien de sa rencontre avec le professeur Bapteste au colloque. Bapteste portait sa montre au poignet droit, se servait de sa main gauche pour saisir son verre. Bapteste était gaucher. Pourtant, l'aiguille était plantée dans son bras gauche. Cette fois, Will en avait la certitude : le professeur Bapteste avait bien été assassiné.

# 26

*Paris*
*Samedi 20 octobre 2012*
*15 h 30*

Anna tenait enfin un fil à dérouler jusqu'à la source de ses cauchemars. Depuis qu'elle avait regagné son appartement, elle ne cessait de penser à la séance d'hypnose. Elle avait emmagasiné toutes les données, revu ses dessins, tenté de trouver un sens à ce qui lui arrivait, anxieuse et impatiente de savoir où ces pistes la mèneraient.

Qui pouvait-elle appeler pour dénicher un historien ? Avant d'y réfléchir, elle ne put s'empêcher d'écouter une énième fois son répondeur. Sa messagerie restait désespérément vide, Will Aberdeen ne l'avait toujours pas rappelée. Pendant deux jours, elle avait attendu un signe. Ne lui avait-il pas promis de lui faire lire son article ? Sans doute le réseau fonctionnait-il mal. Cela arrivait parfois, tentait-elle de se rassurer sans vraiment y croire.

*Que m'arrive-t-il ?*

Cela n'avait rien à voir avec un coup de foudre, chercha-t-elle à se convaincre. En fait, pourtant, c'était exactement ça. Un coup de foudre. Dévastateur. Le cœur impatient, palpitant, et le besoin violent, irrépressible, de revoir cet être entrevu une seule fois. Le courant était passé. Du moins, c'était ce qu'elle croyait. Peut-être que ce n'était pas réciproque, après tout. Caroline lui avait conseillé de laisser tomber. S'il ne la rappelait pas avant de rentrer à New York, c'était qu'elle ne l'intéressait pas. Point barre.

Elle se souvint quand Xavier, son ex, avait voulu renouer avec elle. Il lui avait dit à plusieurs reprises : « Avec tous les problèmes que tu as dans la tête, qui voudrait rester avec toi ? Tu devrais t'estimer heureuse que j'accepte de te revoir ! » Après tout, méritait-elle mieux que cet homme qui la dénigrait et la rabaissait, lui renvoyant l'image d'une jeune femme paumée, insomniaque, indécise, qui avait peur de tout et vivait enfermée dans son monde ? « Une fille à problèmes », comme Xavier aimait à le répéter.

Que s'était-elle imaginé ? Que Will n'avait pas remarqué que quelque chose en elle ne tournait pas rond ? Elle s'était emballée trop vite et se trouva, avec le recul, tristement ridicule. Après le dépit, un sentiment de colère l'envahit. Pas envers Will. Ni même envers Xavier qui avait au moins eu l'honnêteté de lui dire la vérité. Elle était en colère contre elle-même.

Son amour-propre bafoué, piétiné, elle se résolut à essayer d'oublier Will. Caroline avait raison, il fallait qu'elle arrête de se flageller. Ça ne menait à rien de s'apitoyer sur son sort si ce n'était de continuer de faire le vide autour d'elle. Anna se prépara un café, décidée à se concentrer sur son enquête. Résoudre un à un ses problèmes constituait un bon dérivatif. Et le premier, tout en haut de la liste, consistait à dénicher un historien capable de décrypter ses croquis.

Après avoir fait défiler les noms de ses contacts sur son répertoire, elle se rabattit sur Patrick. Son éditeur était toujours de bon conseil.

— Anna ! Comment vas-tu depuis hier ?

— Bien, bien... J'ai vu Michèle Blanchet ce matin.

— Ah bon ? Ça fait plaisir que tu m'écoutes de temps en temps ! Cette femme est sensationnelle, non ?

— Oui, elle est... impressionnante ! Patrick, j'ai un service à te demander.

— Je t'écoute.

— Connais-tu un historien spécialisé dans les blasons ? Je cherche quelqu'un qui pourrait me donner l'origine d'un blason à partir d'une reproduction.

— Tu recherches un spécialiste de l'héraldique ?

— De... quoi ?

— L'héraldique ! C'est la description et le déchiffrage des blasons. Au Moyen Age, le blason se transmet par héritage, au sein des membres masculins de la noblesse. Il se présente sous forme d'écu avec des formes et des couleurs spécifiques et permet d'identifier une famille.

— Ah, dit-elle en notant le mot sur son carnet. Je ne suis pas sûre d'avoir suivi toutes tes explications, mais peux-tu m'aider ? Je suis assez pressée.

— Pressée ? Tu m'intrigues, Anna... Bon, eh bien, je ferai mon possible. Mais pas aujourd'hui, on est samedi. Lundi, je prendrai contact avec certains universitaires.

— C'est gentil de ta part.

— Enfin, Anna, c'est naturel ! Mais peux-tu satisfaire ma curiosité ? Pour quelles raisons souhaites-tu faire appel à un spécialiste de l'héraldique ? Y a-t-il un rapport avec ta séance d'hypnose chez madame Blanchet ?

— Une piste à vérifier…

— Je connais ce ton-là, énigmatique, mystérieux. Anna, que me caches-tu ?

Anna craignait que Patrick ne se soit vexé. Tant qu'elle ignorait où cette piste la mènerait, elle préférait ne pas en dire plus. Elle n'avait fait qu'appliquer les recommandations de Michèle Blanchet : ne rien dire sur l'origine de ses dessins. Cependant, il fallait qu'elle se montre un peu plus convaincante si elle souhaitait qu'il l'aide.

En attendant de trouver une solution pour ménager la susceptibilité de son éditeur et préserver la confidentialité des informations qu'elle détenait, elle se dit qu'Internet se montrerait peut-être d'une aide précieuse. Une liste de blogs et de forums s'afficha. Destinés à des passionnés d'histoire et de généalogie, ces sites utilisaient des termes nébuleux pour le profane. Autant dire qu'Anna n'y comprenait rien. Au bout d'une heure de recherches infructueuses, un début de migraine lui vrilla le crâne. Elle se massa les tempes et s'affala sur sa chaise, découragée.

Elle allait éteindre son ordinateur quand un signal sonore l'informa de l'arrivée d'un nouveau mail.

**De** : Michèle Blanchet
**A** : Anna Jensen
**Objet** : Identification blason
**Envoyé** : sam. 20/10/2012 17 h 34
Mademoiselle,
Veuillez trouver ci-joint les coordonnées d'un historien qui pourra vous orienter dans vos recherches. N'hésitez pas à le contacter.
Cordialement,
Michèle Blanchet

Anna cliqua pour ouvrir le fichier. Le document mentionnait le nom, l'adresse et le numéro de téléphone du baron Friedrich Von Schmidt. Elle sentit l'excitation la gagner et répondit aussitôt :

**De** : Anna Jensen
**A** : Michèle Blanchet
**Objet** : RE : Identification blason
**Envoyé** : sam. 20/10/2012 17 h 41
Chère Madame,
Je ne manquerai pas de contacter le baron Von Schmidt. Si vous êtes d'accord, je vous tiendrai au courant de mes recherches.
Merci infiniment pour votre aide.
Bien à vous,
Anna

La jeune femme ne se souvenait plus d'avoir communiqué son adresse e-mail à la thérapeute. Patrick n'y était sans doute pas pour rien. Elle le rappela pour le remercier, mais sa réponse la décontenança :

— Tu me remercies pour quoi au juste ?

Anna balbutia :

— Mais enfin… Tu sais bien ! C'est bien toi qui as transmis mon adresse électronique à madame Blanchet ?

— Je ne lui ai rien transmis du tout !

— Vraiment ?

— Si je te le dis ! Mais elle est facilement trouvable sur ton site Internet.

— Ah… Oui, c'est sûrement ça… Au fait, Patrick, puisqu'on est en ligne, connais-tu un certain baron…

Elle vérifia le nom affiché sur l'écran.

— … Friedrich Von Schmidt ?

L'éditeur avala de travers et toussa en éloignant le combiné.

— Ça va ? s'inquiéta Anna.

— Excuse-moi, reprit-il, la voix enrouée. Comment connais-tu ce nom ?

— C'est Michèle Blanchet qui m'a envoyé son contact. Pour mes recherches…

— Je vois… Je ne pense pas que ce soit une bonne idée que tu contactes cet homme.

— Pourquoi ?

Il y eut un blanc au téléphone.

— Le baron Von Schmidt n'est pas quelqu'un de très… accessible.

— Que veux-tu dire par là ?

— En des termes plus clairs : c'est un caractériel, un égoïste, un bibliophile maniaque obsédé par sa marotte !

— Quel portrait ! J'espère que, toi et moi, nous ne serons jamais fâchés.

— Pourquoi dis-tu ça ?

— Oh, comme ça… Mais qui est ce baron au juste ? Tu n'as pas l'air d'avoir beaucoup d'estime pour lui.

— Ça date d'une vieille querelle qui remonte au temps où il enseignait à la Sorbonne.

— C'est vrai qu'à l'époque, tu y as fait quelques interventions…

— En tout cas, c'est comme ça que je l'ai malheureusement connu.

— Que s'est-il passé ?

— Avant qu'on ne se brouille définitivement, nous confrontions de temps en temps nos points de vue. Nos échanges étaient vifs et nous n'étions d'accord sur presque rien. Von Schmidt ne se préoccupait que de lui, il ne se souciait que de servir ses propres intérêts. Enseigner son savoir aux étudiants était le cadet de ses soucis. Quel gâchis ! Il n'avait qu'une passion : l'histoire. Seuls les illustres personnages du passé suscitaient son intérêt. A croire qu'il préférait vivre parmi les fantômes. Un vrai misanthrope. Un jour, un héritage providentiel lui a permis d'abandonner son poste pour ne se consacrer qu'à sa passion. Enfin, ça, c'est la version officielle. La rumeur prétend qu'il a trempé dans des affaires louches. Mais ne me demande pas dans quoi exactement. Je n'en ai pas la moindre idée.

— Hum… Un personnage pas très fréquentable… Mais penses-tu que ce Von Schmidt serait capable de décrypter un blason ?

— Sur ce point, je n'en ai aucun doute. Il est très compétent.

— C'est déjà ça ! S'il est tel que tu me le décris, comment puis-je espérer l'aborder ?

— Je te le déconseille !

— S'il te plaît, Patrick. Fais un effort.

— Si tu y tiens tant que ça… Il faut qu'il trouve un intérêt à t'aider, une contrepartie. Sinon, il ne lèvera jamais le petit doigt pour toi.

— C'est-à-dire ? s'inquiéta Anna. Je te préviens tout de suite, on peut tout me prendre, sauf ma dignité !

— Je ne te parle pas de ça. Tu dois éveiller sa curiosité. Il adore les enquêtes historiques. Les grands mystères à élucider, les défis à relever. Surtout, ne cherche pas à le flatter. Ce vieux fou te prendrait pour quelqu'un de faible et n'éprouverait que du mépris à ton endroit. Sois inflexible. Montre que tu ne crains pas de te mesurer à lui.

— Bien… j'imagine le phénomène. Une dernière question : pourquoi, selon toi, madame Blanchet me le recommande-t-elle ?

— Sans doute parce que c'est le meilleur !

# 27

*Paris*
*Samedi 20 octobre 2012*
*20 heures*

Les lampadaires éclairaient les quais brumeux de la Seine. Anna traversa le pont Marie pour rejoindre l'île Saint-Louis. Elle longea le quai d'Anjou jusqu'au numéro 17. Devant les portes massives du luxueux hôtel particulier, elle rassembla son courage avant de sonner.

— Mademoiselle ?

Un majordome lui ouvrit et lui demanda de se présenter.

— Anna Jensen. J'ai rendez-vous avec le baron Von Schmidt.

— Une pièce d'identité, s'il vous plaît.

Surprise, Anna tendit sa carte sans poser de question.

— Je vais vous conduire jusqu'à lui. Mais auparavant, je vous prie d'éteindre votre téléphone. Le baron Von Schmidt ne supporte pas d'être dérangé par ces appareils.

Anna haussa les sourcils et s'exécuta.

Ils traversèrent une large cour pavée et entrèrent dans une belle bâtisse en pierre de taille. D'un pas rapide, presque militaire, amorti par un tapis recouvrant la partie centrale d'un parquet ciré, le majordome emprunta un corridor interminable. Sur les murs, des armes anciennes, des tableaux représentant des scènes de chasse, et des têtes de cerfs empaillées. Tout au bout, le majordome ouvrit une lourde porte capitonnée et prévint Anna :

— Vous avez trente minutes.

Des rideaux de velours pourpre occultaient les hautes doubles fenêtres. Sur les quatre murs de la vaste pièce, des rayonnages entiers de livres anciens et d'éditions rares grimpaient jusqu'au plafond. Sous le lustre en cristal, une longue table en acajou massif occupait le centre de la pièce.

— Mademoiselle Jensen. Entrez, je vous prie.

Un homme à l'allure altière vint la saluer. Il était vêtu d'un veston et d'un gilet noirs et d'une chemise blanche impeccable. Ses manières révélaient une éducation soignée.

— Je vous remercie de m'avoir reçue aussi rapidement, dit Anna. Je ne m'y attendais pas.

— Considérez-le comme un privilège. Très peu de gens sont autorisés à pénétrer dans mon antre. Voici ma collection privée, dit-il en désignant avec fierté l'impressionnante bibliothèque.

— Magnifique, commenta Anna.

Le baron Von Schmidt caressa avec délicatesse la tranche de plusieurs ouvrages avant d'en saisir un au hasard.

— L'odeur des livres anciens, dit-il en humant l'ouvrage, me ravit. Observez ces belles dorures, la patine noble des reliures. Ce sont les œuvres des grands esprits, dont la sagesse est parfois millénaire, qu'ils contiennent.

Le baron rangea l'ouvrage avant d'ajouter :

— Cette bibliothèque est le seul endroit où j'éprouve un sentiment de totale plénitude.

Anna regarda autour d'elle pour évaluer le nombre de livres qu'abritait la pièce. Il devait y en avoir pour une fortune.

— Pourquoi fait-il si sombre ? demanda-t-elle.

— Pour les protéger !

— Les livres ?

— Evidemment ! Il m'a fallu toute une vie pour les rassembler. La chaleur, le soleil, l'humidité, la poussière, les souris… Tant de fléaux à combattre !

— Cela doit vous demander une attention à toute épreuve.

— Ma chère, vous êtes dans le sanctuaire de la connaissance. La mémoire du monde ! La préserver ne mérite-t-il pas un tel dévouement ?

Anna l'écoutait parler se demandant ce qu'elle était venue faire chez lui.

— Vous-même, écrivez-vous ? lui demanda-t-elle.

— Ecrire ? Non, avoua-t-il avec une pointe de regret. A quoi bon, de toute façon ? J'ai là de quoi satisfaire mes besoins les plus élémentaires… Mais nous nous égarons. Revenons-en à vous. N'aviez-vous pas un document de la plus haute importance à me présenter ?

Anna lui tendit son carnet à dessin. Le baron Von Schmidt observa le papier bon marché.

— Qu'est-ce donc ? lança-t-il avec dédain. Une plaisanterie ?

— Non, répliqua Anna. C'est un blason à identifier. En êtes-vous capable ?

Face à l'aplomb de la jeune femme, il se radoucit.

— Même si ce dessin semble réalisé avec minutie, les croquis, par la subjectivité de leur auteur, sont propices aux imprécisions et aux erreurs d'interprétation. Je ne me prononce qu'à partir de photos.

— Je n'ai que ça.

— A partir de quel modèle avez-vous travaillé ? Ce château, en l'occurrence, où se trouve-t-il ?

Mal à l'aise, Anna détourna les yeux. Le baron Von Schmidt s'impatienta.

— Mademoiselle, je n'ai pas de temps à perdre !

— Laissez-moi vous expliquer. Ce dessin... ne provient de nulle part. A moins que vous ne considériez le pays des rêves comme une réponse satisfaisante.

— Que voulez-vous dire ?

Anna ignora les recommandations de la thérapeute.

— J'ai moi-même dessiné ce blason. D'après un cauchemar plutôt... Croyez-le ou non, c'est la stricte vérité.

Le baron Von Schmidt chaussa ses lunettes. Il reprit le carnet des mains d'Anna et observa le croquis avec fébrilité.

— C'est incompréhensible...

Intriguée par la réaction du baron, Anna s'approcha et regarda à son tour ce qu'elle avait dessiné.

— Qu'y a-t-il d'incompréhensible ?

— D'ordinaire, j'ai pour support un bijou, une peinture, une sculpture, un sceau, une clé de voûte, un vitrail... qui existe dans notre monde avec une certitude absolue. C'est bien la première fois qu'on me demande d'identifier un blason d'après un rêve. Pourtant, malgré son origine improbable, ce blason me paraît totalement cohérent. Les règles de l'art sont respectées.

Ses petits yeux se plissèrent et sondèrent la jeune femme avec suspicion.

— Etes-vous sûre de n'avoir jamais vu ce blason ?

Anna haussa les épaules. Le baron s'intéressait à présent au symbole qui se trouvait sur le médaillon des moines assassins.

— Le dieu cornu, demanda-t-il avec une voix qui trahissait l'anxiété, provient également de votre rêve ?

— Le dieu cornu ? répéta Anna.

— Oui, le dieu cornu ou Cernunnos, le dieu païen que l'Eglise a identifié comme le diable !

Le baron Von Schmidt arpenta la pièce, le nez en l'air.

— Dieu a créé les rêves pour indiquer la route au dormeur dont le regard est dans l'obscurité.

— C'est de vous ?

— Non, c'est tiré d'un livre de sagesse datant de l'Egypte antique. Dans toutes les civilisations de l'Antiquité, les images symboliques des rêves étaient considérées comme des messages de nature divine dont il fallait savoir interpréter le sens caché.

L'homme s'arrêta net et se tourna vers Anna, l'air inquisiteur.

— Vous ne me dites pas tout, n'est-ce pas ? Vous en avez trop dit ou pas assez. Je me trompe ?

— Pourquoi dites-vous cela ?

— L'apanage de l'expérience, ma chère. Vous avez un sérieux problème à régler. L'enjeu doit être significatif. Sinon, vous ne seriez pas là à solliciter l'aide d'un vieil acariâtre.

Pas faux, songea Anna, qui se garda bien, toutefois, de lui dévoiler ses sentiments.

— Vous devrez répondre à ces questions : Quoi ? Qui ? Où ? Quand ? Comment ? Et pourquoi ? L'identification du blason permet de répondre à la question : où ?

— Si j'ai bien compris, le blason présent sur le château détermine le lieu ?

— C'est évident ! Mais de quoi parlons-nous ? Il manque une donnée essentielle, dont vous ne m'avez toujours rien dit. Que s'est-il passé dans votre rêve pour que vous décidiez de mener votre propre enquête ?

Anna ne souhaitait pas dévoiler son histoire personnelle. Mais elle se souvint des conseils de Patrick. Elle devait éveiller l'intérêt du baron.

— Un meurtre abominable a été commis, en ce lieu même que j'essaie d'identifier.

— Une affaire criminelle. Le mystère s'épaissit.

— Pouvez-vous m'aider ?

— Pourquoi le ferais-je ? Qu'avez-vous à m'offrir ? L'argent ? Toute une vie ne me suffirait pas à dépenser celui que je possède. Quant aux charmes des jolies femmes, je suis désolé de vous l'apprendre, mais il y a bien longtemps que j'ai renoncé au plaisir de la chair. Je ne me repais désormais que de nourritures spirituelles.

C'est vrai, pourquoi l'aiderait-il ? Il n'avait aucune raison objective de se donner ce mal. Mais était-il nécessaire d'être aussi désobligeant ? Patrick ne s'était pas trompé. Enseigner son savoir ou, simplement, aider son prochain était la dernière des priorités de Von Schmidt. Il s'était amusé. A présent, il la tournait en ridicule. Le moment était venu pour Anna de se retirer. Mais avant de franchir définitivement le pas de la porte, elle ne put s'empêcher de lui dire ce qu'elle avait sur le cœur :

— Si ces grands savoirs qui occupent les étagères de votre bibliothèque ne se sont pas perdus, c'est parce que des hommes et des femmes ont continué à les transmettre. Cette mémoire du monde ne survivrait pas si personne n'enseignait ces connaissances. Alors, vous pouvez admirer ces ouvrages tant qu'il vous plaira, vivre dans l'illusion d'être l'un de ces grands penseurs en vous appropriant leur univers. Mais vous, en quoi honorez-vous leurs œuvres ? Vous croyez être fidèle à leur pensée ? En réalité, vous trahissez l'esprit même du savoir que vous avez emmuré ici.

# 28

*Paris*
*Samedi 20 octobre 2012*
*21 h 30*

Dépitée par son entrevue, Anna rentra chez elle à pied. Le baron Von Schmidt était un être détestable, c'était incontestable, mais aussi l'un des plus fascinants qu'elle ait rencontrés. Elle s'attarda en chemin pour se changer les idées, peu pressée de se retrouver à cogiter entre les quatre murs de son appartement.

Elle longea les quais et s'arrêta au milieu du pont Marie. Un bateau-mouche illuminé glissait sur la Seine et offrait à ses passagers une vue sur les plus beaux monuments parisiens au clair de lune. Anna parvint enfin à oublier ses tracas. Mais à présent, tout ce qui lui venait en tête était le visage du beau journaliste dont elle était sans nouvelles.

Arrivée à cinquante mètres de chez elle, elle fouilla dans son sac pour attraper ses clés.

*Merde, mon carnet ! Quelle idiote !*

Elle l'avait oublié chez le vieux fou. Elle devait absolument le récupérer, mais elle n'avait aucune envie d'y retourner. Et puis, il était tard. Tant pis, elle irait demain.

Elle releva les yeux et sentit son cœur fondre comme un bloc de glace en plein soleil. Etait-ce une apparition ou était-elle en train de rêver ? Will était là, sur le trottoir, devant la porte de son immeuble. Il se tourna vers elle et afficha un sourire confus. Par réflexe, elle jaugea son reflet sur les vitres fumées d'un véhicule en stationnement et regretta aussitôt son apparence négligée. Elle n'avait pas pu se remaquiller et n'était pas à son avantage. Alors, elle recoiffa nerveusement la mèche qui balayait son front et prit un air faussement détaché pour se donner une contenance :

— Will, que faites-vous là ? Vous ne deviez pas repartir cette nuit ?

Il ne répondit pas vraiment à sa question. Il avait l'air préoccupé :

— Je vous ai appelée. J'ai essayé de vous joindre toute la soirée.

Elle réalisa que son portable était resté éteint. Elle avait la fâcheuse habitude d'oublier de le rallumer. Mais, pour une fois, elle s'en félicitait. Will s'était déplacé jusque chez elle pour la revoir et, intérieurement, cela la réjouissait.

*Et si, finalement, il était aussi mordu que moi ?*

Mais son attitude ne ressemblait pas à celle d'un homme cherchant à la séduire. Il avait l'air grave et l'interrogeait d'un ton inquiet :

— Où étiez-vous ?

Anna se mordit les lèvres. Si elle racontait la vérité, il prendrait ses jambes à son cou. Même elle, avait du mal à croire à ce qu'elle avait vu et entendu ce jour-là. La seule parade qu'elle trouva fut de répondre, sans réfléchir, ce qui lui passait par la tête :

— J'avais… des courses à faire.

Will vérifia sa montre et la regarda, dubitatif. Il ne la croyait pas. C'était évident. Son alibi ne tenait pas la route : elle ne portait aucun paquet et, à cette heure-ci, la plupart des magasins étaient fermés. Mais surtout, confrontée à son regard, elle perdait totalement ses moyens, rougissait, cherchait ses mots. Alors, elle changea vite de sujet :

— Comment avez-vous trouvé mon adresse ?

— Je suis journaliste, répliqua Will, c'est aussi mon boulot de savoir comment retrouver les gens.

— Un peu comme la police.

— On peut voir ça comme ça.

Puis il lui annonça la nouvelle avec précaution :

— Anna, êtes-vous au courant pour le professeur Bapteste ?

— Au courant de quoi ? s'affola la jeune femme.

— J'ai repoussé mon départ pour New York à cause de… Anna, je suis désolé d'avoir à vous apprendre ça… (Il la regardait, navré.) Le professeur Bapteste est mort.

Will escorta Anna jusqu'à son appartement. Comme un automate, le regard vide, la jeune femme se dirigea vers son canapé. Elle attrapa un coussin et le serra très fort contre sa poitrine. Will était là, debout, au milieu de la pièce. Il ne savait pas trop comment réagir. Elle était visiblement choquée par la nouvelle. S'il s'écoutait, il irait s'asseoir auprès d'elle et la prendrait dans ses bras pour la consoler. Elle s'était livrée à lui pour qu'il puisse écrire son article et, au final, même s'il n'avait pas dissipé toutes les zones d'ombre, il avait la sensation de la connaître mieux qu'elle ne le connaissait. Tout compte fait, il n'était qu'un étranger pour elle. Peut-être même souhaitait-elle qu'il s'en aille. Il désigna la porte et s'excusa, avec maladresse :

— Il est tard. Je vais vous laisser.

Elle sortit soudain de sa torpeur :

— Ne partez pas ! Je ne veux pas rester seule.

A voix basse, elle ajouta, comme si elle se parlait à elle-même :

— Ce médecin qui m'a sauvé la vie est mort. Je l'ai eu au téléphone il y a à peine quelques jours. Il avait l'air en forme. Je ne comprends pas...

Elle leva les yeux vers Will :

— Comment cela a pu se produire ?

— Ce n'est peut-être pas le bon moment pour en parler, avança Will, prudent.

— Au contraire ! Je veux savoir.

Il réalisa qu'Anna était la seule personne avec qui il pouvait partager son enquête. Alors, il lui raconta tout ce qu'il savait. Depuis sa rencontre avec le professeur au colloque sur les expériences de mort imminente, jusqu'à la découverte de son corps inanimé à l'hôpital et ses doutes sur le suicide.

— Je ne crois pas au suicide, approuva Anna, mais un crime ? Pour quelles raisons aurait-on voulu la mort du professeur Bapteste ? Il n'avait pas d'ennemis. Tout le monde l'aimait !

— Anna... Je crois qu'il n'était pas visé personnellement.

— Que voulez-vous dire ?

— Il y a autre chose que vous ignorez.

Will lui révéla la disparition de son dossier médical. Elle frissonna.

— Le jour où le professeur Bapteste est mort, j'avais rendez-vous avec lui pour consulter ce dossier. Ne trouvez-vous pas cela étrange ?

— Vous êtes en train de m'expliquer que quelqu'un a tué le professeur Bapteste juste pour récupérer mon dossier médical ? Mais pourquoi ? Cela n'a aucun sens !

— Cela a forcément un sens. J'essaie de le découvrir. Bapteste n'avait pas d'ennemis, vous le savez. Ce dossier devait avoir une grande valeur pour celui qui a commis ce crime.

Will lui laissa le temps de digérer ces informations. Elle avait l'air perdue, résignée.

— Qu'est-ce que je dois faire ?

— Si vous vous souveniez de quoi que ce soit qui ait un rapport avec ces enregistrements, ça pourrait nous aider…

Anna le coupa brusquement :

— Je ne me souviens de rien !

Elle baissa la tête et les larmes qu'elle avait trop longtemps contenues ruisselèrent sur ses joues. Will lui tendit une boîte de mouchoirs qui traînait sur la table du salon et s'assit à côté d'elle. Elle tamponna ses cils et plia le mouchoir noirci par le mascara qu'elle avait appliqué le matin. Elle sourit avec amertume. Quel spectacle pathétique elle était en train de lui offrir !

— Je dois être horrible à voir.

Will contempla son profil, ses yeux brillants et ses pommettes rougies par l'émotion.

— Mais non, ce n'est pas vrai.

Elle se tourna vers lui et l'interrogea du regard, incrédule. Il se reprit :

— Ne croyez pas que je cherche à profiter de la situation.

Sans répondre, elle s'approcha de lui et posa sa tête sur son épaule, bercée par les battements de son cœur. Il l'entoura de son bras et se contenta de la réconforter. Ils restèrent assis l'un contre l'autre, sans se parler, dans un silence apaisant.

Bouleversée par les événements de cette journée, Anna finit par s'endormir, épuisée. Will la prit dans ses bras, l'allongea délicatement sur son lit et remonta sa couverture. Il retourna dans le salon, mais au moment de quitter la pièce, il ne put s'empêcher de jeter un coup d'œil à sa planche à dessin. Il n'était pas question de fouiller, juste de regarder. Anna Jensen l'intriguait singulièrement. Ce qu'elle cachait l'attirait comme un aimant et suscitait en lui une soif intense de mieux la connaître.

Il n'y avait aucun croquis ! Il remarqua un chevalet près de la fenêtre et se remémora qu'Anna lui avait parlé de ses œuvres qu'elle ne souhaitait pas montrer. Etrangement, le tableau sur lequel elle devait travailler ne se trouvait pas sur le chevalet, mais au sol, tourné contre le mur, à moitié caché par le rideau. Ne pouvant résister à la tentation, Will s'en empara.

La vue le saisit d'effroi. Une explosion violente de rouge sang, de jaune sinistre et de noir aussi profond que les ténèbres projetait un amas de corps suppliciés dans un tourbillon de langues enflammées. Will ne pouvait détacher son regard, happé par la souffrance indicible des visages hurlants et grimaçants.

*Est-ce une représentation symbolique des victimes du tsunami, ou une vision subjective de l'enfer ?*

Mais l'idée que cette œuvre puisse correspondre à une réalité le terrifiait. Il redoutait que le tableau ne soit une vision de la mort imminente qu'Anna avait vécue.

Sonné par sa découverte, Will replaça doucement le tableau. Au dos d'une carte de visite, il inscrivit un petit message à l'intention d'Anna qu'il déposa sur la table du salon. Puis il repartit, sans faire de bruit, en tirant la porte d'entrée derrière lui.

Il rejoignit d'un pas rapide la station de taxis de la place Maubert, s'arrêtant en chemin, à deux ou trois reprises, à l'affût de la moindre ombre suspecte. Personne ne le suivait. Pourtant, il se sentait très mal à l'aise. La sensation dérangeante d'être constamment épié ne le quittait pas.

A Norfolk, dans son bureau spacieux, au premier étage de son manoir, Al Astor avait réécouté plusieurs fois les enregistrements d'Anna Jensen. Un verre de cognac à la main, il s'approcha de l'immense cheminée. Le reflet des flammes rutilait dans ses yeux emplis de haine. Anna était bien celle qu'il recherchait. Mais l'affaire était plus complexe qu'il ne le pensait. Les bandes sonores ne livraient pas l'essentiel.

Le téléphone sonna. Il avala son cognac d'un trait et décrocha. C'était Malefal, le mercenaire chargé de la surveillance de Will Aberdeen. Pour l'argent, il était prêt à tout, et le richissime Al Astor était ainsi assuré de sa loyauté.

— Je vous écoute.

— Will Aberdeen vient de quitter l'appartement de la fille. Dois-je l'éliminer maintenant ? J'attends vos ordres.

Al Astor réfléchit. L'affaire Bapteste serait bientôt classée. Pirater la messagerie électronique du professeur avait été un jeu d'enfant. Aucun système informatique n'était inviolable. Le Grand Maître se félicitait de sa trouvaille, l'e-mail que Bapteste avait envoyé à sa direction assorti de deux simples mots avait suffi à induire la police en erreur. Seul petit grain de sable dans ce savant mécanisme : Will Aberdeen. Mais le journaliste n'avait aucune preuve.

— Que dois-je faire ? insista Malefal. Je l'ai dans mon viseur. C'est le moment ou jamais.

Al Astor sourit en ressentant l'aiguillon de cette force maléfique qui guidait son âme.

— Ce ne sera peut-être pas nécessaire, finit-il par répondre, un rictus sinistre sur les lèvres. J'ai une meilleure idée concernant ce journaliste... Gardez l'œil sur lui.

# 29

*Paris*
*Dimanche 21 octobre 2012*
*10 heures*

La lumière du jour perçait autour des rideaux de la chambre. Anna plissa les yeux. Tout était flou dans son esprit. Une migraine sévère tambourinait contre son crâne. Son corps était endolori, courbatu, comme si elle s'était débattue dans son sommeil. Comme si elle avait encore subi ce supplice…

*Ça a recommencé.*

D'une main fiévreuse, elle chercha à tâtons son téléphone sur la table de nuit pour vérifier l'heure. Elle avait le vague souvenir d'avoir été déposée dans son lit, mais elle ne savait plus si les événements de la journée précédente étaient un rêve ou un cauchemar. Ou les deux à la fois.

Dans la cuisine, elle avala deux comprimés d'aspirine avec un grand verre d'eau et se prépara un mug de café brûlant. Tellement brûlant qu'elle le reposa aussitôt sur le plan de travail en soufflant dessus. La vapeur était aussi dense que celle qui s'accrochait à son cerveau.

Son regard s'attarda sur le canapé. L'aspirine combinée à la caféine commençait à exercer son effet. A présent, elle se souvenait très bien du déroulement de sa soirée de la veille. Caroline n'aurait jamais pu comprendre qu'il ne se soit rien passé. Mais dans les bras de Will, pour la première fois depuis très longtemps, Anna s'était sentie sereine. Par galanterie, il l'avait certainement portée jusqu'à sa chambre avant de partir sur la pointe des pieds. Voilà pourquoi son téléphone n'était pas en train de se recharger sur sa table de nuit.

Elle reprit son mug et croisa son reflet sur le verre miroitant de la porte du four. Les cheveux en pagaille, le teint pâle et des cernes profonds lui donnaient un air de panda dépressif.

*Arrête tes conneries, Anna ! Qu'est-ce qui t'a pris de t'endormir comme une marmotte hibernant dans sa tanière ?*

Elle grimaça. Heureusement, Will n'avait pas vu sa collection de tee-shirts digne, selon Caroline, d'illustrer un article intitulé « Les tue-l'amour à éviter ». Il fallait se faire une raison : sauf miracle, elle avait totalement ruiné ses chances de revoir un jour l'homme de ses rêves.

Déprimée, elle se traîna jusqu'à son canapé en buvant son café par petites gorgées. Sur la table du salon, une carte de visite attira son attention. Will lui avait laissé un message. Au fur et à mesure de sa lecture, le sourire que cette découverte avait fait naître disparut peu à peu.

*Anna,*

*Malgré les circonstances, j'ai été très heureux de partager cette soirée avec toi.*

*Je serai à l'hôtel de Vendôme jusqu'à lundi soir, jour de mon départ pour New York.*

*J'espère me tromper, mais je crois réellement que tu es en danger. Sois prudente. Appelle-moi si besoin.*

*Will*

Soit il était très malin et lui faisait peur afin qu'elle débarque à son hôtel, se jette dans ses bras, puis dans son lit, soit il était encore plus dingue qu'elle ne l'imaginait. Elle avait des défauts et en avait conscience, mais elle ne voulait pas en rajouter en sombrant dans un délire paranoïaque.

Comme elle avait sauté le dîner la veille, le mélange café-aspirine lui causait des crampes d'estomac. Elle ouvrit son réfrigérateur. Le choix était restreint : des œufs, un paquet de beurre entamé et des carottes râpées.

Elle déballa le beurre, mais réalisa qu'elle n'avait plus de pain. Elle fila sous la douche, choisit dans l'armoire les premiers vêtements sur la pile et fila à la boulangerie du coin. L'odeur du pain chaud creusa son appétit. Elle acheta une baguette et jeta son dévolu sur une brioche aux raisins. Dans la rue, elle engloutit la viennoiserie avec gourmandise, balaya les miettes sur sa veste tout en regardant autour d'elle. Pourquoi éprouvait-elle ce sentiment bizarre d'être observée ?

Dans l'entrée de l'immeuble, elle dépouilla le courrier qu'elle avait laissé s'accumuler dans sa boîte aux lettres. Soudain, un grand type casqué, vêtu de noir, fit irruption dans le hall et s'avança vers elle. Anna sursauta et eut un mouvement de recul. Son pouls s'accéléra, son ventre se noua. Elle serra, comme un bouclier, son courrier et sa baguette contre sa poitrine.

*Tu es en danger…*

— Anna Jensen ?

Sa visière baissée ne laissait pas apparaître son visage, mais Anna devina deux yeux perçants braqués sur elle.

— Heu, oui… bafouilla-t-elle, regrettant aussitôt sa réponse.

Il plongea sa main gantée dans son blouson de cuir et lui tendit une grosse enveloppe.

— Un paquet pour vous.

Anna tendit fébrilement la main. Pourvu qu'il ne l'agresse pas, c'était tout ce qui importait. Mais il quitta les lieux aussi vite qu'il était apparu.

Elle se précipita dans les escaliers et gravit les marches à toute allure. Essoufflée, elle s'enferma chez elle et se laissa glisser au sol, le dos contre la porte. Doucement, lentement, sa respiration redevint normale.

*Ça va, tout va bien. Fausse alerte.*

Elle s'approcha de la fenêtre et observa discrètement les mouvements de la rue. Le long des voitures en stationnement, une vieille dame qu'Anna avait l'habitude de croiser promenait son caniche. Des gouttes commencèrent à tomber. La vieille dame s'arrêta pour couvrir sa mise en plis d'un fichu en plastique, puis repartit avec son chien, hâtant le pas. Plus aucune trace du mystérieux livreur.

Le ciel s'assombrit rapidement. L'orage se rapprochait. Anna alluma les lumières du salon. Le paquet qu'elle avait en main devait peser au moins un kilo. Il s'en dégageait un parfum particulier, celui qu'on hume dans les vieilles librairies. Elle prit un couteau dans la cuisine et trancha le rabat d'un coup sec. Assise sur son canapé, elle vida le contenu du paquet sur la table basse. Ce qu'elle trouva l'interloqua. Il y avait son carnet à dessin, ainsi qu'un livre datant du siècle dernier intitulé « Nobiliaire et armorial de Bretagne ». Elle n'aurait jamais cru que le baron, qui s'était montré si méprisant la veille, se donnerait cette peine.

Une feuille couleur ivoire dépassait de son carnet à dessin, précisément à la page où elle avait réalisé son croquis. Anna déplia le beau papier à lettres personnalisé. Un message y était rédigé à la plume.

*Les hachures perpendiculaires indiquent le rouge (de gueules), les trois équerres décorées de mouchetures représentent les trois chevrons d'hermines.*

*Nous obtenons le blason : de gueules à trois chevrons d'hermines. D'après le nobiliaire, ce sont les armoiries de la famille de Trécesson. Cf. page 223 du livre ci-joint.*

Elle tenait enfin un nom. Son enquête débutait sur de bonnes bases. Il lui fallait à présent vérifier si un château avait appartenu à cette famille.

Le baron avait ajouté en post-scriptum :

*La ressemblance entre Satan et Cernunnos, le dieu des enfers, n'est pas un hasard. Les informations sur ce dieu ancien sont quasi inexistantes. Tentez votre chance à Saint-Germain-en-Laye, au musée d'Archéologie national. Vous y trouverez une pièce qui pourrait vous intéresser.*

La seconde partie du message l'angoissa davantage. La référence aux enfers ravivait les visions terrifiantes qui la hantaient depuis son coma.

A présent, une pluie battante fouettait les fenêtres. L'ouvrage ressemblait à un dictionnaire. Pour chaque nom figurait une brève description de la généalogie de la famille noble. Gagnée par l'excitation, Anna effleura la page indiquée par le baron et son index glissa jusqu'au nom qui l'intéressait :

*Trécesson (de)*

*Armes : De gueules à trois chevrons d'hermines. Devise : Plutôt rompre que plier.*

Son cœur bondit à la lecture des lignes suivantes :

*Château de Trécesson, paroisse de Campénéac. Il a été bâti vers la fin du XIV<sup>e</sup> siècle par Jean IV de Trécesson, chevalier et seigneur de Trécesson, chambellan du duc de Bretagne et connétable de Bretagne de 1370 à 1380.*

Galvanisée par cette découverte, Anna ne savait pas par où commencer. Après quelques minutes de réflexion, elle décida de téléphoner au baron Von Schmidt, non seulement pour le remercier de son intervention déterminante et inespérée, mais aussi pour obtenir des informations complémentaires. Son majordome décrocha et prit note du message. Anna eut beau insister, il refusa de transférer son appel.

Faute de mieux, Anna se connecta à Internet pour en savoir plus.

*Paroisse de Campénéac ? Est-ce l'endroit où se situe le domaine ?*

Elle regarda un instant la fenêtre. Le temps empirait et un éclair déchira le ciel. Elle se concentra sur son clavier et pianota avec anxiété : « château de Trécesson » et « Campénéac ». Les résultats du moteur de recherche révélèrent qu'il existait toujours. Il se trouvait dans ce petit village situé au cœur de la Bretagne, dans le département du Morbihan. Elle fit alors une recherche d'images pour voir à quoi ce château ressemblait.

Elle pressa sa main sur sa bouche, comme pour étouffer un cri. La série de photos qui s'afficha à l'écran lui glaça le sang. Aucun doute, c'était bien la forteresse qui hantait ses cauchemars. Mais ce ne fut pas sa seule découverte. Une sinistre légende y était rattachée. Celle d'une dame blanche, une jeune mariée enterrée vivante. Les faits se seraient déroulés vers 1750, au pied du château. Les meurtriers n'auraient jamais été retrouvés. Certains villageois racontaient même avoir vu le fantôme de la dame blanche errer les nuits de pleine lune en réclamant vengeance.

La lumière du plafonnier se mit à vaciller avec un grésillement sinistre. Soudain, l'ampoule claqua avec un bruit retentissant et l'ordinateur disjoncta. La pénombre se referma sur Anna, les yeux brillants sous l'éclat de la foudre.

Dans sa chambre d'hôtel, assis sur le bord du lit, Will se tenait la tête entre les mains. Pour la première fois de sa carrière, il se trouvait confronté à une situation intenable. Devait-il faire part de ses doutes sur la mort du professeur Bapteste et s'embarquer dans une histoire dont l'issue était incertaine ? Ou s'en tenir à la version officielle de la police et rentrer sagement à New York ?

Seule la quête de la vérité l'avait guidé. Cette règle, un journaliste digne de ce nom ne devait pas y déroger. Mais, aujourd'hui, tout était plus flou. La vérité le placerait dans une position délicate. La police le suspecterait, à tort, et entraverait certainement ses investigations.

Lors de son premier entretien avec Anna, il avait décelé chez elle une fragilité qui le touchait profondément. Mais il avait aussi été surpris par sa sagesse et son recul sur la vie, par la force dont elle avait fait preuve après la tragédie pour prendre son destin en main. La veille, cette même jeune femme lui avait cependant montré un tout autre visage. Toujours aussi fragile, mais cette fois totalement désorientée, comme un oisillon tombé du nid, livré au danger d'une mauvaise rencontre.

Comment une femme aussi douce et sensible que pouvait l'être Anna était-elle capable de peindre des tableaux aussi effroyables ? Will s'était posé la question la veille : deux femmes cohabitaient-elles en Anna ? Souffrait-elle d'un dédoublement de la personnalité ?

La vérité, c'est que lui-même n'avait plus les idées claires et que, sans qu'il sache pourquoi, ses pensées étaient totalement absorbées par cette mystérieuse jeune femme. Elle l'obsédait. Peut-être parce qu'au fond, elle était aussi perdue que lui.

Il ne savait quelle décision prendre. Face au doute, il avait besoin, plus que jamais, d'un conseil, d'un guide. D'un père.

Il ne pouvait même pas dire que, lorsqu'il était enfant, ce père inconnu lui avait manqué, puisqu'il ignorait son existence. Sa mère et l'homme qu'il avait appelé « papa » avaient toujours été là pour lui. Le problème n'était pas là. C'était cette peur de l'inconnu qui le déstabilisait. Toutes ces questions qui resteraient sans réponse. Pourquoi son vrai père l'avait-il abandonné avant sa naissance ? Comment pouvait-on tirer une croix sur son propre fils ? Faire comme s'il n'existait pas ?

Will était en colère, déçu, triste. Il se souviendrait toute sa vie de ce vendredi 12 octobre 2012. Un jour maudit. La vérité était sa seule religion. Will s'était toujours battu en son nom, pour la faire éclater au grand jour et éclairer ses lecteurs. Mais aujourd'hui, la vérité était devenue son fardeau. Son héritage. Sa malédiction.

Anna Jensen l'avait troublée. Michèle Blanchet hésitait sur la conduite à adopter. Elle sentait que sa nouvelle patiente avait vraiment besoin d'aide. Et puis, ce dimanche après-midi, elle était seule. Son compagnon était allé prêter main-forte à son fils, né d'une précédente union, pour son installation dans un studio à Paris.

Pourquoi les cauchemars d'Anna Jensen étaient-ils soudain réapparus ? Un événement, un choc, avait bouleversé sa structure mentale et réactivé une région temporairement endormie de son cerveau. Elle avait besoin d'y réfléchir dans son bureau. Peut-être qu'en visionnant de nouveau la vidéo enregistrée lors de la séance, elle trouverait un début de réponse.

La porte s'ouvrit au premier tour de clé. Elle pesta contre sa secrétaire qui avait oublié de fermer à double tour. En cas de cambriolage, l'assurance ne l'indemniserait pas. Puis, elle se rappela que le samedi midi, elle quittait toujours le cabinet la dernière. Elle s'en voulut d'avoir soupçonné sa secrétaire à tort.

Michèle Blanchet se dirigea tout droit vers son bureau. La pièce était sombre. Les volets étaient fermés, les rideaux tirés. Elle posa un doigt sur l'interrupteur. Une main se plaqua sur sa bouche pour l'empêcher de hurler. Elle s'agrippa au bras pour le repousser. Un objet métallique, tranchant, parcourut sa gorge d'une oreille à l'autre. Des larmes de douleur, d'impuissance lui montèrent aux yeux, coulèrent sur les doigts implacables du tueur. Peu à peu, un froid glacial engourdit ses membres. La morsure de la lame s'estompa. La main sur ses lèvres relâcha la pression et elle s'écroula sur le sol dans un bain de sang. Désormais, elle ne souffrait plus.

Anna, n'ayant aucune envie de rester seule chez elle dans le noir, préféra trouver refuge dans l'appartement de son amie Caroline, situé dans un grand immeuble du XV^e^ arrondissement.

Caroline ouvrit la porte, tout d'abord souriante, puis très vite inquiète.

— Anna… qu'est-ce qu'il t'arrive ? Tu es toute pâle… Et tes cheveux sont trempés.

— Je viens de monter huit étages à pied.

— D'habitude, l'exercice te met le rose aux joues… Veux-tu un café ?

— Non merci, dit Anna, la main reposant sur sa gorge. Je crois que j'en ai un peu trop abusé.

Caroline ouvrit de grands yeux horrifiés. Il y avait du sang sur les doigts d'Anna.

— Qu'est-ce que tu t'es fait à la main ? Tu saignes ?

— Ah, ça… ce n'est rien. Je me suis coupée en cherchant une bougie et des allumettes dans ma cuisine. Il faisait sombre et… il y avait un couteau sur le plan de travail.

Le couteau qui avait servi à ouvrir l'enveloppe du baron Von Schmidt. Mais Anna évita d'en parler, tout comme elle évita de raconter sa rencontre avec madame Blanchet.

Caroline détourna les yeux.

— Tu m'excuses, mais je ne supporte pas la vue du sang. Il y a un séchoir dans la salle de bains et tout ce qu'il faut dans l'armoire à pharmacie. Si tu veux te changer, n'hésite pas à piocher dans ma chambre.

Dix minutes plus tard, Anna revint avec un pansement sur la main et les cheveux secs. Elle ouvrit son sac et sortit son ordinateur portable. Elle voulait savoir s'il y avait encore un espoir de récupérer des données dans le disque dur. Elle craignait d'avoir définitivement perdu des photos qui lui tenaient à cœur.

— Comme tu es webmaster et donc plus à l'aise que moi en informatique, je me suis dit que…

— J'ai compris, dit Caroline en hochant la tête.

Caroline posa l'ordinateur sur la table et l'alluma. Comme rien ne se passait, elle brancha le câble d'alimentation. La machine mugit pendant quelques minutes, puis redémarra.

— C'est bon, tes photos sont là ! dit Caroline en désignant le dossier Images. En revanche, je pense que ta batterie est morte.

Anna soupira de soulagement :

— Merci, Caro ! Tu es un ange.

— Puisque j'y suis, je vais en profiter pour faire une analyse de ton disque dur.

Au bout d'une bonne heure, Caroline décela un virus bien dissimulé dans le système de l'ordinateur.

— Je ne sais pas où tu as chopé ça, mais c'est une belle cochonnerie !

— Tu arrives à l'enlever ?

— J'essaie, mais ce n'est pas simple. Si tu ne veux pas que je formate tout ton disque dur, ça va prendre du temps.

— C'est à cause de ce virus que mon ordinateur a planté ?

— Non, ça n'a rien à voir. C'était un problème électrique.

— Qu'est-ce que je risque avec ce virus ? L'ordinateur a l'air de fonctionner normalement.

— C'est fait exprès ! Pour que tu ne t'aperçoives de rien. Il suffit que tu te connectes sur un réseau Wi-Fi et ce virus permet à son auteur de tout connaître de ton ordinateur : les sites que tu visites, le contenu de tes e-mails, tes mots de passe... Un véritable espion ! Et tu n'imagines même pas tout ce que contient un ordinateur personnel. Toute la vie des gens y est résumée. Mais en plus, ce virus-là, il peut même agir à ta place.

— C'est-à-dire ?

— Par exemple : ce virus peut envoyer des mails depuis ton ordinateur et faire croire à tes destinataires que les messages viennent de toi. Genre, envoyer un message d'insultes à tes clients, un ordre de virement à ton banquier, ou encore une pub de Viagra à ton ex…

— Ah, quand même !

— Bon, allez, tu peux me dire où tu l'as attrapé. Tu as téléchargé des films X ?

Anna avait beau expliquer à Caroline qu'elle n'avait pas visité de sites pornos, ni téléchargé de fichiers suspects, son amie lui assurait que ce mouchard ne s'était pas incrusté par hasard.

— Anna, ne te vexe pas ! Je te crois. Donc, ça ne peut venir que d'un e-mail. Il ne faut jamais télécharger de fichier provenant de gens que tu ne connais pas. Il me semble que je te l'ai déjà dit, non ?

Anna avait bien un doute sur un fichier, mais l'idée lui paraissait tellement saugrenue…

— Caroline, peux-tu regarder si ça vient de ma boîte mail ? Tu peux y aller, je n'ai rien à cacher.

Caroline analysa un à un les messages qu'Anna avait reçus dernièrement. Pendant ce temps, Anna chercha dans les pages jaunes un électricien disponible. Mais un dimanche, c'était compliqué.

Caroline s'exclama soudain :

— J'ai trouvé ton mouchard !

Anna s'approcha et colla son nez à l'écran.

— Alors, ça venait d'où ?

Mais Caroline répondit par une autre question :

— Qui est cette madame Blanchet ? Et pourquoi te parle-t-elle d'un baron Von Schmidt ?

Anna eut un rire nerveux.

— Caroline, tu te trompes.

— Non, je suis formelle ! C'est elle qui t'a refilé un fichier infecté.

— Peut-être qu'elle m'a envoyé ce virus sans s'en rendre compte.

— Non, Anna. Ce genre de virus ne s'envoie pas comme ça. Pas par hasard. C'était voulu. Il s'est propagé au moment où tu as ouvert son fichier.

Anna fronça les sourcils et se frotta les tempes. Sa migraine, qui n'avait pas totalement disparu, reprit de plus belle. La thérapeute l'avait doublement aidée, c'était impossible qu'elle lui envoie volontairement un virus.

*Pourquoi aurait-elle fait ça ? Et puis, c'est ridicule ! Madame Blanchet n'a pas du tout le profil d'un hacker.*

Anna répéta :

— Je suis sûre qu'elle n'y est pour rien. Il y a sans doute une autre explication.

Caroline réfléchit, la moue dubitative.

— Je ne vois qu'une seule possibilité...

— Laquelle ?

— L'ordinateur de cette femme a également été piraté. L'e-mail que tu crois avoir reçu d'elle ne venait pas d'elle, en fait... C'est ce que je t'expliquais tout à l'heure. *Via* ce virus on peut envoyer en ton nom n'importe quoi à n'importe qui.

Tout tournait très vite dans la tête d'Anna. Elle essayait de recouper les éléments en sa possession, mais rien n'était logique.

— Au fait, tu n'as pas répondu à ma question. Qui est cette femme ? Et ce baron ? Eh oh, Anna ? Je te parle !

Anna sentit l'angoisse tordre son estomac. Elle s'approcha de la baie vitrée. L'appartement était suffisamment haut pour offrir une vue dégagée. Le rouge du crépuscule avait envahi le ciel. La pluie s'était interrompue, mais une énorme masse nuageuse, poussée par le vent, glissait rapidement. Mouvante et compacte, elle changeait sans cesse d'aspect. Anna perçut distinctement une forme au milieu des nuages noirs. Celle d'un visage, immense, effrayant, qui la fixait du regard.

# 30

*Paris*
*Lundi 22 octobre 2012*

L'électricien avait tout de suite détecté l'origine de la panne : des fusibles grillés qu'il avait fallu remplacer. Anna voulait comprendre comment son ordinateur, malgré sa batterie autonome, avait pu s'éteindre tout seul. Selon lui, la vétusté de l'installation électrique ou un problème de surtension en était l'origine. Avec ces explications, Anna n'était pas plus avancée, mais au moins, l'électricité fonctionnait de nouveau.

Vers midi, elle avait rappelé le baron Von Schmidt, en espérant profiter de la pause-déjeuner du majordome. Le maître des lieux décrocherait sans doute lui-même. Des questions en suspens lui brûlaient les lèvres. Des questions en rapport avec le château de Trécesson, mais aussi avec l'e-mail prétendument envoyé par madame Blanchet. La connaissait-il ? Ne serait-ce que de nom ? Mais il n'y avait aucune tonalité. Elle avait tenté sa chance à de nombreuses reprises. En vain. Comme si la ligne avait été coupée. Intriguée, elle décida de se rendre sur place.

Sur l'île Saint-Louis, de nombreux camions de pompiers tentaient de maîtriser le violent incendie qui ravageait le 17, quai d'Anjou. Plusieurs lances avaient été déployées pour venir à bout des flammes immenses qui s'élevaient dans le ciel. Des badauds stupéfaits observaient les allées et venues des secours. Ils étaient loin de se douter que des livres d'une valeur inestimable et, parfois, les derniers exemplaires connus à ce jour d'œuvres rarissimes s'étaient envolés dans le brasier.

Tétanisée, Anna regardait ce spectacle et les gens qui s'agitaient autour d'elle, priant pour qu'il n'y ait pas de victimes. L'origine du sinistre était encore inconnue. Mais très vite, il se murmurait qu'un corps carbonisé venait d'être découvert dans les décombres. D'après la rumeur, il s'agissait du propriétaire des lieux, le baron Von Schmidt.

Anna se réfugia sur le pont Marie et se laissa glisser le long du parapet. La main tremblante, elle chercha son téléphone dans son sac. Elle appela son éditeur. Elle devait le prévenir. Il était le seul à qui elle avait parlé de Von Schmidt. La voix brisée, elle lui raconta l'horreur à laquelle elle venait d'assister.

Patrick, atterré, finit par lui annoncer d'une voix blanche :

— Michèle Blanchet a été retrouvée égorgée dans son bureau. C'est son compagnon qui l'a découverte hier soir. La police pense que c'est l'acte d'un déséquilibré. Peut-être un patient… Le commissaire Padova de la police judiciaire m'a contacté pour m'interroger. Il sait que je suis ton éditeur. Il convoque tous ceux qui ont été récemment en contact avec Michèle Blanchet. Il sait que tu l'as rencontrée samedi matin, ton nom figure sur son agenda. Il m'a demandé si je connaissais le médecin qui t'a suivie à l'hôpital et qui est décédé cette semaine. Il pense que cela t'a perturbée. Il m'a demandé mon avis. Et merde ! Je lui ai dit que je n'en savais rien ! Bon Dieu, Anna ! Tu vas me dire ce qui se passe ?

Mais Anna ne l'écoutait plus. Elle n'entendait plus que les palpitations de son cœur et son sang battre dans sa tête. Il lui semblait que son cerveau allait exploser.

Will venait de boucler sa valise. Il avait envoyé son article au journal et Joan paraissait satisfaite. Il avait longuement hésité avant de proposer à Anna de lire son papier avant publication. Mais la peur de la décevoir…

Son avion décollait dans quelques heures. Or il lui fallait encore traverser les rues toujours saturées de Paris, enregistrer ses bagages et passer les contrôles de sécurité : son temps était compté. Comme il n'avait pas très faim, il décida de prendre son déjeuner à l'aéroport. Le taxi était déjà réservé et, bientôt, il allait retrouver son travail, ses soirées entre potes, ses bières dans le frigo, ses pizzas surgelées, ses aventures sans lendemain. L'illusion d'une vie bien remplie, mais vide de l'essentiel.

Il vérifia sa montre et soupira. Il avait encore une bonne demi-heure devant lui pour visiter la boutique de souvenirs au coin de la rue et rapporter quelques babioles. Une façon d'enterrer la hache de guerre avec sa mère. Mais le cœur n'y était pas. Il avait honte. Honte de fuir. Honte de lui. Honte d'avoir cédé à ce qu'il avait toujours abhorré : la lâcheté. Finalement, il était fidèle à l'image de ce père qu'il n'avait jamais connu.

Au bout de quinze minutes, quelqu'un frappa à la porte. Sûrement la femme de ménage qui voulait savoir à quelle heure il libérerait la chambre. Il tourna la poignée.

— Anna ? dit-il, agréablement surpris.

— Je m'excuse de venir à l'improviste, mais… je ne savais pas où aller. Je peux entrer ?

Il s'écarta du pas de la porte.

— Je t'en prie !

La valise de Will occupait le fauteuil du bureau, alors elle s'assit sur le bord du lit, exactement à la place où il avait longuement médité la veille. Il lui proposa la boisson de son choix dans le minibar, mais elle n'accepta qu'un verre d'eau. Il l'observa, sans lui poser de questions. Elle but une gorgée et s'accrocha à son verre comme on se maintient à une corde, pour ne pas couler. Il voulait sincèrement discuter avec elle, mais le temps lui manquait. Son taxi serait bientôt là. Cependant, il choisit de l'écouter et l'encouragea à s'épancher librement.

— Will, je ne comprends plus rien… je ne maîtrise plus rien… j'ai l'impression que ma vie entière vire au cauchemar…

Sans entrer dans les détails, elle lui raconta sommairement les événements tragiques qui venaient de se produire. Depuis la semaine dernière, elle avait parlé à trois personnes : le professeur Bapteste, Michèle Blanchet, la thérapeute, et le baron Von Schmidt. Or, en l'espace de quelques jours, et alors que ces trois personnes n'avaient *a priori* aucune connexion entre elles, elles étaient toutes mortes de façon brutale. De plus, les causes de leur décès n'avaient aucun rapport : un suicide présumé, un meurtre perpétré par un déséquilibré et un incendie dont on ignorait l'origine.

— Anna, tu dis que ces trois personnes n'ont rien à voir entre elles. Je ne suis pas d'accord. Elles ont toutes un point commun : toi ! Tu es le lien. Pourquoi ? Je l'ignore. Mais, selon moi, ça ne peut pas être une coïncidence.

— Qu'est-ce que je dois faire ?

Will essaya de structurer ses pensées. Il pressentait que ces trois morts étaient autant d'assassinats. Etaient-ce les actes d'une personne isolée ? Bien sûr que non ! Ces meurtres nécessitaient une organisation qui visait Anna.

— En as-tu parlé à la police ?

Elle se leva d'un bond et arpenta la pièce avec des gestes désordonnés.

— La police ? Dans deux heures, j'ai rendez-vous dans ses bureaux, prétendument pour apporter mon témoignage ! Mais le commissaire Padova me suspecte déjà du meurtre de Michèle Blanchet ! Comment veux-tu qu'il me croie ?

— Padova ? C'est lui qui suit aussi cette affaire ?

— Tu le connais ?

— Hélas, oui... Je le connais... C'est avec lui que j'avais parlé le matin où j'ai découvert le corps du professeur Bapteste. C'est à cause de moi qu'il a des soupçons sur toi...

— A cause de toi ? Je ne comprends pas.

— Le jour du présumé suicide du professeur Bapteste, j'avais dit au commissaire Padova que ton dossier médical avait disparu. Il connaît ton nom. Il sait que tu étais sa patiente.

— Ah, je vois… Comme il a aussi vu mon nom dans l'agenda de madame Blanchet, il a forcément fait le lien avec Bapteste. Et tu sais pourquoi il pense que j'ai tué madame Blanchet ?

— Non, pourquoi ?

— Parce qu'il croit que je suis dérangée ! Il croit que la mort du professeur Bapteste m'a rendue folle ! Je ne sais pas si tu réalises, mais Michèle Blanchet a été assassinée et il pense que, moi, je suis capable de commettre cette horreur ! Si en plus, il découvre que j'ai rencontré le baron Von Schmidt, il va croire que c'est moi aussi qui ai mis le feu !

Elle était très agitée, à fleur de peau.

— Tu t'es fait quoi à la main ? interrogea Will en désignant le bandage.

— Je me suis coupée hier, avec un… couteau.

Sa voix s'étouffa quand elle prononça le mot « couteau ». A cet instant précis, elle réalisa que cette blessure, alors que Michèle Blanchet avait été retrouvée égorgée, ne plaidait pas du tout en sa faveur. Et puis Will la regardait bizarrement et semblait très préoccupé.

— Will ? Tu ne crois quand même pas…

Les larmes aux yeux, elle se précipita pour ouvrir la porte et rejoindre le couloir de l'hôtel. Will la rattrapa *in extremis* par le bras et tenta de la raisonner, mais le téléphone de la chambre les interrompit. Il invita Anna à attendre calmement qu'il en termine avec cet appel. Il décrocha. C'était le réceptionniste.

— Monsieur Aberdeen. J'appelle pour vous informer que votre taxi vous attend.

— Je vous remercie. Dites-lui de patienter encore un peu.

— Bien, monsieur. Au fait, monsieur… Tout va bien ?

— Oui, pourquoi ?

— Des clients de l'hôtel ont entendu du bruit provenant de votre chambre.

— Ah… Rassurez-les. Une simple dispute entre amoureux.

— Je vois, monsieur.

Will raccrocha. Son avion ne l'attendrait pas. Il se laissait encore cinq minutes. La situation était plus complexe qu'il ne l'imaginait. La blessure d'Anna, les soupçons qui pesaient sur elle, et bientôt sur lui… Tout raconter à la police n'était finalement pas une si bonne idée.

— Anna, tu n'as pas besoin de te justifier. Je crois en ton innocence. Mais il va falloir que tu te décides. Je ne peux rien faire pour toi, tant que tu ne m'en dis pas plus. Tu dois tout me raconter. Depuis le début. A commencer par m'expliquer pourquoi tu es allée voir cette thérapeute. Et quel est le rapport avec le baron Von Schmidt ?

Anna se rassit sur le lit, les épaules basses et les mains coincées entre les jambes. Confier les tourments qui la rongeaient était un exercice compliqué pour elle. Mais en réalité, c'était pour une autre raison qu'elle s'obligeait à garder le silence. Will s'assit près d'elle et posa doucement une main sur son genou.

— Anna, fais-moi confiance. Soulage-toi de ce fardeau. Laisse-moi t'aider.

Les yeux brillants, elle lui avoua enfin sa plus grande crainte :

— Tu ne comprends pas ? Tous ceux à qui je parle, tous ceux qui m'aident, meurent, les uns après les autres…

Il posa un doigt sur ses lèvres, sans la laisser terminer sa phrase.

— Je sais… Mais il vaut mieux agir et garder une longueur d'avance, plutôt que d'attendre et subir les événements.

Will redoutait que ceux qui étaient derrière ces meurtres ne s'arrêtent pas en si bon chemin. Quelle était leur prochaine étape ? S'en prendre directement à Anna ? Lui, il avait encore la possibilité de fuir, de rentrer à New York. Mais il ne pouvait pas se résoudre à l'abandonner. Pas maintenant. Il n'était pas un lâche. Et c'était le moment de le prouver !

Anna, elle, était partagée entre le besoin de se libérer et la peur de voir Will en danger. Mais il avait raison : il fallait agir. C'était la seule issue. Elle aspira une grande bouffée d'air, puis elle entreprit d'éclaircir, un à un, les points encore obscurs de son récit.

Elle tendit son carnet à Will pour lui montrer ce qu'elle avait dessiné à l'issue de la séance d'hypnose. La curiosité piquée au vif par cette histoire fort étrange, le journaliste examina le croquis remarquablement précis. Il s'attarda sur le dessin du château qui le troublait particulièrement, sans qu'il sache vraiment pourquoi. Puis son regard se posa sur les trois silhouettes sombres. Il demanda :

— Qui sont-ils ?

Elle se raidit, comme si son corps avait été traversé par une brusque décharge électrique.

— Mes assassins.

Anna continua son récit. Le samedi après-midi, elle avait reçu un e-mail « supposé » de madame Blanchet. « Supposé », car elle ignorait si c'était réellement la thérapeute qui l'avait écrit. D'après Caroline, cet e-mail contenait un virus envoyé volontairement pour espionner son ordinateur.

Will fit aussitôt le rapprochement et sentit sa gorge se serrer :

— Ton ordinateur a été piraté ! Tout comme je soupçonne celui du professeur Bapteste de l'avoir été. Mais ceux qui ont fait ça l'ont tué juste après...

Anna frémit à cette idée. Etait-ce vraiment la suite logique ? Etait-ce la mort qui l'attendait ? Elle se ressaisit :

— Malgré tout, il y a une chose qui m'échappe... Infecté ou pas, c'est quand même grâce à cet e-mail que j'ai pu faire la connaissance du baron Von Schmidt. Et sans lui, je n'aurais jamais pu avancer aussi vite dans mon enquête.

Will écouta Anna avec attention. S'il avait été fermé, froid, sans cœur, il aurait pu interpréter tout ce qu'elle lui avait raconté comme le délire d'une jeune femme mentalement instable. Pourtant, son histoire se tenait. Chaque point de son récit était semblable à une pièce de puzzle qui s'imbriquait parfaitement avec les autres.

— J'ai fait des recherches sur Internet, poursuivit Anna. J'ai vu des photos du château. Je n'ai plus aucun doute : c'est le château de mes cauchemars. Il existe réellement ! Le pire, c'est la légende locale qui s'y rapporte. Celle d'une jeune mariée enterrée vivante dans le parc du château. Comme dans mon cauchemar ! Mais on n'a jamais retrouvé ses assassins. On n'a jamais su, non plus, qui elle était vraiment, aussi l'a-t-on surnommée la dame blanche de Trécesson.

Le visage de Will blêmit soudain. Le regard fiévreux, il lui demanda de répéter, comme s'il avait mal entendu :

— Le nom ! Quel nom viens-tu de prononcer ?

— Trécesson, répondit la jeune femme, anxieuse. C'est le nom du château. Will, quelque chose ne va pas ?

Sans explication, il se leva brusquement et fouilla dans sa valise. Il prit le vieux journal hérité de son père et l'ouvrit à la première page. Il souligna la phrase avec son doigt et lut mentalement : « Ce journal appartient au capitaine Thomas de Trécesson… »

*Trécesson… Qu'est-ce que tout cela signifie ?*

## 31

*Paris*
*Lundi 22 octobre 2012*
*15 heures*

Will et Anna montèrent ensemble dans le taxi, mais au lieu de se rendre à l'aéroport, le journaliste demanda au chauffeur de les déposer chez le loueur de voitures le plus proche. Au comptoir, le commercial énuméra les véhicules disponibles. Will choisit un Tiguan Volkswagen gris anthracite.

Il prit le volant et roula jusqu'à la rue où habitait la jeune femme. Il se gara et l'attendit dans la voiture. Dix minutes plus tard, elle ressortit avec un sac de toile dans lequel elle avait jeté quelques affaires, ainsi que le courrier du baron Von Schmidt.

— Alors, où va-t-on ? demanda Will, la main sur le GPS.

La jeune femme épela l'adresse écrite dans le post-scriptum du baron :

— Saint-Germain-en-Laye. Musée d'Archéologie nationale.

Avant de rejoindre Campénéac, Will et Anna avaient programmé une halte pour voir l'œuvre en rapport avec Cernunnos, le dieu cornu, que le baron Von Schmidt avait évoquée.

Ils traversèrent l'avenue des Champs-Elysées, Neuilly-sur-Seine et prirent le tunnel de La Défense, pour gagner les autoroutes A14, puis A86. La circulation dense freinait leur progression. Will tira parti de ce ralentissement pour réfléchir à la suite des événements. Il allait rater son avion et n'avait toujours pas alerté sa rédaction.

Comment expliquer à sa rédactrice en chef que son reportage à Paris l'avait mis sur la piste de l'auteur du journal de bord dont il avait hérité ? Joan ne pourrait jamais comprendre ça. Même lui avait du mal à réaliser... Et pourquoi Anna avait-elle cité précisément le nom de Trécesson ? Quel lien invisible la reliait à lui ? Sa rencontre avec Anna était-elle seulement le fruit du hasard ? Et quelle serait sa réaction quand il lui avouerait la vérité ?

A travers la vitre, Anna regardait la succession de forêts, de banlieues verdoyantes et cossues de l'Ouest parisien où, le soir, les cadres se réfugiaient pour retrouver le confort douillet de leur pavillon. Elle se tourna vers Will. Sa main droite tenait fermement le volant. La manche longue de sa chemise retroussée découvrait son avant-bras légèrement hâlé. Son coude gauche reposait sur la portière et, de temps en temps, il repoussait ses cheveux sombres. Son nez droit, son menton volontaire, ses yeux concentrés sur la route lui donnaient un air terriblement séduisant. Il y avait de l'orgueil, du courage et de la force chez cet homme.

Anna se sentait bien, en sécurité. Avec lui, elle pourrait partir jusqu'au bout du monde s'il le lui demandait. Elle était libérée de la peur qui la hantait. Elle aurait aimé que ce moment ne s'arrête jamais. Pour la première fois depuis une éternité, elle ne se sentait plus seule.

Le musée d'Archéologie était abrité dans un magnifique château, une ancienne résidence royale plantée au cœur d'un jardin à la française. Des tons pourpres, automnaux, habillaient les lieux d'une couleur particulière.

A leur arrivée, un merle noir poussa un cri. Dans le hall, l'hôtesse d'accueil informa Will et Anna que le musée fermait à 17 heures. Ils n'avaient que vingt minutes devant eux. Pas plus. Elle leur conseilla de revenir le lendemain.

Will ne jugea pas utile de lui rétorquer qu'avec des tueurs à leurs trousses, leur temps était limité. Il acheta quand même deux billets et demanda :

— Où se trouve la pièce en rapport avec Cernunnos ? C'est un dieu très ancien.

La femme secoua la tête d'un air désolé.

— Malheureusement, tous les guides sont déjà partis. Et puis, toutes les pièces de ce musée sont très anciennes. Mais, si vous avez le nom de cette pièce…

— Je sais juste que ce dieu tient un torque dans une main et un serpent dans l'autre. Pouvez-vous faire une recherche ?

Elle fouilla dans différentes brochures, sans trouver la réponse.

— Un torque, dites-vous ? Nous avons des torques dans la collection sur l'âge du fer, dit-elle en désignant l'entresol sur un plan du musée.

Dans la salle, un jeune homme à lunettes rondes et aux cheveux attachés en catogan prenait des notes devant une vitrine. Will s'avança :

— Bonjour. Puis-je vous poser une question ?

Le jeune homme sursauta, regarda à droite, à gauche, avant de se désigner de l'index.

— Moi ?

— Oui, vous, répondit Will. Nous recherchons une pièce en rapport avec le dieu Cernunnos. Vous savez où on peut trouver ça ?

— Heu, ouais. Sur le chaudron de Gundestrup. Enfin, ici, c'est une copie. L'original n'est pas dans ce musée. Suivez-moi, je vais vous montrer.

*Le chaudron de Gundestrup ?* Will eut un frisson.

Des spots lumineux éclairaient l'objet en métal argenté posé sur un tissu noir. Il était massif, imposant, constitué de plusieurs plaques décorées de figures énigmatiques. Comme sur l'original, il en manquait une. Vu sa taille, on aurait pu penser qu'on y avait cuisiné du gros gibier. En réalité, il avait surtout l'air d'avoir servi à célébrer des rites occultes.

Le jeune étudiant en archéologie en savait à peu près autant sur ce chaudron que les chercheurs chargés de décrypter les mystérieux dessins martelés. Le chaudron avait été l'objet de multiples interprétations. Certains pensaient qu'il représentait des scènes de sacrifices et de cultes rendus à d'anciennes divinités. D'autres considéraient qu'il s'agissait plutôt d'une représentation symbolique de l'Autre Monde.

— Le chaudron était un élément très important dans la mythologie celtique, expliqua le jeune homme. Il symbolisait l'abondance, la souveraineté et la résurrection. Regardez, dit-il en désignant une des plaques d'argent. Vous voyez le dieu géant qui introduit des guerriers morts dans une cuve ? Et là, ajouta-t-il en montrant la partie supérieure de la plaque, les guerriers ressortent ressuscités, prêts à retourner sur le champ de bataille.

— Ça me rappelle un peu la légende du Graal, avança Will, dubitatif.

— C'est ça ! s'exclama l'étudiant. Le chaudron de Gundestrup est l'ancêtre païen du Graal tel qu'on le retrouve dans la légende du roi Arthur et des chevaliers de la Table ronde. Le Graal était l'objet de leur quête. D'après la légende, seul un chevalier au cœur pur pouvait espérer l'atteindre.

— Je pensais que le Graal était la coupe que Jésus avait utilisée lors de son dernier repas avec ses disciples, remarqua Will.

— Pourtant, précisa l'étudiant, ce n'est qu'au XIIIe siècle qu'on l'a associé au Saint Calice, la coupe qui a recueilli le sang du Christ. Mais certains pensent que le véritable Graal, l'objet sacré qui permet d'accéder à la connaissance universelle et à la vie éternelle, a une origine bien plus ancienne.

Anna était fascinée par cette copie du chaudron et s'interrogeait notamment sur la plaque manquante :

— Cela peut avoir une quelconque incidence sur la fonction du chaudron ?

— Sincèrement, je n'en sais rien. Mais s'il avait pour vocation d'être utilisé au cours d'un rituel, peut-être que cela pouvait en effet poser quelques problèmes.

En tournant autour de l'objet, Anna remarqua un personnage cornu, portant un torque et un serpent. Il ressemblait trait pour trait à celui qu'elle avait dessiné.

— C'est Cernunnos ? demanda-t-elle au jeune homme.

— Oui, c'est bien lui.

— Pourquoi l'associe-t-on au diable ?

— Ce que les chrétiens appellent des démons sont en réalité des dieux anciens qu'ils ont diabolisés. Cependant, le rôle de Cernunnos est assez nébuleux. Vous ne trouverez aucun texte se rapportant à lui. Juste des interprétations, aucune certitude.

— Que savez-vous sur lui ?

— Il est représenté parfois comme un jeune homme, parfois comme un vieillard. Dans son aspect positif, ses cornes peuvent être associées aux bois du cerf. Les bois symbolisant la forêt sacrée, les branches, les rameaux, la végétation qui sort de la terre, le renouvellement et la régénérescence. Comme le cycle des saisons, de la vie.

Les haut-parleurs crachotèrent : « Le musée va fermer ses portes. Nous vous prions de bien vouloir rejoindre la sortie. »

Anna retint le bras de l'étudiant.

— Attendez ! Vous n'avez pas fini ! Quel est l'aspect négatif de Cernunnos ?

— Cernunnos est le dieu qui gouverne la Terre et régit le monde souterrain. Le grand maître des enfers et des puissances du Mal qui ont le pouvoir de retenir ou de ressusciter les morts.

Anna reprit sa place dans la voiture, le visage blême, sans dire un mot. Quel était le rapport entre Cernunnos et « ses » assassins ? Etait-ce le Dieu qu'ils vénéraient ? Ou plutôt, le démon qui guidait leur âme ?

— Ça va, Anna ?

Elle s'arracha péniblement à ses pensées et leva des yeux hagards vers Will.

— Pardon ?

— Je te demandais si ça allait. On peut s'arrêter quelque part et manger quelque chose.

— Je préférerais arriver à Campénéac avant la nuit.

— Je comprends. On fera vite.

Will fit une pause à la première aire d'autoroute. Tandis qu'Anna choisissait un en-cas, il en profita pour appeler Mark.

— J'ai encore besoin de ton aide.

— Tu sais que j'ai un boulot ? protesta Mark. Depuis ton départ, Joan est toujours sur mon dos. Heureusement que tu rentres ce soir !

Will évita de préciser qu'il n'avait pas pris l'avion.

— Désolé, Mark.

— Bon, c'est quoi ton problème ?

— As-tu entendu parler du vol au musée de Copenhague, la semaine dernière ?

— Vaguement, oui. Pourquoi ?

— Le chaudron de Gundestrup a disparu et le gardien du musée est mort cette nuit-là. J'aimerais que tu contactes une journaliste, Li Na Wang.

— Pourquoi ? Elle est mignonne ?

— Parce qu'elle était sur place ! Je l'ai vue dans un reportage à la télé. Je voudrais que tu te renseignes pour savoir où en est l'enquête de police.

— Evidemment, je ne te demande pas si ça a un rapport avec ton colloque à Paris… Bien, je t'appelle dès que j'en sais plus.

Un scénario était en train de se construire dans l'esprit de Will. Une hypothèse folle, mais pas totalement improbable.

Dans son bureau du 36 quai des Orfèvres, au siège de la police judiciaire, une lumière blafarde éclairait le visage du commissaire Padova. Il avait déjà interrogé tous les patients que Michèle Blanchet avait reçus ce samedi matin. Tous, sauf Anna Jensen. Malgré la convocation de la PJ, la jeune femme ne s'était toujours pas présentée. Les agents envoyés à son domicile avaient même trouvé porte close.

Le commissaire Padova déplaçait sur son tableau magnétique les éléments de l'enquête sur l'affaire Blanchet et ajouta, à côté des photos de la scène de crime, des images de sa dépouille dans la salle d'autopsie. Michèle Blanchet avait été sauvagement assassinée. Son corps s'était vidé de son sang. Sûrement l'œuvre d'un sadique, ou d'une personne profondément dérangée. Un meurtre gratuit. Abject. Aucun effet personnel n'avait été dérobé. Enfin, presque…

Lors de son audition, la secrétaire de Michèle Blanchet avait expliqué qu'Anna Jensen avait appelé le vendredi soir. Elle avait insisté pour rencontrer précipitamment madame Blanchet. Un rendez-vous avait été pris pour le samedi matin. Secret professionnel oblige, la secrétaire n'avait pas été informée des raisons qui avaient poussé mademoiselle Jensen à solliciter un entretien. En revanche, des vidéos de toutes les séances d'hypnose étaient systématiquement enregistrées et conservées au cabinet. Des policiers avaient fouillé de fond en comble le bureau de la thérapeute. Comme par hasard, celle d'Anna Jensen avait disparu.

Tout comme s'était volatilisé le dossier médical de la jeune femme dans le bureau du professeur Bapteste. Padova se souvint alors de ce journaliste américain qui affirmait que le médecin n'avait pas pu se suicider. Sur le moment, le commissaire avait trouvé sa réaction étrange.

Plongé dans ses réflexions, Padova jouait nerveusement avec le capuchon de son stylo. L'officier Frédéric Casal entra dans le bureau.

— Du nouveau sur Anna Jensen ? interrogea le commissaire.

— Elle s'est pointée au 17, quai d'Anjou, ce samedi, pour rencontrer le baron Von Schmidt, deux jours avant l'incendie qui a entièrement ravagé son hôtel particulier.

— Oh, Casal ! coupa le commissaire. C'est quoi ce bordel ? Vous parlez bien du type qu'on a retrouvé carbonisé, aujourd'hui, dans l'incendie de l'île Saint-Louis ?

— Oui. Son majordome a même raconté qu'Anna Jensen avait tenté de le joindre au téléphone, ce dimanche. Mais la demoiselle était en rogne : le majordome avait filtré l'appel.

— Pourquoi était-elle allée fourrer son nez chez ce baron ? s'interrogea Padova. Sait-on si l'incendie est d'origine criminelle ou accidentelle ?

— D'après les gars du labo, ça sent l'acte volontaire, répondit Casal. On a retrouvé des traces d'essence sur le lieu du sinistre. Des analyses ADN sont en cours pour identifier le cadavre. Mais on est quasi certains que c'est Von Schmidt. Le baron n'a plus donné signe de vie et, d'après son majordome, il n'avait pas de rendez-vous à l'extérieur à ce moment-là.

— Cette affaire prend une tournure qui ne me plaît pas du tout...

Padova tourna le dos à Casal. Il s'approcha du tableau et se frotta le front comme pour faciliter l'émergence d'une idée lumineuse.

— Trouvez-moi Will Aberdeen ! Et allez voir ce qu'ils foutent, au labo ! Où en est l'analyse graphologique de la lettre de Bapteste ?

Will et Anna poursuivaient leur route vers la Bretagne. Il restait encore deux bonnes heures de trajet avant Campénéac. Anna rangea le paquet de biscuits entamé dans la boîte à gants et finit sa cannette de Coca light. Elle voulait rester éveillée, mais avec un moteur quasi silencieux et le siège confortable du Tiguan, elle ne put résister à l'appel du sommeil.

A 18 h 43, le téléphone de Will vibra.

— Mark ?

— Ouais, tu me remercieras plus tard. Je viens d'avoir en ligne la journaliste de CNN à Copenhague. Li Na Wang. Une chic fille.

— Elle a des infos sur le vol du musée ?

— Je vais tout te raconter, mais c'est du off ! l'avertit Mark. Rien ne doit sortir. Je lui ai promis !

— Pas de problème, ça restera entre nous.

— D'après une source proche de l'enquête, le gardien du musée était sûrement un peu allumé. La nuit du vol, il s'est noyé, mais les enquêteurs pensent qu'il s'est jeté tout seul du pont. Il n'y avait aucune trace de violence sur son corps. De plus, cette nuit-là, le système de sécurité ne fonctionnait pas, comme s'il avait été désactivé. La police pense que le gardien était peut-être impliqué.

— Je n'avais pas pensé à ça… Et pourquoi dis-tu que le gardien était « allumé » ?

— Parce qu'il n'était pas net. Ces derniers temps, il avait confié à des amis qu'il avait très peur. Il se disait suivi, menacé. Il pensait même que des gens voulaient le tuer. Il avait scotché des extraits de la Bible sur les murs de sa chambre. Des messages d'appel à l'aide. Il faut être barjot pour en arriver là !

— Mais ça avait certainement un sens pour lui… J'ai cru comprendre qu'un témoin avait été écarté par la police. Un sans-abri.

— Oui, un SDF d'une cinquantaine d'années. Les enquêteurs n'ont pas tenu compte de son témoignage.

— Pourquoi ?

— Parce qu'il était complètement ivre. Il délirait, parlait de prince des ténèbres, de flammes éternelles…

— Ce pauvre gars a peut-être vu les tueurs qui ont poussé le gardien à se jeter du pont ! Il faut lui parler !

— C'est impossible. Il a été retrouvé mort sur un quai.

Will crispa sa main sur le téléphone :

— Quoi ?

— Des passants ont donné l'alerte. Mais il n'a pas pu être ranimé. Arrêt cardio-respiratoire. Comme on dit : « L'hypothèse d'une mort naturelle est privilégiée. »

— C'est des conneries, tout ça !

— Ecoute, Will, t'es mon meilleur pote, mais il y a un truc qui ne tourne pas rond chez toi, s'inquiéta Mark. Il y a un commissaire de Paris qui a appelé au journal. Il te cherche pour t'interroger. Je ne sais pas dans quoi tu t'es embarqué, mais je vais te donner un bon conseil : laisse tomber.

Après ce qu'il venait d'apprendre, Will resta un moment perdu dans ses pensées. Le regard soucieux, il se tourna vers Anna. Elle dormait.

— Will, tu entends ce que je te dis ? Tu es où, là ? A cette heure-ci, tu ne devrais pas être dans ton avion ?

— Désolé, Mark. Je ne peux pas l'abandonner.

— Abandonner qui ? De qui parles-tu ?

Will raccrocha et coupa son téléphone portable. Il en fit de même avec celui d'Anna. Il savait comment la police pouvait tracer les appels et les localiser avec la puce GPS intégrée dans leurs smartphones. Il alluma ses phares. Dans le rétroviseur, il remarqua soudain ceux d'une berline noire. Depuis combien de temps les suivait-elle ?

— J'ai eu l'expert en graphologie, indiqua Casal en entrant dans le bureau du commissaire. Comme l'affaire était quasiment classée, il n'était pas pressé de terminer son analyse comparative. Mais je l'ai un peu secoué. Il a une information qui risque de relancer l'enquête.

— Quoi ? grogna Padova. On ne va pas y passer la nuit !

— Bapteste était gaucher. Or, il aurait dû s'enfoncer l'aiguille dans le bras droit. Vous voyez ce que je veux dire ?

Le commissaire se frappa le front du plat de la main.

— Mais bien sûr !

— Peut-être qu'Aberdeen le savait… et si c'est lui qui a fait le coup, quand il a constaté son erreur, il s'est peut-être dit qu'en aidant la police, au pire il gagnerait du temps, au mieux il serait disculpé. Ce n'est pas la première fois qu'un meurtrier collabore, ne serait-ce que pour garder un œil sur l'enquête.

Casal, qui avait aussi pisté la fuite de Will et d'Anna de l'hôtel à l'agence de location, informa le commissaire.

— Il ne faut pas perdre de temps ! ordonna Padova. Essayez de localiser leurs téléphones portables. Celui de Will Aberdeen et celui d'Anna Jensen. Et trouvez-moi l'employé qui leur a loué la bagnole !

Le commissaire passa ensuite un appel en urgence :

— Diffusez un avis de recherche sur l'ensemble du territoire… Oui, les gendarmeries aussi… On a deux suspects pour meurtres en cavale !

# 32

*Campénéac*
*Lundi 22 octobre 2012*
*21 heures*

Un panneau indiqua Campénéac. Will plissa le front en surveillant son rétroviseur. A son grand soulagement, la berline noire derrière eux avait continué tout droit sur la départementale. Il était temps de réveiller Anna. Il s'apprêtait à lui caresser les cheveux quand il s'aperçut qu'elle venait d'ouvrir les yeux. Il reposa sa main sur le volant, et annonça, avec un sourire gêné :

— Nous sommes arrivés.

Anna se redressa sur son siège. La région parisienne semblait si loin, désormais. Les grandes barres d'immeubles et les pavillons élégants avaient laissé la place à une campagne boisée. Au loin, le ciel sombre parsemé de nuages surplombait de vastes champs délimités par de belles haies touffues.

Bordée de charmantes chaumières, la route les mena jusqu'à la place centrale du village, son église, la petite mairie, une auberge et quelques commerces. Will se gara sur une aire de stationnement éclairée par des réverbères. Il désigna la mairie.

— On pourrait aller voir.

Au centre de la place, d'imposants blocs de granit portaient des plaques de marbre où s'inscrivaient les noms des enfants du pays morts pour la France pendant les deux guerres mondiales. Will et Anna contournèrent le monument et avancèrent jusqu'au coquet bâtiment de deux étages coiffé d'une toiture d'ardoise. Sur les portes vitrées, des affiches annonçaient les festivités de la commune : la « fête d'antan » était le rendez-vous des traditions et des vieux métiers, le salon de la généalogie proposait de renouer avec ses racines. Enfin, le concert de chants gaéliques et de musique traditionnelle d'Irlande réchaufferait bientôt la salle polyvalente.

Will proposa à Anna de dîner et de passer la nuit dans l'auberge du bourg. L'établissement ressemblait à un relais d'autrefois, avec couchage pour les voyageurs et foin pour les chevaux.

— L'auberge du Sans Retour. Original, comme nom ! plaisanta Will pour détendre l'atmosphère.

— J'espère que ce n'est pas un mauvais présage, ajouta Anna.

— Attends-moi dans la voiture, je vais m'assurer qu'il y a de la place.

Anna ne se fit pas prier. A la fraîcheur du soir, elle préférait de loin la douce chaleur du véhicule. A travers le pare-brise, l'imposante église se dressait fièrement au cœur du village. Un plan en croix, des murs de schiste et de granit : l'édifice était, somme toute, très classique. Pourtant, Anna était subjuguée. L'église réveillait en elle un souvenir confus mais étrangement familier. Sa curiosité l'emporta, elle claqua la portière et se dirigea vers le lieu de culte.

Avec ses murs de pierre, ses bouquets de fleurs séchées et ses verres à cognac suspendus par le pied au-dessus du bar, il émanait de l'auberge un charme rustique. Un miroir posé derrière l'étagère supportant les bouteilles d'alcool réfléchissait la lumière et leur donnait une jolie couleur ambrée.

L'aubergiste astiquait le comptoir en bois massif auquel un client était accoudé. Il leva la tête vers Will.

— Bonsoir. Qu'est-ce que je vous sers ?

— Je voudrais savoir si vous avez des chambres libres, demanda Will poliment. Nous sommes deux.

— Faut voir avec madame !

L'aubergiste se tourna vers une pièce attenante.

— Patronne, deux clients pour cette nuit ! Il reste des chambres ?

— Il fallait prévenir plus tôt ! Pour ce soir, il n'en reste qu'une, répondit une voix féminine derrière le mur de la cuisine.

— Ça ira ? interrogea l'aubergiste en s'adressant à Will. Il y a un petit canapé au cas où. Je ne veux pas vous forcer la main, mais, à cette heure-là, vous ne trouverez pas mieux dans le coin.

— Très bien ! Et pour dîner, ce n'est pas trop tard ?

— Choisissez une table, je vais prévenir mon épouse.

Will se retournait quand son regard s'arrêta sur les décorations ornant le mur : un drapeau de la Bretagne, une carte de la région ornée du triskèle, le symbole celte formé de trois spirales entrecroisées, et, surtout, une vieille photo en noir et blanc, celle d'un majestueux château qui surplombait un étang brumeux. Intrigué, Will s'approcha pour mieux l'examiner. Il était semblable en tout point à celui qu'Anna avait dessiné dans son carnet.

Au bar, le client interpella Will en levant sa pinte vers lui :

— Il a l'air hanté, hein ?

— C'est bien le château de Trécesson ? interrogea Will.

— Ouais ! marmonna son interlocuteur en avalant une gorgée de bière.

— Comment y accède-t-on ?

— En empruntant des petites routes. Mais si vous n'êtes pas du coin, vous ne trouverez pas.

— Pourquoi dites-vous qu'il est hanté ?

L'homme au teint rubicond pivota avec difficulté sur son tabouret. Il en était à sa cinquième chope :

— Vous ne connaissez pas la légende de la dame blanche ?

Will voulait entendre ce qu'il savait à ce sujet et feignit l'ignorance.

— La nuit, elle rôde dans les bois alentour, susurra l'homme en mimant de ses bras les errements d'un spectre. Parfois, on la voit flotter au-dessus de l'étang. Mais… chut… Ses assassins pourraient nous entendre…

L'aubergiste, qui était en train d'essuyer ses verres, fusilla l'homme du regard, puis se tourna vers Will avec un air renfrogné :

— Les touristes raffolent de ce genre d'histoire. Mais faut pas croire tout ce qui se dit.

Will était persuadé que dans toute légende résidait toujours une part de vérité. Il insista :

— Que pouvez-vous me raconter de plus ?

L'aubergiste soupira en désignant du menton la photo accrochée au mur et raconta la légende née du récit du braconnier :

— Cela dit, conclut-il, ça fait plus de trente ans que plus personne ne semble avoir vu son fantôme.

Il s'interrompit net, comme s'il en avait trop dit.

— Faut pas chercher à comprendre, ça attire les problèmes.

— Quels problèmes ? s'étonna Will.

L'aubergiste se pencha sur son comptoir pour lui souffler à l'oreille :

— Campénéac est un petit village où vivent d'honnêtes gens. Ici, chacun s'occupe de ses affaires. Celles des autres ne nous regardent pas. Ça a toujours fonctionné comme ça. Pourquoi voudriez-vous que ça change ?

— Je cherchais seulement à discuter...

— Ne le prenez pas mal, coupa l'aubergiste, mais si vous voulez éviter les ennuis, occupez-vous de vos affaires.

La lune, à son premier croissant, jouait à cache-cache derrière le clocher pointu qui crevait le ciel. L'éclairage à l'intérieur de l'église magnifiait les vitraux. Le portail étant fermé, Anna contourna l'édifice et aperçut une entrée sur l'une des façades latérales. Elle tourna doucement la poignée en fer forgé et, à sa surprise, la porte aux lourds battants s'entrouvrit.

Une forte odeur d'encens et de résine embaumait l'église. Sur la gauche, un panneau affichait l'agenda des services religieux, des concerts. Sur une table, un fascicule racontait l'histoire de l'église paroissiale de Campénéac, dédiée à la Nativité de la Très Sainte Vierge. Le document expliquait qu'elle avait été bâtie sur les fondations d'un édifice plus ancien encore.

Anna avança prudemment, ses pas résonnant dans le silence. Des spots illuminaient d'une teinte vieil or le chœur, les arcades et les fenêtres en ogive au style gothique. Le reste du bâtiment était plongé dans la pénombre. La gorge de la jeune femme s'assécha. Au centre de la nef, le long d'un mur, une structure imposante, toute en boiseries, l'attirait. Culminant à au moins huit mètres, la chaire côtoyait la voûte de l'église. Elle était surmontée d'une sculpture représentant l'archange Gabriel terrassant le dragon. Toute la structure reposait sur un diable qui la soutenait sur son dos. Il portait de grandes ailes prolongées de griffes, ses ongles étaient taillés en pointe et son crâne paré de cornes. Le corps musclé aurait pu avoir pour modèle celui d'un jeune homme. Tel un pénitent, le genou à terre, d'infinis tourments assombrissaient son visage dont les traits, loin d'être hideux, étaient finement ciselés.

Anna se souvint des paroles de l'étudiant en archéologie quand il avait décrit Cernunnos. Elle prit son courage à deux mains et se pencha pour mieux observer la tête. Elle frissonna. Creusés dans le bois, les yeux du démon semblaient la regarder.

*Il me voit…*

Un froissement d'étoffe la surprit. Elle sursauta et se tourna d'un mouvement brusque. Quelqu'un venait d'entrer. Le son provenait de l'autel. L'éclairage faible lui laissait distinguer une grande silhouette noire. Hypnotisée par l'ombre qui avançait vers elle en traînant le pas, elle se réfugia entre deux bancs et cria :

— Qui est là ?

Une voix puissante retentit :

— Je suis le père Carnec. C'est un bel ouvrage, n'est-ce pas ?

Anna put enfin discerner dans la pénombre un visage nimbé de cheveux blancs. Des rides profondes sillonnaient le front d'un prêtre en soutane. Elle posa une main sur sa poitrine pour calmer les battements de son cœur et soupira :

— Pardonnez-moi, j'ai cru que… non, rien. Je m'appelle Anna Jensen.

— Soyez la bienvenue dans la maison de Dieu, dit l'homme avec bienveillance. En général, la plupart de nos visites ont lieu le jour. Etes-vous perdue ?

La question arracha à la jeune femme un sourire crispé :

— Pas vraiment… Quoique… En réalité, j'étais très captivée par ce… diable. J'essayais de comprendre ce qu'il regarde avec tant d'intensité.

Le prêtre désigna le sommet du pilier central. Anna suivit son doigt du regard et aperçut, accroché tout en haut, le Christ sur sa croix, le visage ceint de sa couronne d'épines, qui fixait le démon prosterné à ses pieds.

— Je dois vous avouer, bafouilla Anna, je ne me rends pas souvent à l'église, mais... c'est bien la première fois que je vois un diable ainsi représenté en son sein.

— En effet, c'est peu commun. A ma connaissance, notre chaire est unique en France, et peut-être même en Europe.

Anna observa encore la statue. Perplexe, elle fit remarquer :

— Je pensais que pour l'Eglise, le diable était toujours représenté laid et repoussant. Ici, ce n'est pas vraiment le cas. Sans vouloir vous choquer, je dirais même que ses traits sont étonnamment harmonieux.

Le père Carnec contempla le diable silencieux. Il reconnut d'un ton sévère :

— Vous avez raison. Mais c'est aussi un des pouvoirs du diable que d'apparaître sous un aspect séduisant, pour mieux tenter les pécheurs. Il est capable de toutes les ruses pour induire l'homme en erreur.

— Mais pourquoi son visage est-il si avenant ?

Le prêtre toussa dans sa manche avant de répondre, visiblement gêné d'évoquer ce sujet.

— Il existe une hiérarchie des démons. Chacun possède ses particularités. Asmodée, par exemple, est l'un des trois princes qui gouvernent sous Satan. Il préside aux péchés de la luxure et possède la connaissance des trésors cachés.

— Et le diable de Campénéac, c'est Asmodée ?

— Non. Je pense que, lui, c'est Lucifer, le plus puissant et le plus redoutable de tous. On le nomme aussi Satan, dit le père en se signant. L'esprit du Mal qui règne sur l'enfer et le monde souterrain.

*Le grand maître des enfers...*

Satan et Cernunnos possédaient tous deux des caractéristiques communes frappantes. Ces similitudes ne pouvaient pas être simplement dues au hasard...

— Si Lucifer et Satan sont censés n'être qu'un même individu, alors pourquoi leur donner deux noms différents ?

— A l'origine, Lucifer était l'ange porteur de la lumière et de la connaissance. Il était aussi le plus beau et le plus brillant. Mais, un jour, conscient de ses indéniables qualités, il voulut s'élever plus haut encore que son créateur et se retourna contre lui. Exclu du royaume de Dieu, Lucifer entraîna dans sa chute tous ceux qui s'étaient rangés à ses côtés. Lucifer devint Satan, roi des démons, ennemi des créatures de Dieu et de toute l'humanité.

— Pardonnez-moi d'insister, mais pour quelles raisons ce diable se trouve-t-il précisément dans cette église ?

Cette question prit le religieux au dépourvu. Il haussa les épaules.

— Je n'ai pas d'explication. J'avais déjà posé la question à l'évêque du diocèse dont dépend notre paroisse, mais aucune réponse n'a su dissiper ce mystère. Le sculpteur de cette chaire est inconnu. Je sais seulement que cette structure a été ajoutée dans la seconde partie du XVIII^e^ siècle, il y a environ deux cent cinquante ans, bien après la construction de l'église.

Anna considéra un moment le père Carnec comme s'il venait de dévoiler une clé de l'énigme.

*Donc cette chaire incroyable avait été érigée peu après que la jeune mariée eut été enterrée vivante au pied du château de Trécesson... Existait-il un lien entre ces deux événements ?*

— Pour celui qui a fait réaliser cette œuvre, poursuivit Anna, cela avait forcément une signification. Je suis certaine que vous avez une opinion sur le sujet...

Le prêtre mûrit sa réponse :

— Si je devais y voir une signification, je dirais que cette chaire est censée symboliser le Bien dominant le Mal. Peut-être que son auteur a voulu exorciser un événement traumatisant.

Anna se tourna vers l'autel. Un air froid circula le long de son dos. Depuis son entrée dans cette église, elle éprouvait une sensation très étrange, douloureuse. Des images floues, brouillées, se bousculaient dans sa tête. Des bribes de souvenirs enfouis refluaient à la surface, comme une eau boueuse débordant des égouts après une pluie torrentielle. Elle était déjà venue ici, il y a très longtemps...

Anna se concentra pour ne pas laisser paraître son trouble :

— J'aimerais vous poser une autre question.

— Je vous écoute.

— L'Eglise célèbre-t-elle des mariages la nuit ?

— Aujourd'hui, cela ne se fait plus. Mais autrefois, oui, c'était possible.

— Pourquoi certains choisissaient-ils de s'unir la nuit ? C'est curieux, non ?

— Il faut se remettre dans le contexte de l'époque où les superstitions étaient encore très vives. Par exemple, pour prévenir l'impuissance et la stérilité, les fiancés pensaient conjurer le sort en recevant la bénédiction de nuit. Mais, le plus souvent, c'était pour garder la cérémonie secrète.

— Un mariage secret ! Pourquoi ? Que cherchaient-ils à cacher ?

— On pouvait vouloir dissimuler une grossesse avancée, par exemple. Sur les anciens registres, il est relativement fréquent de voir une naissance qui survient moins de neuf mois après l'union du couple... Dans certains cas, bien que beaucoup plus rares, les futurs époux espéraient se protéger d'ennemis, de personnes opposées à leur union, parfois au sein même de leurs familles...

— Les temps ont changé.

— Pas autant que vous le pensez, soupira le prêtre.

— Dans cette église, y a-t-il eu des mariages de nuit ?

— Je ne saurais dire... Quand ils étaient encore autorisés, c'est-à-dire avant la Révolution française, les registres paroissiaux ne mentionnaient pas l'heure des cérémonies.

— Il vous paraît donc possible que vers 1750 un mariage ait pu être célébré ici, dans cette église, la nuit...

— Oui, tout à fait. Maintenant, veuillez m'excuser, mademoiselle, je dois me retirer.

— Merci pour le temps que vous m'avez consacré, dit Anna.

Elle l'observa un instant s'éloigner, puis reposa aussitôt son regard sur le diable.

D'un pas hésitant, le père Carnec se dirigea vers la partie de l'église réservée au clergé. A mi-chemin, il s'arrêta. Puis il se tourna vers la jeune femme. D'une voix triste, pleine de compassion, il annonça :

— Certains lieux ne sont pas sûrs pour ceux qui ne croient pas en Dieu. Je prierai le Seigneur pour le salut de votre âme et pour que sa lumière chasse loin de votre cœur les ténèbres qui planent…

Anna quitta l'église, refermant la porte derrière elle. L'air était froid et humide. Elle frissonna, regrettant d'avoir laissé sa veste dans la voiture. A présent, un brouillard épais recouvrait la place déserte du village. Par souci d'économie, le conseil municipal avait décidé d'avancer l'heure d'extinction des éclairages communaux. Les lampadaires s'éteignirent, plongeant le village dans l'obscurité. Les maisons semblaient se serrer les unes contre les autres, comme pour se protéger des ombres de la nuit. Anna tenta de repérer l'auberge, mais, dans l'obscurité, tous les bâtiments se ressemblaient. Elle fouilla dans son sac pour récupérer son smartphone. La fonction torche lui permettrait au moins de voir où elle mettait les pieds.

*Ce n'est pas vrai ! Qui l'a éteint ?*

Avec maladresse, ses doigts tâtonnaient sur l'écran. Soudain, une main agrippa son épaule et la fit sursauter. Elle se débattit violemment.

— Will ? Tu m'as fait peur !

— Je t'ai cherchée partout ! Tu avais disparu.

— Je suis désolée, j'aurais dû te prévenir… Attends, il faut que je rallume mon téléphone.

— Ne fais pas ça ! La police nous recherche, nous serions repérés.

— Quoi ? Déjà ?

— Viens, dit-il en lui prenant la main pour la guider. Allons à l'auberge.

Un feu de bois crépitait dans la cheminée. Will et Anna s'attablèrent près de la fenêtre. Une nappe à carreaux rouges et blancs égayait la table et un délicieux fumet réveilla leur appétit. Will rapporta ce qu'il avait appris quelques minutes plus tôt :

— Il est facile de se perdre dans les routes de campagne qui traversent les bois. Le château de Trécesson se trouve dans la forêt. Nous aurons besoin d'un plan détaillé pour nous y rendre.

— Ils n'en ont pas à l'auberge ?

— Non, j'ai déjà demandé. En revanche, à la mairie, oui. On y fera un saut demain, à l'ouverture.

Anna ne savait comment réagir. Elle allait enfin voir le château. Elle avait tellement attendu ce moment, l'avait tellement redouté aussi. Will sentit l'excitation et la nervosité croissantes de la jeune femme. Il saisit ses mains pour la rassurer :

— Anna, tout va bien se passer.

Puis il exigea, avec un léger reproche dans la voix :

— Maintenant, explique-moi ce que tu faisais dans le noir. Je ne veux pas que tu t'éloignes de moi.

Il avait raison. Elle ne devait plus rien lui cacher. Alors elle narra sa rencontre, l'étrange sculpture du diable et sa vision claire, mais fugace, d'un mariage célébré la nuit.

— Et voilà la spécialité de la maison ! annonça l'aubergiste, un tablier noué à la taille, en déposant devant eux deux galettes complètes et un pichet de cidre doux. Faites attention, les assiettes sont brûlantes.

Le repas, simple mais savoureux, les réconforta.

— J'ai autre chose à te dire, dit Will, la tête baissée, en triturant l'anse du pichet.

Il leva les yeux vers elle et la fixa intensément. Elle se mordit les lèvres et sentit le rose lui monter aux joues. Il finit par se raviser :

— Je t'en parlerai tout à l'heure, dans la chambre. Au fait, je suis désolé, il n'en restait qu'une. Mais il y a un lit et un canapé !

— Je vois, sourit-elle, sans se douter que la confidence de Will n'était pas tout à fait celle qu'elle attendait.

Il lui raconta alors l'appel téléphonique de son ami Mark, au sujet du chaudron de Gundestrup, et lui fit part de son intuition : ceux qui avaient volé le chaudron original à Copenhague étaient liés aux meurtriers qui poursuivaient Anna.

La jeune femme l'écouta en regardant à travers la vitre. Tantôt vif, tantôt frappé de langueur, un voile de brume blanchâtre se déplaçait en flottant dans les airs.

— Cette histoire de dieu cornu m'intrigue, poursuivit Will. Peut-être qu'une confrérie, une société secrète se dissimule derrière tout ça. Bon, sinon, le commissaire Padova a appelé mon journal. Et comme tu ne t'es pas présentée à la convocation... Bref, il va falloir jouer serré.

Sans détacher son regard de la fenêtre, Anna murmura, terrorisée :

— Il nous reste peu de temps. Ils approchent. Ils nous cherchent...

— Les flics ?

Elle écrasa une larme sur sa joue et enfouit sa tête dans ses mains. Après une longue hésitation, elle rouvrit les yeux et répondit d'une voix surprenante, inhabituelle :

— Non. Pas les flics. Ceux qui veulent connaître mon secret. Il ne faut pas qu'on aille au château. Tu m'entends ? Il ne faut surtout pas qu'on y aille !

— Pourquoi ?

— Parce que c'est là-bas qu'ils veulent nous tuer !

Le canapé était placé contre le mur opposé au lit. Will se l'attribua d'autorité. Anna se dirigea vers la salle de bains. Elle laissa couler de l'eau tiède sur ses mains puis se pencha au-dessus du lavabo, se massant le visage pour tenter de relâcher la tension accumulée.

Dans la chambre, Will éteignit la lumière et souleva légèrement un des pans du rideau qu'il avait tiré.

— Que fais-tu ? demanda Anna qui observait son manège, une serviette à la main.

Will se tourna vers elle et posa un doigt sur ses lèvres.

— Qu'y a-t-il ? murmura-t-elle, inquiète cette fois.

— Je pense que nous sommes suivis.

— Suivis ? Par qui ?

— Je l'ignore encore. As-tu dit à quelqu'un où tu allais ?

— Non !

— Personne n'est au courant ? Pas même ton amie, Caroline, ou Patrick, ton éditeur ?

— Personne, je t'assure ! Pourquoi dis-tu qu'on est suivis ?

— J'ai cru voir une ombre dehors.

— C'était peut-être un promeneur.

— Non, plus à cette heure ! Et puis, sur la route, pendant que tu dormais, il y avait une voiture derrière nous. Elle n'a pas pris la sortie pour Campénéac, mais elle a peut-être fait demi-tour.

Pétrifiée, Anna n'osait plus bouger ni parler. Will regretta de l'avoir apeurée, peut-être inutilement. Pour dissiper ses craintes, il tenta de rectifier :

— J'ai pu me tromper. Avec ce brouillard, on peut s'imaginer n'importe quoi.

Le journaliste était mal à l'aise. Il lui mentait encore et n'aimait pas ça. Il était toujours près de la fenêtre, elle vint jusqu'à lui. Elle frissonnait et s'approcha tout près de lui pour ressentir sa chaleur. Troublée, elle lui demanda :

— As-tu déjà aimé ? Je veux dire… aimé vraiment ?

Il pencha légèrement la tête vers elle.

— Aimé ?

— Oui… Y a-t-il eu une femme à qui tu tenais ? Une femme qui occupait une place particulière dans ton cœur ?

Il se tut une seconde, comme s'il hésitait à se confier à elle :

— Non.

— Aucune ?

Il se tourna vers elle :

— L'amour, ça ne se contrôle pas ! Quand ça arrive, tu le sais. Anna, tu as toujours été honnête avec moi, mais ce n'était pas réciproque. Je te dois la vérité…

— Quelle vérité ? Tu es marié ?

— Non, ça n'a rien à voir avec ça.

— C'est quoi, alors ?

Il s'éloigna d'elle et s'assit sur le canapé, les coudes sur les genoux et le front posé sur sa main. Il semblait porter tout le poids du monde sur ses épaules. Il fallait qu'il lui dise tout.

— Peu avant de venir en France, j'ai appris que le père qui m'avait élevé n'était pas mon vrai père…

Quand il l'informa que le journal légué par son père biologique appartenait au capitaine de navire Thomas de Trécesson, Anna réagit, furieuse :

— Tu plaisantes ?

— J'ai l'air de plaisanter ?

La détresse s'emparait d'elle.

— Et tu ne me racontes ça que maintenant ?

— Au départ, j'ignorais totalement que ce journal avait un rapport avec toi ! Mais quand tu m'as parlé du château de Trécesson, je…

Elle s'assit au bord du lit, face à lui.

— Tu es ici pour quoi, au juste ? A cause de ce journal ?

— En écoutant ton histoire à l'hôtel, j'ai compris que le nom de Trécesson ne pouvait pas être apparu par hasard. C'est pourquoi j'ai décidé de rester et de t'accompagner jusqu'ici, pour savoir où tout cela mènerait. T'aider, c'était aussi une chance pour moi de découvrir ce père que je n'ai pas connu, mes origines, et savoir qui je suis réellement.

Elle était choquée par ces révélations, blessée, au bord des larmes. Elle tenta de contenir le chagrin qui la submergeait pour garder, encore, un semblant de dignité.

— Tu es en train de m'expliquer que tu t'es servi de moi ? Si je n'avais pas prononcé le nom de Trécesson, tu aurais pris ton avion ?

— Non, Anna ! Plus j'avance à tes côtés, plus je me rends compte que mon destin, d'une façon ou d'une autre, est lié au tien.

— Will, arrête. N'en dis pas plus, j'ai compris.

— Laisse-moi finir ! Dans ce journal de bord, il y avait une femme. Elle s'appelait Estrela. Je sais que ça peut sembler fou, surréaliste, mais j'ai rêvé d'elle. J'ai vu ses traits, son visage. Elle était très belle, mais son regard était triste. Ce visage est resté gravé dans ma tête. Je savais que j'étais devant la femme de ma vie. Cette femme, c'était toi, Anna.

Will la regarda un long moment dans les yeux, sans bouger, le visage fermé, peiné. Puis il se leva brusquement et se posta devant la fenêtre.

— Oublie ce que je viens de dire, lança-t-il froidement.

Mais comment pouvait-elle oublier ? Cette confession avait embrasé son cœur. Alors qu'il lui tournait le dos, elle s'approcha doucement de lui et l'enserra. Will se retourna et l'attira, presque brutalement, contre lui. Il enfouit ses doigts dans ses cheveux, son nez glissa le long de sa joue, effleura son cou. Il s'enivrait de son parfum ambré. Anna frissonna de plaisir, le souffle chaud, délicieux de Will chatouillait sa peau. Il embrassa sa gorge, remonta lentement jusqu'à ses lèvres. Il prit son visage entre ses mains et avoua :

— Je suis totalement fou de toi, Anna.

Alors, il entrouvrit ses lèvres et, avec fougue, lui donna un long et vrai baiser. Il déboutonna fébrilement la chemise de la jeune femme, la fit glisser au sol. Il caressa ses épaules nues, ses mains descendirent le long de son dos...

Leurs corps entrelacés ne formèrent plus qu'un. Une sensation sublime les transporta très loin, là où les mots étaient superflus, là où le temps n'avait plus d'importance, là où ils pouvaient de nouveau croire au bonheur, comme si leurs âmes, autrefois séparées, n'aspiraient plus qu'à rattraper le temps perdu.

# 33

*Campénéac*
*Mardi 23 octobre 2012*
*8 h 30*

L'aubergiste déplaça le petit vase de fleurs séchées et déposa sur la table deux crêpes au beurre salé. L'odeur du caramel chaud mit en appétit les deux amoureux.

— Thé ou café ?

— Deux cafés, s'il vous plaît, répondit Will après s'être concerté avec Anna.

Attablés à la même place que la veille, ils étaient seuls dans la salle à manger.

— Pourquoi avoir choisi ce nom : l'auberge du Sans Retour ? demanda le journaliste.

Derrière le bar, l'aubergiste soupira en remplissant les bols :

— Une idée de ma femme, en référence au Val sans Retour qui se trouve pas loin d'ici, dans la forêt de Paimpont. La fée Morgane vivait là-bas avec son amant dont elle était follement éprise.

— C'est romantique, commenta Will en lançant un clin d'œil à Anna.

L'aubergiste haussa les épaules et leur apporta les bols fumants.

— Un jour, l'amant trompa Morgane et s'enfuit. Elle ne supporta pas sa trahison. De rage, elle jeta un terrible sort sur le site qui abritait autrefois leur amour. Depuis, dès qu'un homme infidèle s'aventure au Val sans Retour et succombe aux charmes de l'ensorceleuse, il ne peut plus s'en échapper, emprisonné pour toujours.

L'aubergiste jeta un regard attentif à travers la vitre et désigna du menton la place du village :

— La mairie vient d'ouvrir. Si vous souhaitez toujours y faire un tour…

*8 h 45*

Le hall entièrement rénové contrastait avec la façade. Un présentoir garni de brochures touristiques attira l'attention d'Anna. Elle s'y attarda jusqu'à y dénicher une carte sommaire de Campénéac et ses environs. Elle la glissa dans son sac.

A la réception, un homme de haute taille en costume discutait avec une femme blonde aux cheveux courts. Will tendit l'oreille. Ils parlaient du prochain conseil municipal et de la désignation d'un référent pour la sécurité routière. Le journaliste s'avança et les interrompit :

— Bonjour. Désolé de vous déranger…

Ils levèrent les yeux vers lui.

— Vous ne nous dérangez pas, dit l'homme d'un ton affable. C'est nous qui sommes désolés de ne pas vous avoir vus. Je suis le maire de Campénéac. Et voici Katell, notre secrétaire. Que pouvons-nous faire pour vous ?

— Nous sommes de passage dans la région, précisa Will en désignant Anna. Nous aurions souhaité en savoir plus sur Campénéac. Je suis journaliste et je m'intéresse aux anecdotes liées à l'histoire des petites communes qui peuplent les campagnes françaises.

Le maire et Katell échangèrent un regard pétillant. Ce n'était pas tous les jours qu'un journaliste s'intéressait à leur village. Le maire se redressa fièrement et offrit un résumé de l'histoire de sa commune :

— Campénéac est un bourg très ancien. On y trouve des traces de l'occupation romaine. A ce sujet, je vous conseille de visiter le site mégalithique du Tombeau du Géant. Il date de 1500 avant Jésus-Christ.

— Sinon, plus près, renchérit Katell, il y a la fresque qui décore l'un des murs de la place au centre du village. Elle évoque les personnages légendaires de la forêt de Paimpont, autrefois appelée Brocéliande : Viviane, la fée Morgane, Merlin…

Campénéac se situait à l'orée de cette forêt. Monde mythique, terre de fées et d'enchanteurs et, surtout, lieu témoin des exploits du roi Arthur et des chevaliers de la Table ronde.

— Ses mystères et ses légendes vous émerveilleront ! s'enthousiasma Katell. Prévoyez aussi la visite de l'abbaye de la Joie-Notre-Dame. Les sœurs y préparent des sablés artisanaux et des spécialités gourmandes de la Bretagne. Ainsi que du chocolat, si vous êtes amateurs !

— Et le château de Trécesson ? se hasarda Will.

— Ah… soupira le maire. C'est un château remarquable, en effet. Il date de la fin du XIVe siècle, ou du début du XVe. Le temps n'a pas eu de prise sur lui. Pour moi, c'est le plus beau château de la région. Le plus mystérieux, aussi…

— Pourquoi ne pas nous en avoir parlé, alors ?

— Parce qu'il ne se visite pas. C'est une propriété privée. Mais vous avez toujours la possibilité de l'admirer de l'extérieur. Quand ses tours et ses murailles se reflètent sur l'étang, c'est d'une beauté grandiose. (Il posa son regard sur les portes vitrées de la mairie et plissa les yeux.) Aujourd'hui, le ciel est brumeux. Je vous conseille d'attendre un jour de beau temps, où le soleil sera présent.

— Les propriétaires y résident ?

— Non. En ce moment, il n'y a personne. Les propriétaires ne vivent pas à Campénéac. Et quand ils viennent ici, ils tiennent à leur intimité. Ce qui peut se comprendre…

— Personne ne garde le château en leur absence ?

— Si. Un chien.

— Un chien ? s'étonna Anna.

— Oui, mais pas n'importe lequel ! s'exclama Katell. C'est un dogue allemand, d'une taille hors norme. Vous verriez ça ! C'est le meilleur gardien qui puisse exister !

— Que pensez-vous de la légende de la dame blanche ? interrogea Will.

Le visage du maire s'assombrit :

— Vous voulez parler de cette jeune mariée qu'on aurait enterrée vivante au pied du château ?

— C'est ça…

— Les vieux châteaux, berceaux de grandes familles, sont souvent perçus comme des lieux de prestige, des symboles de pouvoir. Mais ils véhiculent aussi leur lot de fantasmes… La dame blanche est un mythe, une légende. Certains disent que son âme tourmentée reste prisonnière sur le lieu de sa disparition tragique et brutale. D'autres que ce sont des histoires inventées de toutes pièces qu'on raconte au coin du feu pour faire trembler les enfants dans les chaumières. Mais vous êtes libre de croire ou pas aux rumeurs.

— Et vous ? demanda Will en se tournant vers Katell. Avez-vous un avis sur la question ?

Katell chercha le maire du regard pour obtenir son approbation. Elle se pinça les lèvres et livra son point de vue, en tâchant de modérer ses propos pour ne pas verser dans l'irrationnel :

— Les avis divergent. On ne sait pas vraiment si ce récit est amplifié par l'imagination populaire ou si c'est un réel fait divers. Cette histoire repose uniquement sur des témoignages de nos anciens. La transmission orale joue, aujourd'hui encore, un rôle très important dans l'histoire de notre commune.

Katell attendit que le maire retourne dans son bureau. Une fois le champ libre, elle se pencha légèrement et murmura, sur le ton de la confidence :

— Des faits aussi atroces étaient rares, mais, à cette époque, qui sait quelles horreurs ont pu se produire sans qu'on en sache rien ? Et puis, il y a le récit d'un témoin qui sonne tellement vrai… Dervenn, le Druide, connaît bien cette histoire. Il pourra vous raconter…

Deux gendarmes franchissaient la porte de la mairie, leurs lourdes bottes martelant le sol. Ils s'arrêtèrent à hauteur du couple, qu'ils dévisagèrent longuement. Anna sentit son ventre se serrer, persuadée que les militaires étaient venus mettre un terme à leur cavale. D'un air faussement absorbé, Will emmena la jeune femme par le bras et désigna l'affiche annonçant le salon de la généalogie. Les gendarmes les suivirent du regard, puis se détournèrent. Le plus âgé prit la parole :

— C'est rare, des touristes, à cette période de l'année !

— C'est vrai, confirma Katell, mais nous faisons beaucoup d'efforts pour mettre en valeur notre commune. Depuis que notre nouveau site Internet est régulièrement mis à jour, tout le monde peut suivre l'actualité culturelle de Campénéac.

Le gendarme approuva en hochant la tête. Le maire sortit de son bureau et fut aussitôt interpellé :

— Monsieur le maire, nous venons vous informer qu'un de vos administrés, un agriculteur, a été victime d'un accident. Au moment où il passait près de la prise de force de son tracteur, la lame de l'outil a touché son mollet.

— Ah… Comment va-t-il ?

— Son mollet est salement amoché. Les sapeurs-pompiers l'ont conduit à Ploërmel, au centre hospitalier.

Les gendarmes firent demi-tour et jetèrent un œil inquisiteur au jeune couple. Sur le carnet à dessin emprunté à Anna, Will notait un nom qui figurait sur l'affiche tout en échangeant avec elle un regard bref, mais lourd de sens. Un des gendarmes les interpella :

— Vous !

Anna fit semblant de n'avoir rien entendu. Will, lui, s'efforça de paraître impassible. Il leva les yeux vers eux, en restant parfaitement poli :

— Bonjour, messieurs.

— Etes-vous au courant de l'arrêté du préfet ?

Will secoua la tête, une sueur froide perlait à la racine de ses cheveux. Le gendarme pointa du doigt un document punaisé sur le mur des annonces. L'écrit émanait de la préfecture du Morbihan.

*ARRÊTÉ*

*Article 1 : La période d'ouverture générale de la chasse à tir est fixée pour le département du Morbihan :*

- *du 16 septembre 2012 à 8 h 30*
- *au 28 février 2013 à 17 h 30.*

Will demanda, sincèrement surpris :

— Qu'est-ce que ça signifie ?

— Vous ne savez pas lire ? La chasse à courre, à cor et à cri, du cerf, sanglier, chevreuil, renard, lièvre et lapin de garenne est ouverte. Ça signifie que si vous ne voulez pas vous faire canarder dans la forêt, faites attention où vous mettrez les pieds !

Les gendarmes partis, Will et Anna quittèrent la mairie à leur tour. Ils leur avaient causé une belle frayeur, et la perspective de rester plus longtemps à proximité des représentants de l'ordre les rendait nerveux. Will déverrouilla les portes de la voiture.

— Où va-t-on ? demanda Anna.

— Là ! répondit Will en lui montrant ses notes dans son carnet.

*Salon de la généalogie à Campénéac, organisé par l'association Clé d'Histoire.*

*Contact : Denis Le Goff*

Mais avant qu'elle ait eu le temps de lui poser une question, Will était déjà reparti vers l'auberge.

— Attends-moi. Je n'en aurai pas pour longtemps.

Will salua de nouveau l'aubergiste :

— Savez-vous où je pourrais rencontrer Denis Le Goff ?

— La Goule ?

— Non, Le Goff, dit Will en montrant le carnet.

— Je sais, j'avais compris. La Goule, c'est son surnom. On l'appelle comme ça parce qu'il parle beaucoup. Enfin… ça, c'est quand il ne passe pas ses journées à éplucher de vieux bouquins ! S'il n'est pas aux Archives départementales du Morbihan, il est sûrement dans le local de l'association. Chez lui, quoi !

L'aubergiste essuya ses mains sur son tablier et, de sa plus belle écriture, nota sur un papier les coordonnées.

— Hé ! Si vous le voyez, il avait promis de reconstituer l'arbre généalogique de ma famille. Dites-lui que j'attends toujours !

*10 heures*

La maison de Denis Le Goff s'inscrivait dans la pure tradition des fermes longères de la région : une pelouse tondue de près, des bacs à hortensias dans la cour, et un chemin de gravier menant à la porte d'entrée.

— N'insistez pas, l'association est fermée ! lança une petite femme gironde sur le pas de la porte. Pour les inscriptions, voyez avec mon époux, le lundi matin uniquement.

Derrière elle, au fond d'une grande pièce aux poutres apparentes, un homme qui avait largement dépassé l'âge de la retraite était assis à une table. Replet et portant une barbe en collier, il était penché sur un ouvrage. Will s'excusa :

— Nous ne venons pas pour nous inscrire. Je me présente : Will… Smith, je présente l'émission « Légende ». Et voici Jessica, mon assistante.

Embarrassée, Anna baissa la tête et fit semblant de chercher un objet dans son sac.

— Will Smith ? Connais pas !

— C'est normal, je travaille pour une petite chaîne de télé locale. Mais nous gagnons chaque jour de nouveaux téléspectateurs ! Nous souhaitons faire un sujet sur l'intérêt de la généalogie. C'est pourquoi nous aimerions nous entretenir avec monsieur Le Goff.

L'homme dans la maison tendit l'oreille :

— Qui est-ce ?

La dame pivota sur elle-même et cria d'une voix agacée :

— Will Smith !

L'homme lâcha son ouvrage. Will réitéra son mensonge avec un aplomb étonnant. Flatter l'orgueil d'un homme en lui faisant miroiter son heure de gloire à la télévision se révélait une arme redoutable. Le stratagème de Will fonctionna. Heureusement que Denis Le Goff, comme son épouse, ignorait tout de la filmographie du célèbre acteur américain. Will adressa un clin d'œil malicieux à Anna, qui lui souffla discrètement à l'oreille :

— Tu n'as même pas honte…

— Parfois, il faut savoir se donner les moyens…

Le Goff les conduisit dans le salon qui lui servait aussi de bureau. D'où, sans doute, l'irritation de son épouse. Un *Gwenn ha Du*, le drapeau noir et blanc de la Bretagne, était accroché au mur en crépi. A côté, une carte très ancienne de la région et l'affiche du dernier salon de généalogie qui s'était tenu en juillet à Campénéac. Le Goff consacrait tout son temps et toute son énergie à Clé d'Histoire. L'association réunissait les férus de généalogie. Ses membres, tous bénévoles, se retrouvaient régulièrement pour échanger des informations nécessaires à la compréhension de leur passé.

— C'est rare que des jeunes gens s'intéressent à la généalogie, souligna Le Goff.

— Il n'y a pas d'âge pour découvrir de nouveaux horizons ! C'est aussi mon travail de faire connaître vos œuvres, dit Will pour le mettre en confiance.

Anna lui lança un regard incrédule, mais Le Goff s'enthousiasma :

— Vous avez mille fois raison ! Toute bonne volonté est bienvenue chez nous ! Et puis, voyez-vous, notre activité est en vogue. J'interviens de temps en temps dans les écoles et les collèges. De plus en plus de jeunes veulent savoir qui étaient leurs ancêtres.

Will eut un pincement au cœur et soupira.

En fait, Le Goff embellissait le tableau. La plupart des membres actifs de son association étaient des personnes d'un âge respectable, ayant assez de temps libre pour une activité qui en consommait beaucoup. Mais il n'avait pas tout à fait tort : ces dernières années, l'engouement pour la généalogie avait connu un essor considérable. Et pas seulement à Campénéac. Que cherchaient ses adeptes en explorant leur passé ? Connaître l'histoire de leur famille ? Se rapprocher de leurs ancêtres ? Pour Le Goff, pas de doute : après avoir été longtemps boudés, les racines, le patrimoine et la tradition étaient redevenus, avec la crise, des valeurs rassurantes.

— Vous pouvez reconstituer la généalogie de n'importe quelle famille ? demanda Will avec une arrière-pensée en tête.

— Bien sûr, répondit fièrement Le Goff. Dans la mesure où nous avons accès aux registres la concernant…

Les informations étaient pour la plupart tirées des Archives départementales du Morbihan. Dans l'imposant bâtiment, neuf siècles de l'histoire des Morbihannais se trouvaient entreposés sur des kilomètres de linéaires. Ces documents, pour la plupart manuscrits, provenaient des registres paroissiaux sur lesquels les curés inscrivaient les naissances, les baptêmes, les mariages et les décès. Les moments marquants de la vie de chacun des habitants, qu'ils soient paysans, marchands ou nobles, y étaient consignés.

— Cependant, je dois toutefois émettre quelques réserves. Pour un non-initié, déchiffrer des actes manuscrits sur des centaines de pages, rédigés de surcroît en vieux français, n'a rien d'une simple formalité. Cela demande beaucoup d'efforts, mais aussi des connaissances. Et pour compliquer la tâche, les anciens registres ne contiennent pas de sommaire pour faciliter la recherche. Transcrits à la plume d'oie, certains actes sont parfois tachés de pâtés d'encre. Enfin, la lisibilité de l'écriture des curés était très inégale.

— Mais j'imagine qu'il en faut plus pour décourager les chercheurs de votre trempe.

— Je ne vous le fais pas dire ! sourit Le Goff. Si quelqu'un désire établir la généalogie d'une famille, notre association peut mettre à sa disposition des outils efficaces. Nous travaillons généralement à partir d'un livret de famille ou de l'état civil. Cette étape préalable remplie, nous pouvons ensuite remonter plus loin. C'est une véritable enquête dans le passé de nos ancêtres !

— Peut-être pouvez-vous nous montrer un aperçu de votre méthode de recherche ? demanda Will. Par exemple, avec une famille qui a vécu autrefois à Campénéac. J'ai déjà le nom en tête.

— Bien ! Quel est le nom de cette famille ?

— De Trécesson.

A Paris, assis derrière son bureau du 36 quai des Orfèvres, le commissaire Padova rongeait ses ongles jaunis par la nicotine. Pour contenir sa colère et sa frustration, il avait déjà vidé la moitié de son paquet de cigarettes. La veille au soir, il avait fait diffuser sur tout le territoire national un avis de recherche concernant Will Aberdeen et Anna Jensen. Il avait même complété l'avis, tard dans la nuit, en précisant la marque et la couleur du véhicule loué. Sans aucun résultat. Il était sur les nerfs et avait très peu dormi.

Casal frappa timidement à la porte. Il s'était préparé à subir les foudres de son supérieur.

— Entrez ! gronda la voix du commissaire.

Malgré les fenêtres grandes ouvertes, le bureau du commissaire empestait le tabac, mais l'officier ne se sentit pas le courage de lui rappeler qu'il était interdit de fumer dans les locaux de la police.

Casal relata l'interrogatoire qu'il venait de mener avec Caroline, la meilleure amie d'Anna Jensen. Il avait notamment appris que la fugitive s'était blessée à la main avec un couteau de cuisine.

Un violent courant d'air fit voler les papiers qui reposaient sur le bureau du commissaire. Casal courut les ramasser et referma les fenêtres au passage. Absorbé par son raisonnement, Padova ne le remarqua même pas :

— La Caroline en question, elle a vu de ses yeux si c'était vraiment au domicile de l'intéressée que mademoiselle Jensen s'est blessée ?

— Non.

— Alors, ça ne prouve rien ! Mademoiselle Jensen n'était pas chez elle quand Michèle Blanchet a été assassinée. Elle a très bien pu se couper en s'acharnant sur cette pauvre femme. Et c'est quoi cette histoire de panne ?

— L'appartement de mademoiselle Jensen a subi une coupure d'électricité dimanche, pendant l'orage. Un électricien est intervenu pour remplacer les fusibles le lundi matin, à 9 heures. Il en a eu pour moins d'une demi-heure.

Le commissaire réfléchit, en s'attaquant aux ongles de l'autre main :

— L'incendie chez le baron Von Schmidt s'est déclenché lundi, en fin de matinée, matériellement, ça laisse à mademoiselle Jensen le temps d'arriver sur place, non ? A moins que le journaliste ne soit aussi dans le coup.

— Non, le réceptionniste est formel. Hier, Aberdeen n'a pas quitté son hôtel. En tout cas, pas avant l'arrivée de mademoiselle Jensen.

Casal lui expliqua que Caroline avait découvert un virus dans l'ordinateur de son amie.

— Donc, Michèle Blanchet aurait piraté l'ordinateur de mademoiselle Jensen pour l'espionner et lui envoyer le contact du baron, et tout ça, juste avant de mourir égorgée, s'étonna Padova.

— C'est ce que je crois avoir compris… confirma Casal en se grattant la tête.

Le commissaire se leva et tapa le poing sur sa table :

— Vous croyez avoir compris ? Putain, Casal, c'est quoi encore ce bordel ?

— Trécesson… réfléchit à voix haute le responsable de l'association Clé d'Histoire. C'était une famille de grands seigneurs. Ils ont vécu près de quatre cents ans dans ce château... Je suis certain qu'un de nos membres a déjà étudié leur arbre généalogique.

A côté du vaisselier, où de vieilles assiettes étaient exposées, Le Goff ouvrit une armoire en châtaignier finement sculptée. A l'intérieur se trouvaient de nombreux dossiers méthodiquement classés.

— La fiche doit être par là...

— Vous avez une quantité incroyable de dossiers ! le flatta Will. A ce propos, l'aubergiste chez qui nous logeons aimerait récupérer son arbre généalogique.

Le Goff leva les yeux au ciel.

— Ne m'en parlez pas ! Quand on fouille le passé, on déterre parfois des trésors. Mais, le plus souvent, ce sont des reliques peu reluisantes qui remontent à la surface. Comment voulez-vous que j'annonce à votre aubergiste qu'il descend d'une famille de poivrots ?

Amusée, Anna demanda :

— Comment le savez-vous ?

— Si vous voyiez tout ce que les curés rapportaient dans leurs registres ! Je ne peux pas décemment lui fournir les copies qu'il réclame. Non, je refuse de mettre un terme définitif à notre entente et de dire adieu au petit verre qu'il m'offre au nom de notre amitié...

— Sans vouloir dénigrer votre travail, poursuivit Will, quel intérêt trouvez-vous à étudier l'histoire d'une famille qui n'est pas la vôtre ?

Le Goff s'immobilisa pour réfléchir, comme si la question méritait une réponse argumentée.

— Vous savez, on apprend beaucoup en s'intéressant à la vie des anciens. Pas seulement en relevant leurs dates de naissance et de mort dans les registres paroissiaux, mais aussi en étudiant leur correspondance privée, les journaux intimes... Pour comprendre l'histoire d'un pays, d'une région ou d'un village, il faut savoir s'imprégner des anecdotes que racontaient nos aïeux. Ces petites tranches de vie, les traditions qui, en ces temps-là, ponctuaient leur quotidien. Il faut capter tous ces détails pour saisir ce qu'était réellement leur existence. Il n'y a pas d'Histoire, avec un grand H, sans de petites histoires.

— Et les livres d'histoire ? Ce sont aussi de bonnes sources de connaissance, non ?

— Je les lis avec un peu de méfiance. Ils s'inspirent de décrets officiels, ou bien de manuscrits retranscrits par des moines copistes qui s'acquittaient de cette tâche en fonction de ce que le pouvoir en place voulait bien leur faire raconter. Quoi de plus simple pour un roi soutenu par l'Eglise que de faire écrire les pires horreurs sur ses détracteurs ? Ou de s'enorgueillir d'une vérité subjective et flatteuse. L'histoire n'est pas toujours fidèle aux faits réels.

— Le système scolaire s'appuie pourtant sur ces livres.

— Jeune homme, ne vous méprenez pas ! L'école a du bon. Elle donne les clés. Après, il faut avoir la curiosité d'ouvrir d'autres portes pour découvrir ce qui se cache derrière.

Le Goff sortit triomphalement une fiche d'un des dossiers.

— Trécesson ! Vous avez de la chance, ce n'est pas une simple fiche avec des dates de naissance, de mariage ou de décès. Quelques notes les complètent. Une époque vous intéresse-t-elle en particulier ?

Will se souvint de la date mentionnée dans le journal de bord et lança :

— Octobre 1755.

Le Goff jaugea Will avec de petits yeux circonspects.

— C'est précis…

Il parcourut la fiche, marmonnant dans sa barbe, jusqu'à tomber sur la bonne période.

— J'y suis ! 1755 correspond à l'une des dernières dates mentionnées. A peine vingt-cinq ans après, la lignée des seigneurs de Trécesson s'est éteinte.

Will et Anna se regardèrent en silence. Le Goff continua :

— Le comte Joseph de Trécesson naît en 1696 et meurt en 1780, à l'âge de quatre-vingt-quatre ans. Un âge avancé pour l'époque. Durant sa longue carrière de capitaine de régiment, il fut maintes fois honoré, mais sa vie familiale fut, à l'inverse, jalonnée d'une succession d'événements malheureux. Je vous passe les détails. Le véritable drame de sa vie restera l'extinction de sa lignée.

— Qu'entendez-vous par là ? demanda Will. Il avait des enfants ?

Le généalogiste plongea à nouveau ses yeux sur la fiche avant de répondre.

— Attendez voir… Oui, il a eu quatre enfants. Deux filles et deux fils. Mais aucun ne lui a survécu. Le plus jeune s'appelait Thomas.

— Thomas de Trécesson ! s'exclama Will avec une excitation qu'il avait du mal à contenir. Que savez-vous sur lui ?

— Thomas s'était engagé dans la Marine royale. C'est étonnant, en général les cadets suivent une voie ecclésiastique... Mais ce choix lui avait apparemment réussi. Il avait même obtenu, très jeune, le titre prestigieux de capitaine de vaisseau.

— Qu'est-il devenu ? S'est-il marié ? A-t-il eu des enfants ?

— Il n'y a rien.

— Comment ça, rien ?

— Il se trouve que ses frère et sœurs sont décédés sans postérité. Mais il n'y a rien au sujet de la mort de Thomas. Ni date de mariage, ni date de décès. Juste une note sur sa soudaine disparition. Apparemment, son père, le comte de Trécesson, laissa entendre qu'en décembre 1755, Thomas avait définitivement quitté la France. Ensuite, aucune trace. Personne ne l'a jamais revu.

Oubliant le mensonge grâce auquel il avait pu obtenir cet entretien, Will ne put masquer son désarroi, une attitude qui allait rapidement mettre la puce à l'oreille de son hôte. De justesse, Anna rattrapa le coup en demandant soudain :

— Dervenn, le Druide, vous le connaissez ?

Le visage de Le Goff se décomposa. Il grimaça en rétorquant :

— Qui vous a parlé de lui ?

— Katell, de la mairie. Savez-vous où on peut le trouver ?

— Non ! Et je préfère ne pas savoir ! C'est une personne très bizarre, solitaire. Un ermite. Et ses propos ne sont pas toujours très cohérents. Malheureusement, avec l'âge, ça ne s'arrange pas... Si on l'écoutait, il faudrait tout brûler. Les livres, les archives... Tout !

— Pourquoi ?

— Parce que c'est dans la tradition des druides que de transmettre leur savoir oralement. Ils refusent l'usage de l'écriture, sauf dans de rares cas, pour des affaires privées...

— Mais ce genre de personnage n'existe plus, de nos jours.

— Détrompez-vous ! répliqua Le Goff. On en croise encore en Bretagne et un peu partout au Royaume-Uni, notamment au pays de Galles. Ça vient de nos racines celtiques. Vous ne les verrez pas dans les villes, ils se cachent dans les forêts. C'est là qu'ils vénèrent d'anciens dieux et accomplissent d'étranges rituels...

A quelques kilomètres de là, à la gendarmerie de Ploërmel, un fax de Paris arrivé tard dans la nuit était punaisé sur le tableau de service.

Les deux gendarmes, dépêchés plus tôt à Campénéac pour établir les circonstances de l'accident de l'agriculteur, avaient regagné la brigade pour établir leur rapport. Cette corvée administrative bouclée, ils se servirent un café dans la salle commune et s'approchèrent du tableau pour prendre connaissance des dernières informations.

*11 heures*

Will feuilletait le journal de bord de Thomas de Trécesson. Assis sur le lit, il y recherchait l'indice qui lui aurait échappé et permettrait de comprendre ce qu'il était advenu du capitaine de vaisseau français. Mais il ne trouva rien qui puisse expliquer sa mystérieuse disparition.

Anna était allongée à son côté. Elle observait le plafond. Le lustre rococo à pampilles de cristal se mariait très bien avec les rideaux en toile de Jouy et la tête de lit recouverte du même tissu. La veille, elle n'avait pas vraiment remarqué la décoration de la chambre. Elle n'avait d'yeux que pour Will. Elle tourna la tête pour le regarder. Le voyant découragé, elle se rapprocha de lui :

— Je crois qu'on devrait suivre une autre piste, suggéra-t-elle. On ne sait pas vraiment quand la jeune mariée, celle qu'on appelle la dame blanche de Trécesson, a été enterrée vivante. Thomas de Trécesson, lui, a disparu en décembre 1755. Il est possible que ça se soit passé en même temps…

— C'est possible, c'est vrai…

— Tout à l'heure, Katell nous a dit que Dervenn, le Druide, connaissait bien l'histoire de la dame blanche. Il sait peut-être des choses sur la disparition de Thomas de Trécesson.

— Evidemment, tu as raison !

— C'est monsieur Dervenn, répondit l'aubergiste, derrière son bar. Mais ici, tout le monde dit le

Druide. C'est l'un de nos plus anciens villageois. Avant de prendre sa retraite, il s'occupait de l'intendance du château et mettait un peu d'ordre dans les archives. A présent, il se contente de nourrir le chien.

Cette réponse revigora le journaliste. Tous ses espoirs reposaient désormais sur cet homme.

— Pourriez-vous nous donner ses coordonnées ?

L'aubergiste éclata de rire :

— Les coordonnées du Druide ?

— Pourquoi riez-vous ?

— Il n'a pas de téléphone. Mais si vous savez murmurer à l'oreille des oiseaux, il pourra peut-être vous entendre ! répondit l'aubergiste en riant de sa blague.

Voyant que sa plaisanterie ne rencontrait pas le succès escompté, il se reprit :

— De toute façon, même si vous allez le voir, vous risquez d'être déçus. On ne comprend pas toujours ce qu'il dit.

— Il parle de quoi ?

— De choses bizarres. Il entend des messages de la nature. Des animaux, même ! Il connaît le pouvoir des arbres, de l'eau, du vent. Il se sert des éléments pour percevoir des choses que vous et moi ne voyons pas. Mais il ne vient quasiment jamais ici. De temps à autre, des gens cherchent à le rencontrer, pour lui demander conseil. Cela dit, parfois le Druide leur annonce de mauvais présages. C'est pour ça que la Goule a peur de lui !

— Et vous, il vous fait peur ?

— Moi, ça va, dit l'homme en se servant un verre d'armagnac. Et puis, ça fait longtemps que j'avais compris que ma femme m'avait enfermé ici ! Mais je l'aime, alors…

— Où peut-on le trouver ? demanda Anna.

— Le trouver ? Autant retenir le souffle du vent !

— Vous ne pouvez vraiment pas nous aider ?

Anna sortit de son sac la carte qu'elle avait prise à la mairie. Elle la posa sur le bar, regarda l'aubergiste et arbora un sourire irrésistible.

— Allez, soyez sympa !

L'aubergiste soupira et désigna un point sur la carte au cœur de la forêt. Puis il ouvrit un placard et posa une bouteille sur le comptoir.

— Même si vous y allez, c'est pas sûr que vous tombiez sur lui. Mais, au cas où, apportez-lui cette bouteille de chouchenn de ma part. Elle vient de ma cuvée personnelle. J'en ai toujours une en réserve. Avec ça, il se montrera peut-être plus aimable.

— Qu'est-ce que c'est ? demanda Will, curieux.

— La boisson de nos ancêtres. A base de fruits et de miel. Dans la recette authentique, on incorpore dans le fût le dard des abeilles. Le venin fermenté anesthésie le cervelet, là où se trouve notre équilibre. Après un ou deux verres, on s'écroule. Et trois jours plus tard, on se réveille avec d'affreux maux de tête.

— C'est charmant ! s'exclama Anna en réprimant son dégoût.

— De toute façon, ajouta l'aubergiste, c'est Dervenn qui décidera si, oui ou non, il accepte de vous rencontrer. Pour ça, vous n'avez rien à faire. Lui, il saura vous trouver.

Au même moment à Paris, au siège de la police judiciaire, l'officier de police Casal fit irruption dans le bureau du commissaire sans frapper.

— Ça y est ! s'exclama Casal avec enthousiasme. On les a localisés. Deux gendarmes les ont vus en Bretagne. Ils ont appelé sur votre téléphone fixe. Comme vous n'étiez pas dans votre bureau, l'appel a été transféré sur mon poste.

Casal rapporta fidèlement les propos des gendarmes.

— Campénéac... répéta Padova. Mais qu'est-ce qu'ils sont partis foutre là-bas ? Ce n'est pas logique ! Quand on est en cavale avec des meurtres sur les bras, en général on prend le large. Savez-vous si Anna Jensen a de la famille ou des amis dans ce trou paumé ?

— Non, personne. J'ai vérifié. D'après les gendarmes, ils ressemblaient juste à un couple d'amoureux.

— Amoureux ? Evidemment qu'ils sont ensemble !

— Le journaliste doit se la taper depuis le début, persifla Casal. C'est lui qui l'a soutenue dans sa folie meurtrière. Un homme amoureux, ça ferait n'importe quoi. Un classique. Le cerveau, c'est elle !

Pas très à l'aise avec l'emboîtement de tous les éléments de l'enquête, Padova modéra son subalterne :

— Casal, pour l'instant, ce ne sont que des suppositions. Et puis, il y a un truc qui cloche, mais je ne sais pas encore quoi. Ce qui est sûr, c'est qu'on va bientôt les attraper et les interroger. Contactez la gendarmerie locale et dites-leur de ne pas les perdre de vue. Nous irons les cueillir sur place ensemble.

# 34

*Forêt de Brocéliande*
*Mardi 23 octobre 2012*
*12 h 45*

Les anciens en parlaient comme de la forêt des mirages et des illusions. Une terre sauvage, nimbée de brumes, où l'ombre du vent siffle à travers de vivants piliers, où des fées aux chants envoûtants trompent le profane égaré, où l'écho du choc des épées résonne sur les roches de schiste rouge teintées du sang de preux chevaliers. Le temple végétal abrite sous ses branches les vestiges du tombeau de Merlin. Druide, magicien ou homme des bois, l'enchanteur était renommé pour avoir aidé, en usant de sortilèges, le roi Arthur dans la quête du Graal. Mais peu connaissent la face cachée du personnage : Merlin était né des amours d'une nonne et du diable. De cette nature ténébreuse gorgée de sève qui irriguait le sol dans un éternel bourgeonnement, il se dit que dans la nuit du 31 octobre au 1er novembre, lors du passage de la saison claire à la saison sombre, la forêt ouvre ses portes aux créatures de l'Autre Monde.

Pour rencontrer Dervenn, Will et Anna devaient rallier le cœur de l'antique forêt. Ils en sillonnaient depuis une bonne demi-heure les routes, cherchant une percée pour s'y engouffrer. Anna remarqua le livre de bord du capitaine de Trécesson sur la plage arrière.

— Pourquoi l'as-tu emporté ?

— Parce que je préfère le garder en sécurité avec moi.

— Tu crois que les gendarmes pourraient revenir ?

— On ne sait jamais…

Dix minutes plus tard, la voiture pénétra dans un chemin privé dont l'accès était protégé, quelques mètres plus loin, par une barrière. Un panneau indiquait :

*Accès interdit à tous les véhicules à moteur,*
*sauf véhicules autorisés.*

Will se gara à l'ombre de grands hêtres et dissimula le Tiguan derrière un épais bosquet d'ajoncs et de genêts. La voiture n'était plus visible depuis la route principale. Le regard d'Anna oscillait entre la carte qu'elle tenait dans ses mains et la voie qui s'ouvrait devant eux.

— D'après l'échelle de la carte, on a au moins deux kilomètres, peut-être trois, à faire.

— Alors ne perdons pas de temps ! répliqua Will.

— Oui, mais rappelle-toi ce qu'ont dit les gendarmes. A cause de la chasse, il est déconseillé de s'écarter des routes balisées.

Will leva le bras en désignant le chemin.

— Regarde. Si on reste sur cette route, on n'est pas dans les bois. Et puis, il fait jour. Il faudrait être idiot pour nous confondre avec des animaux.

Will récupéra la bouteille de chouchenn dans la voiture. Il ouvrit la marche. Anna se résigna à le suivre. Mais à un moment, le large chemin caillouteux déboucha sur un sentier plus étroit, bordé d'arbustes épineux. Anna hésitait à continuer.

— Il faut qu'on avance, Anna. Tu vois bien qu'il n'y a pas de chasseurs.

— Ils sont peut-être cachés dans les bois !

— On aurait entendu des coups de feu. Allez, viens, l'encouragea Will en lui prenant la main.

Le sol était boueux, accidenté. Une forte odeur de mousse et de champignons flottait dans l'air. Leurs chaussures crissaient sur l'herbe emperlée de fines gouttelettes. Le bas de leurs pantalons prit l'eau rapidement et l'humidité remonta le long de leurs vêtements. Une brume fine s'élevait lentement du sol et gagnait jusqu'à la cime des arbres. Les bois se paraient de teintes ocre, rousses, et la lumière traversait difficilement l'épaisse voûte de branchages.

Autour d'eux, Will et Anna percevaient de légers frémissements, des sifflements. Ils levèrent les yeux. Perché sur la branche d'un aulne, un énorme corbeau les observait. Les feuilles de l'arbre frissonnaient, certaines se détachaient en tournoyant, annonçant la fin des beaux jours. Quand ils passèrent sous l'arbre, le corbeau déploya ses ailes noires et s'envola en croassant.

Plus ils avançaient, plus la forêt paraissait dense, vierge de toute présence humaine. Au bout d'une demi-heure de marche, ils firent une halte et durent se rendre à l'évidence : ils étaient perdus.

Le ciel était bas. Casal, au volant d'une Renault Mégane banalisée, roulait en direction de Campénéac. Padova prenait des nouvelles des fugitifs. Après avoir raccroché, il brancha son téléphone sur l'allume-cigare puis se cala dans son siège, les traits marqués après la courte nuit qu'il venait de passer. Il savait qu'à peine arrivés à destination, la traque de Will Aberdeen et Anna Jensen reprendrait. Il aurait bien aimé dormir, une heure ou deux, pour recharger ses batteries, lui aussi.

— Que disent les gendarmes ? demanda Casal avec entrain.

L'officier de police jubilait derrière son volant. C'était la première fois qu'il quittait la région parisienne dans le cadre d'une enquête. Cette expérience l'excitait.

Fatigué, le commissaire se pinça le haut du nez en fermant les yeux.

— Ils ont perdu leur trace. Ils sont retournés à Campénéac, mais le Tiguan n'était plus là. Par contre, ils ont appris que le couple logeait à l'auberge, en face de la mairie. Leurs affaires sont toujours dans leur chambre. Ça nous laisse une chance de les cueillir quand ils reviendront les récupérer. L'aubergiste, lui, dit ne pas savoir où le couple est parti.

— Will, ça fait près de deux heures qu'on a quitté la voiture. Et on ne sait toujours pas où on est !

A travers la brume, ils essayaient de retrouver le sentier qu'ils avaient quitté. Will leva les yeux pour distinguer une percée dans la végétation, mais une haute muraille de troncs gris lui masquait la vue.

— Le brouillard va bien finir par se dissiper, dit-il sans en être vraiment convaincu.

Un craquement dans les broussailles les fit sursauter. Terrifiée, Anna se blottit contre Will. Il sentit le cœur de la jeune femme battre à se rompre.

— Tu as entendu ?

— Oui. J'essaie de voir d'où ça vient.

Bientôt, le bruit d'une respiration profonde, puissante, s'approcha. Anna regarda droit devant elle en écarquillant les yeux. Elle chuchota :

— Qu'est-ce que c'est ?

— Je ne sais pas, s'interrogea-t-il, pas plus rassuré. On dirait un animal.

Soudain, un cerf immense surgit et sauta par-dessus un large tapis de bruyères. Il s'arrêta en travers de leur chemin. Will et Anna reculèrent de deux pas. L'animal se dressait fièrement devant eux. Un souffle fumant sortait de ses narines palpitantes. Il inclina légèrement sa tête couronnée et planta son regard dans celui d'Anna. Ses grands yeux noirs luisaient étrangement et fixaient la jeune femme avec une rare intensité. Le cerf s'agita, martela le sol de ses sabots et s'élança dans la forêt.

— Je crois qu'il nous montre le chemin, dit Anna.

— Tu en es sûre ? demanda Will, surpris.

Quelques mètres plus loin, le profil majestueux de l'animal venait de s'immobiliser.

— Regarde, dit-elle, il nous attend. Suivons-le.

Après dix minutes de marche, une humble masure adossée à une paroi rocheuse apparut au cœur d'une clairière. D'une source d'eau claire jaillissant de la roche naissait un ruisseau qui s'enfonçait dans la forêt. Etrangement, la brume se dissipait à cet endroit. Des rayons de soleil perçaient la chape de nuages gris et éclairaient le toit de chaume.

La gorge sèche, Will et Anna, formant une coupe de leurs mains, s'abreuvèrent à la source. Au sommet de la masure, une fumée blanche s'échappait de la cheminée. Will s'approcha et frappa à la porte. Celle-ci s'entrouvrit au premier coup. Un fort parfum d'herbes aromatiques s'échappa de l'embrasure. Mais personne ne vint les accueillir. Will et Anna restèrent quelques instants pantois. Le journaliste s'avança :

— Monsieur Dervenn ? Vous êtes là ?

— Il ne doit pas être loin, souffla Anna en le retenant par le bras. Il vaut mieux l'attendre dehors.

Ils firent le tour de la maison et Will ne put s'empêcher de regarder à travers les carreaux poussiéreux d'une fenêtre. La pièce était sombre, mais près de l'âtre, on distinguait des bouquets d'herbes suspendus aux poutres et un chaudron posé sur des braises.

— Je commence à comprendre pourquoi on l'appelle le Druide, murmura Will.

Au centre de la clairière, une grande dalle ronde attira la jeune femme. Des chiffres romains de I à XII y étaient gravés, mais aussi des symboles représentant la position des étoiles. Lorsque le soleil dardait ses rayons sur le dispositif, l'ombre projetée par une tige plantée dans la dalle indiquait l'heure.

— Un cadran solaire ? s'interrogea Will.

— On dirait bien. Si je lis correctement, il est 16 heures.

— Quoi ? Déjà ? s'exclama Will en vérifiant sa montre. Le temps est passé si vite !

— Il y a une phrase en latin gravée dans la pierre, dit Anna, concentrée.

Elle lut à voix haute la sentence : *Tempus fugit, utere.*

— Tu saurais le traduire ?

Elle hocha la tête :

— Le temps fuit, sache t'en servir.

Will enregistra mentalement la phrase et resta un moment devant le cadran.

*Etait-ce un avertissement ?*

Entre une rangée de chênes, derrière une haie naturelle d'aubépine, les feuilles se mirent à frémir comme sous le passage du vent. Anna posa la main sur l'épaule de Will pour le forcer à se tourner. Un très vieil homme à la longue barbe blanche surgit alors en repoussant avec son bâton les branches d'un fourré. Ses cheveux épars flottaient autour de sa tête. Il portait une toge en lin gris resserrée à la taille avec un lien en cuir. Dans une main, il tenait une crosse grossièrement taillée dans le bois, et dans l'autre, des racines de plantain. Malgré son âge avancé, sa démarche était étonnamment souple et agile.

Il les dévisagea avec curiosité.

— Les astres ont parlé. Je savais que vous viendriez.

— Ah oui, répondit Will, sceptique. Dans ce cas, pourquoi n'étiez-vous pas chez vous à nous attendre ?

Le vieil homme le regarda d'un air grave. Il écarta les bras en désignant l'immensité de la forêt en un geste plein d'assurance.

— J'étais chez moi !

Puis il entra dans la masure. Comme Will et Anna restaient plantés sans réagir, il se retourna vers eux et demanda, sur le pas de la porte :

— Vous n'avez pas mangé, n'est-ce pas ?

Will et Anna secouèrent la tête. Alors, le Druide maugréa :

— Qu'est-ce que vous attendez ? Entrez !

A côté des herbes aromatiques aux parfums balsamiques, le vieil homme accrocha sur une corde à linge la racine qu'il venait de cueillir. Assis près d'Anna sur un banc creusé dans un tronc, Will posa sur la table le présent offert par l'aubergiste. Appuyé sur sa crosse, le vieil homme avança vers la cheminée, saisit une bonbonne d'alcool fort et versa une rasade sur la préparation qui bouillonnait sur le feu. Il manipula à main nue une braise qui crépitait et fit flamber le bouillon. Il ajouta ensuite quelques bûches pour relancer le feu.

Toujours sans un mot, le vieil homme servit du riz dans trois bols qu'il arrosa du bouillon qui avait mijoté dans le chaudron. De retour à table, il s'installa, mangea son plat avec une grosse cuillère et invita ses hôtes à l'imiter. Will et Anna furent agréablement surpris par la mixture composée d'échalotes, d'épices et de cailles sauvages flambées. Dervenn saisit la bouteille de chouchenn et l'évalua. Il la déboucha et remplit trois verres du liquide aux reflets de miel. Enfin, il rompit le silence.

— Dites-moi ce que vous voulez savoir.

Will demanda :

— Vous ne vous êtes pas brûlé en touchant la braise ?

Le vieil homme ouvrit sa main. La paume était ridée, calleuse, verdie par les herbes, mais intacte. Will écarquilla brièvement les yeux et lança à Anna un regard qui se passait de commentaires.

— Nous souhaitons en savoir plus au sujet de la légende qui court sur le château de Trécesson, osa Anna.

Dervenn dévisagea la jeune femme. Son œil semblait assez perçant pour sonder les replis les plus enfouis de l'âme de son interlocutrice. Il saisit son verre de chouchenn.

— Je n'ai pas souvent de la visite. Trinquons ensemble !

La recette dévoilée par l'aubergiste l'ayant dégoûtée, Anna pâlit. Will, plus téméraire, huma le parfum doux et puissant de la liqueur. Dervenn leva son verre et lança en breton :

— *Yec'hed mat*[1] !

Will et Anna trempèrent prudemment leurs lèvres pour ne pas vexer leur hôte.

— Tout se perd ! se plaignit Dervenn en tapant le verre sur la table. Il n'y a pas plus de venin dans cette bouteille que de bible dans cette maison !

Il ajouta à voix basse, énigmatique :

— Ce qui est passé ne revient jamais. Enfin, c'est ce que la plupart des gens croient…

Will apprécia la boisson à petites gorgées. Anna but quelques gouttes, puis préféra s'abstenir. Elle reformula sa question :

1. A votre santé !

— On nous a dit que vous aviez travaillé au château de Trécesson. Que pensez-vous de la légende qui s'y rapporte ?

— De quelle légende parlez-vous ? demanda le vieil homme. Il y en a plusieurs.

— Plusieurs ? Je l'ignorais…

— Vous ne le saviez pas ? C'est un château hanté.

Clouée sur son banc, elle insista :

— Hanté ? Hanté par qui ?

— Des esprits… Les joueurs fantômes, par exemple. Ils rejouent chaque nuit une partie de cartes dans l'une des anciennes chambres. A ce jour, pourtant, toujours inhabitée. Et puis, il y a le curé sans tête…

— Le curé sans tête ? répéta Anna, les yeux braqués sur le vieil homme.

— Son fantôme rôde aux abords du calvaire, la croix en pierre qui marque le chemin conduisant au château.

— Pourquoi l'âme d'un curé hanterait-elle ce lieu ? demanda Will. Les curés ne sont-ils pas censés aller au paradis ?

— Il faut croire qu'ils ne le méritent pas tous, soupira Dervenn. Peut-être que, rongé par la culpabilité, ce curé attend l'absolution de ses péchés…

Anna tressaillit. La vision du diable dans l'église de Campénéac rejaillit soudain dans sa mémoire. Nauséeuse, elle se tenait péniblement assise et sentit son esprit s'engourdir.

*Le mariage de nuit… La cérémonie interrompue… Le prêtre décapité sur le parvis de l'église…*

Will retint la jeune femme par la taille :

— Anna, ça va ?

Elle posa ses coudes sur la table et enfouit sa tête dans ses mains. Dervenn passa une petite pochette en tissu, renfermant de mystérieuses herbes, sous son nez. Elle inspira profondément et se redressa sur son banc. Ses joues avaient repris des couleurs.

Rassuré sur son état, Will reprit la parole, allant droit au but :

— Nous, ce qu'on veut savoir, c'est pourquoi une jeune mariée a été enterrée vivante au pied du château de Trécesson. J'imagine que vous en avez entendu parler ?

Le visage de Dervenn blêmit. Il quitta la table et se dirigea près de l'âtre. Son regard était plongé dans les flammes, comme s'il y décryptait des messages.

— C'est une très vieille histoire… murmura le vieil homme. Le braconnier présent cette nuit-là était mon ancêtre. Il a tout vu…

# 35

*Campénéac*
*3 décembre 1755*

Une fois leur méfait accompli, les assassins disparurent dans les ténèbres. Le silence régnait à nouveau. Tétanisé par la peur, le braconnier ne parvenait pas à réagir ni à réfléchir, et encore moins à prendre la bonne décision.

Il quitta sa cachette et courut à perdre haleine jusqu'à sa chaumière. Il poussa la porte d'entrée avec fracas. Les murs tremblèrent, le sol vibra et le sommeil de toute la maisonnée fut interrompu net. Des éclats de voix tonnèrent. Epouse et enfants écoutèrent, effrayés, son récit.

En proie à une agitation extrême, le braconnier relata le meurtre barbare auquel il venait d'assister. Les images de l'effroyable scène étaient encore vives dans son esprit. Sous ses pas, la paille s'élevait dans les airs pour éclater en étincelles dans le feu mourant de l'âtre. Choquée par ce récit, l'épouse poussa les enfants à se recoucher. Elle tenta ensuite de le raisonner et mit sur le compte du froid et la fatigue ses divagations insensées. Mais le braconnier répéta, avec force détails, la même histoire. La femme l'écouta et l'évidence s'imposa. Même après une soirée de beuverie, son mari n'avait jamais eu l'esprit assez perfide pour affabuler ainsi.

La colère succéda à la peur et à l'horreur. Elle le réprimanda. Pourquoi, sitôt le carrosse parti, n'avait-il pas déterré la malheureuse ? Mais, entre-temps, sa réflexion mûrit et elle comprit les craintes de son époux. Puisqu'il y avait une victime, il faudrait bientôt un coupable. De par sa modeste condition, son mari présentait le profil parfait. Et puis, il s'était rendu sur ces terres illégalement, pour braconner. Si, de surcroît, on l'avait retrouvé creusant au pied de la tombe…

Refaire l'histoire ne servait à rien. Le temps continuait d'égrener son décompte funèbre. L'urgence commandait d'agir pour tenter de sauver la malheureuse. Mais le plus sage était d'aller chercher secours auprès du comte de Trécesson, le seigneur du château. Ils lui raconteraient tout. Enveloppée de son vieux châle, l'épouse du braconnier se fit conduire par son mari sur les lieux du drame.

Après avoir insisté auprès des gardes du château, le braconnier et sa femme se retrouvèrent enfin devant leur seigneur. Ils narrèrent toute l'histoire, en omettant, évidemment, de préciser les raisons de la présence de l'époux dans le domaine. Le comte de Trécesson comprit très vite qu'une tragédie s'était jouée sur ses terres. De simples manants n'auraient pu inventer un tel récit. Il fit aussitôt réveiller tous ses serviteurs.

Armés de pelles et de bêches, tous se pressèrent au pied du vieux chêne pour creuser la terre humide.

Qu'allaient-ils découvrir ? L'angoisse, plus forte que l'espoir, serrait leur gorge et ils fixaient le sol qui s'ouvrait progressivement sous leurs yeux.

Une exclamation d'effroi jaillit sur toutes les lèvres. Le visage exsangue d'une femme surgit soudain de terre. Ses paupières étaient closes et une couronne de fleurs d'oranger, symbole d'innocence et de virginité, retenait encore son voile sur ses cheveux. Le froid avait déjà raidi son corps drapé dans une robe de soie blanche souillée de boue.

Penché au-dessus d'elle, le seigneur crut entendre un soupir. Il la sortit de la tombe, la prenant dans ses bras avec délicatesse, comme il aurait porté sa propre fille. Agenouillé au bord de la fosse, le comte la contemplait. Elle ne bougeait pas, ne respirait pas, immobile comme une statue de marbre. Point de soupir, seulement le souffle du vent.

Les yeux brouillés de larmes, le comte de Trécesson resta longuement figé, muet de tristesse. Malgré tout son pouvoir, malgré toute sa richesse, il n'avait pu la sauver.

## 36

*Maison de Dervenn le Druide*
*Mardi 23 octobre 2012*
*17 heures*

Encore émus par ce récit, Will et Anna regardèrent Dervenn en silence. Le Druide poursuivit :

— Le comte de Trécesson prit en pitié le braconnier et l'engagea à son service. Mon ancêtre, donc, était censé l'aider secrètement à retrouver les meurtriers. Mais leurs efforts échouèrent. Après ce drame, le comte ne fut plus jamais le même. Ce grand seigneur n'était plus que l'ombre de lui-même. Jusqu'à la fin de sa vie, le remords et l'amertume ont torturé son âme. Car, cette nuit-là, non seulement, il fut incapable de sauver cette jeune femme, mais il ne réussit pas non plus à retenir son plus jeune fils.

— S'appelait-il Thomas ? interrogea Will. Vous parlez bien de Thomas de Trécesson ?

— Oui, soupira Dervenn. C'était bien lui.

A trente ans tout juste, Thomas de Trécesson connaissait un destin étonnant. Rien ne le prédestinait à devenir le capitaine d'un navire de la Marine royale.

Il avait vu le jour dans le château familial, à Campé-néac. La paroisse de son enfance, qui vivait au son du clocher de l'église, était relativement éloignée des côtes de l'Atlantique, et parmi les mille cinq cents âmes du bourg, la plupart paysans de génération en génération, les vocations de marins s'éveillaient rarement.

La famille de Trécesson tenait un rang important. Le comte, officier dans l'infanterie, était très estimé dans la région. De son mariage naquirent quatre enfants. Deux filles, hélas mortes dans leur prime enfance, et deux fils. Le comte éprouvait une grande fierté de leur avoir appris à manier l'épée. Thomas, le plus jeune, était le plus doué, le plus rusé aussi. Mais, à cette époque, le droit d'aînesse conférait au plus âgé tous les avantages et réservait au cadet un avenir tout tracé dans la voie ecclésiastique.

Après le mariage de l'aîné, la mère de Thomas espérait voir son fils cadet prendre la robe, mais ni ce désir maternel ni la fréquentation durant l'enfance des bancs de l'église n'eurent raison de la détermination du jeune homme. Seul l'appel impérieux de la mer résonnait à ses oreilles et le faisait vibrer.

Dans la salle d'armes du château, une huile sur toile d'un peintre hollandais ornait un mur. Elle représentait un navire de guerre, toutes voiles déployées, en lutte avec une mer déchaînée. Cette scène avait toujours fasciné le jeune Thomas. Etait-elle à l'origine de sa vocation ? Ou son inclination tirait-elle sa source d'un livre de la bibliothèque familiale qui narrait les voyages dans des contrées exotiques d'un navigateur intrépide ? Thomas en avait usé la reliure à force de le lire, au grand dam de sa mère qui aurait préféré voir la Bible sur sa table de chevet.

Contre l'avis de tous, il s'engagea dans la marine et fut rapidement nommé officier de la Royale. Lors de missions dans les Indes et en terre d'Amérique, il se tailla une solide réputation. Grâce à une observation patiente de la stratégie des vaisseaux de guerre britanniques, alors maîtres incontestés des océans, Thomas avait compris comment les combattre. Sans perdre de temps, il monta progressivement en grade, jusqu'à atteindre celui de capitaine. Les mauvaises langues auraient pu prétendre que le jeune homme ne devait sa promotion accélérée qu'à la faveur de sa naissance. Mais, en ces temps troubles qui agitaient le front maritime pour la conquête des Amériques, les avancements étaient plus fréquents qu'en temps de paix.

En vérité, il avait très vite saisi la différence entre les combats en mer et ceux disputés à terre. Les valeurs traditionnelles de la noblesse, marquées par le panache individuel, étaient incompatibles avec l'esprit de la mer. Vivre, voire survivre, en milieu marin impliquait une discipline de fer, une abnégation absolue, une volonté sans faille et, lors des batailles, une tactique complexe pour parvenir à ses fins. Des valeurs que son statut de cadet lui avait en grande partie enseignées. De plus, lors de l'abordage des navires ennemis, il fallait aussi savoir se battre en duel, au corps à corps. Les leçons dispensées par son père se révélaient bien utiles. Si la plupart des jeunes aristocrates en quête de gloire rapide supportaient mal les rudes conditions que la mer imposait, Thomas, lui, excellait à y résister.

Toute sa vie, il s'était battu pour poursuivre ses rêves, malgré les préjugés, malgré la fatalité, malgré tous ceux qui lui répétaient que c'était impossible. Le 1er novembre 1755, au large de Lisbonne, face à des vagues d'une puissance surnaturelle, Thomas de Trécesson prouva enfin à tous qu'il était capable de vaincre l'impossible. Un mois plus tard, il disparaissait.

Dervenn reprit un verre de chouchenn pour se rincer la gorge. Il en proposa à ses hôtes, qui refusèrent.

— La dernière fois qu'on a revu Thomas à Campénéac, il revenait d'Amérique...

Dervenn raconta la rencontre avec Estrela, survivante sur le bateau anglais.

— C'était bien pendant la Toussaint, le 1er novembre 1755 ? s'enquit Will.

— Non, rectifia Dervenn, c'était Samain, la fête celtique qui marque le passage de la saison claire à la saison sombre, où les morts et les vivants se rencontrent. La Toussaint est une fête catholique, mais l'Eglise a puisé la plupart de ses traditions dans d'anciennes religions...

Le journaliste insista :

— Que s'est-il passé ensuite entre Thomas et Estrela ?

— Au premier regard, ils tombèrent éperdument amoureux l'un de l'autre. Comme s'ils s'étaient reconnus. Rejoignant enfin les côtes françaises, ils décidèrent de sceller leur amour. Thomas fit part de ses projets à son père. Mais le comte de Trécesson, qui redoutait le passé mystérieux de la jeune femme, se dressa violemment contre cette union. Alors, contre l'avis de tous, mais avec la complicité du curé, Thomas épousa secrètement Estrela dans l'église de Campénéac. C'était le 3 décembre 1755, à peine un mois après leur rencontre...

L'écheveau si difficile à dénouer se desserrait enfin. Anna commençait à comprendre comment s'imbriquaient tous les événements, mais elle avait du mal à l'accepter. Elle devait encore discerner la part des cauchemars de celle de ses souvenirs. Avec une émotion contenue, elle murmura :

— Un mariage secret... Thomas et Estrela ont attendu que la nuit soit tombée. Pour que personne ne s'oppose à leur union. Mais quelque chose de grave est arrivé dans l'église...

Dervenn demeura sombre et immobile, les yeux rivés sur Anna.

— Que s'est-il passé ? demanda Will, perplexe, en regardant tour à tour ses deux interlocuteurs.

Le vieil homme reprit la parole.

— Le mariage fut brusquement interrompu. Trois hommes armés firent irruption dans l'enceinte sacrée. Devant l'autel, ils assommèrent Thomas qui avait cherché à résister à mains nues. Puis ils enlevèrent Estrela. Quant au curé, il tenta de s'interposer en courant derrière eux. Mais il fut décapité par les ravisseurs, sur le parvis de l'église.

Comme s'ils avaient eu une transmission de pensée, Will et Anna songèrent aussitôt au fantôme du curé sans tête. Les yeux du vieil homme s'animèrent d'une lueur étrange. Il chuchota à l'intention de la jeune femme :

— Anna, vous connaissez la suite du cauchemar qu'Estrela a vécu. Vous vous rappelez, n'est-ce pas ?

La jeune femme sentit l'angoisse se répandre en elle. Elle n'avait nul besoin de creuser pour que les souvenirs émergent du passé. C'était la nuit. Une nuit sans étoiles. Sans âme. Voilée par des nuages, la lune projetait des reflets tristes sur la lande. Sous ses rayons blafards, des hommes creusaient une fosse. Trois silhouettes aux visages flous et en habits noirs. C'était l'hiver. L'air vif picotait ses bras, ses jambes. Elle tremblait de froid. De peur. Ils la traînèrent vers la fosse. Elle avait perdu une chaussure en trébuchant. Les ronces déchiraient sa robe blanche, blessaient ses chevilles. Puis, la chute. Son dernier souvenir était l'odeur de cette terre qui la prenait à la gorge, collait à ses larmes et l'étouffait lentement.

Dervenn comprit les tourments qui l'assaillaient :

— Ne répondez pas. Je sais…

Will n'exigea pas d'explication, l'évidence crevait les yeux : Estrela, la jeune mariée, était la dame blanche de la légende. Et Anna était la réincarnation d'Estrela…

Le vieil homme se tourna vers le journaliste.

— Savez-vous ce qu'a fait Thomas quand il a appris la terrible nouvelle ?

Will répondit par la négative d'un mouvement de tête. Dervenn s'affaissa sur son banc et regarda le fond de son verre :

— Il s'est enfui. Fou de désespoir. Certains disent qu'il est mort de chagrin. D'autres, qu'il est reparti en mer, peut-être en Amérique. Mais on ne l'a plus jamais revu à Campénéac.

— Et le corps d'Estrela ? interrogea Anna.

— Le comte de Trécesson fit inhumer la malheureuse dans l'enceinte du château. Mais aujourd'hui, elle ne s'y trouve plus. Entre-temps, le fils aîné du comte mourut, sans descendant mâle. Le comte, lui, résista longtemps. Peut-être parce qu'il espérait toujours rendre justice à Estrela, ou revoir Thomas. Qui sait ? Mais un jour, sentant sa fin proche, il commanda une immense chaire pour l'église de Campénéac. Il tenait à ce que l'œuvre reste anonyme et que la chaire soit soutenue par le diable.

— Pourquoi ? demanda Will.

— Il est mort à quatre-vingt-quatre ans en emportant son secret dans la tombe. Ce secret s'y trouve toujours…

— Son tombeau est au château ?

— Non. Comme son château allait échapper à sa famille, il a préféré être inhumé à la chapelle Saint-Jean, aujourd'hui abandonnée, et qui leur appartenait aussi. A l'origine, elle dépendait des Templiers. Sous l'ancien ermitage, à présent en ruine, des prisonniers anglais y étaient enfermés pendant la guerre de Cent Ans, entre le XIVe et le XVe siècle.

— On dirait qu'un conflit très ancien perdurait entre les Trécesson et les Anglais, commenta Will. Comment peut-on se rendre dans cette chapelle ?

— En empruntant la départementale qui mène au château. Il faut dépasser le calvaire et vous arrêter plus loin, sur le bas-côté. Après, vous devrez marcher. Mais pour entrer dans la chapelle, il faut la clé... Ne bougez pas.

Dervenn se leva. Sur le manteau de la cheminée, une bouteille poussiéreuse couverte de cire fondue était posée parmi d'autres objets insolites. Le vieil homme retira du goulot le bouchon de cire. Il renversa le récipient et en retira une vieille clé.

— Prenez-la, dit-il en déposant la clé dans la main de Will. Elle vous ouvrira bien des portes...

Le vieil homme se rassit et se mit à chuchoter :

— Les murs et la terre gardent la mémoire. Le père paie pour le fils, et le fils pour le père. C'est son fardeau, son héritage.

Désorienté, Will tentait de décoder le mystérieux message :

— Quel héritage ?

— Regardez la nature. A la fin de l'été, les fruits pourrissent sur le sol, puis les feuilles tombent et les arbres se dénudent à l'automne, l'hiver étend alors son blanc manteau, mais sous la couche de glace se lit déjà la promesse du printemps. Jour et nuit. Soleil et lune. Mort et renaissance. Tout est un cycle perpétuel. Laissez la nature pénétrer votre esprit et vous comprendrez. Vous faites partie de ce cycle. Votre vie est un cycle. Votre destin est déjà écrit. Englués dans le conformisme, le déterminisme social, familial, rares sont ceux qui réussissent à infléchir sa courbe.

— Pourquoi nous dire tout cela ?

— Je m'adresse à vous, Will, personnellement. Parce qu'il vous faudra prendre une décision, faire un choix. Saurez-vous changer la trajectoire de votre destin ? Saurez-vous apprendre du passé ? Saurez-vous rompre le cycle ?

— Mais quel choix ? s'écria Will.

— Vous le saurez. Bientôt.

— Donnez-moi au moins une indication !

— Plutôt un conseil : libérez votre âme.

Le vieil homme tendit l'oreille et se redressa sur son banc, la tête tournée vers la porte. Jamais son cœur n'avait été étreint par un tel effondrement moral, le même que celui que son ancêtre avait ressenti dans le parc du château, cette nuit-là. C'était le Mal qui approchait. Les doigts crispés sur le rebord de la table, Dervenn gémit en se balançant d'avant en arrière :

— Je les sens.

— Qui ? implora la jeune femme.

— Ils viennent pour vous...

Dervenn saisit le sac d'Anna et fouilla l'intérieur. Il saisit son carnet à dessin et en déchira la couverture.

— Mais vous êtes fou ! s'indigna la jeune femme.

Un minuscule appareil était dissimulé dans le carnet. Will comprit aussitôt de quoi il s'agissait : une puce GPS, capable de les localiser dans la seconde. Dervenn jeta aussitôt le mouchard dans le feu et ouvrit grand la porte :

— Allez-vous-en ! Vite !

Will et Anna quittèrent précipitamment leur banc. Sur le pas de la porte, le journaliste pivota et demanda, le souffle court :

— Mais comment retrouver notre route ? Nous sommes perdus !

— La source indique le chemin. Suivez-la. Partez, maintenant ! FUYEZ !

Au-dehors, plusieurs violentes déflagrations retentirent. Effrayée par le bruit, Anna s'immobilisa, repliée sur elle-même, les mains sur les oreilles. Will l'entraîna par le bras. Courant à travers bois, ils longèrent le cours d'eau qui sillonnait la forêt, sans savoir où ils allaient. Une pluie brumeuse trempait leurs vêtements. Plus haut, un sentier plus large ouvrait un passage entre les arbres. Ils s'éloignèrent du ruisseau et remontèrent la pente pour gagner le chemin de terre. Un nouveau coup de feu perça la pénombre. Will porta aussitôt la main à son cou. Il regarda ses doigts. Du sang. Son sang. Un autre projectile fendit l'air et ricocha sur une roche. Anna hurla :

— Ils nous voient ! Redescendons !

Ils dévalèrent le talus, dérapèrent sur l'herbe mouillée et regagnèrent le lit du ruisseau. Leurs pieds s'enlisaient dans le sol boueux. Anna ouvrit la voie en écartant les branches qui barraient la route et sur lesquelles elle s'écorchait les mains. Derrière elle, Will repoussait les rameaux épineux qui se rabattaient comme des griffes et fouettaient son visage. Anna n'entendait plus que les battements de son cœur cogner dans sa tête. Les coups de pistolet se rapprochaient.

— Will !

— Cours ! Ne te retourne pas !

Anna était terrorisée. Sa semelle buta sur une racine. Elle tomba lourdement dans un fouillis de broussailles et de fougères géantes. Des ronces agrippaient ses cheveux. Elle ne voyait plus rien. Will l'aida à se relever. Une nouvelle détonation retentit. Will l'encouragea :

— Ne t'arrête pas ! Cours, Anna ! Cours de toutes tes forces !

Will passa devant pour montrer le chemin. Elle se releva, reprit sa course, fila à toute allure. Des mèches trempées flottaient devant ses yeux. Sa respiration sifflait à travers ses sanglots. Elle paniquait, s'essoufflait, s'épuisait. Ses nerfs lâchaient. Sa gorge était sèche, brûlante. Elle n'en pouvait plus. Elle essayait de se calmer. Ne plus écouter les coups de feu. Ne pas paniquer. Garder le cap. Reprendre le dessus.

*Respire ! Souffle ! Respire !*

Sa foulée s'allongeait, accélérait. Elle y arrivait. Elle exultait. Mais elle ne vit pas la pierre à moitié enterrée dans le sol. Elle dérapa à nouveau. Sa cheville se tordit et elle s'étala face contre terre, le nez dans un tas de feuilles mortes. Dans sa bouche, un horrible goût de terre. Elle tâtonna le sol pour prendre appui. Elle avait mal. Terriblement mal. Elle avait peur. Horriblement peur. Will avait disparu. Elle hurla :

— Will !

Un bras vigoureux se glissa autour de sa taille. Will désigna une percée au loin.

— Accroche-toi ! On y est presque !

Anna se cramponna à son bras en sautant sur sa jambe valide. Ils rallièrent tant bien que mal la lisière de la forêt. Les coups de feu avaient cessé. Ils regagnèrent la voiture. Will mit le contact et démarra en trombe. Anna paniqua :

— Tu perds du sang ! Il faut voir un médecin !

Will compressa d'une main sa plaie tout en maintenant le volant de l'autre.

— C'est juste une éraflure. De toute façon, voir un médecin maintenant, c'est trop dangereux. Les flics nous tomberaient dessus. Et puis, si quelqu'un nous a suivis jusqu'ici, il saura nous retrouver là-bas...

— Arrête-toi au moins pour mettre quelque chose sur ta plaie !

Will ne réagit pas à sa remarque. Une interrogation le taraudait depuis qu'ils avaient quitté le Druide.

— Qui a pu cacher ce traceur GPS dans ton carnet ? Quelqu'un l'a forcément eu entre les mains. Réfléchis.

Qui avait pu avoir accès à son carnet sans qu'elle s'en aperçoive ? Anna pensa aussitôt à sa meilleure amie.

— Il y a Caroline, mais c'est absurde !

— Qui d'autre ?

— Mais je n'en sais rien !

— Fais un effort. C'est important.

Elle se frotta les tempes en se concentrant :

— Madame Blanchet, dans son cabinet. Mais j'étais présente. Matériellement, elle n'aurait pas pu cacher quoi que ce soit. Je l'aurais vue... Sinon, il y a eu le baron Von Schmidt chez qui j'avais oublié mon carnet.

— C'est tout ?

— C'est tout, assura-t-elle.

Soudain, elle se rappela :

— Ah... si... il y avait aussi ce livreur.

— Quel livreur ? s'inquiéta Will.

Anna raconta comment elle avait récupéré son carnet que le baron lui avait fait porter avec un livre et une lettre de sa main.

— Je me suis dit que c'était inhabituel qu'un paquet soit livré le dimanche, reconnut-elle.

— Le baron ? C'est bien lui qui est mort brûlé vif dans sa bibliothèque ?

Le visage d'Anna s'assombrit.

— Oui…

— As-tu vu la tête du livreur ?

— Non. Il portait un casque… Will, à quoi penses-tu ?

Son front soucieux ne présageait rien de bon.

— J'essaie de comprendre comment cette puce a pu se retrouver dans ton carnet. Caroline, le baron et son livreur sont les seuls qui auraient pu faire ça…

— Pas Caroline ! s'offusqua Anna. C'est impossible ! Elle ne ferait jamais un truc pareil dans mon dos. Elle est comme une sœur pour moi.

— Alors, il reste le baron et son livreur…

— Von Schmidt ? Mais il m'a aidée ! C'est grâce à lui que j'ai découvert le nom de Trécesson ! On tourne en rond…

— C'est bien ce qui m'inquiète. Sans l'aide du baron, on ne serait pas là…

— Mais pourquoi aurait-il planqué un traceur GPS dans mon carnet ? Ça n'a aucun sens.

— Sauf s'il voulait te faire suivre.

Accablée par la tension accumulée ces dernières heures, elle s'emporta :

— Tu réalises ce que tu dis ? Von Schmidt est mort ! Comment peux-tu l'accuser ? Et tu es censé être un journaliste sérieux ? Tu racontes n'importe quoi !

Il y eut un long et lourd silence. Anna se recroquevilla sur son siège et grimaça en remuant sa cheville toujours douloureuse. Will le remarqua et s'arrêta quelques mètres plus loin. Une trousse de secours était rangée dans le coffre. Il ouvrit la portière de sa passagère et la somma de se tourner vers lui. Elle maugréa, mais obéit à sa demande. Avec une grande dextérité, il réalisa un bandage serré pour maintenir l'articulation. Il y avait de la colère dans ses yeux, mais il contrôla l'orage et resta silencieux.

Anna regrettait déjà sa tirade ridicule. Sans Will, elle n'aurait jamais autant avancé. Sans lui, elle serait perdue. Elle n'osait même pas imaginer ce qui arriverait si elle se retrouvait seule dans cette situation. Mais elle ne s'excusa pas. Pas par vanité, ni par arrogance. Simplement parce que s'excuser, c'était admettre sa faiblesse. Et elle ne voulait pas se montrer faible. Elle voulait redevenir la femme qu'il avait follement aimée cette nuit-là. Elle voulait être forte. Fière. L'unique étoile qui éclipsait toutes les autres. La seule qui brillait dans ses yeux. Anna ne pouvait pas s'excuser, parce que lorsque la lumière de l'étoile faiblit, elle meurt.

Elle lui témoigna tout de même sa gratitude :

— Je me sens beaucoup mieux. Où as-tu appris tout ça ?

Il s'efforça de rester impassible, pour lui montrer qu'il n'était pas dupe de la flatterie, mais ses yeux souriaient déjà.

— J'ai suivi des cours de secourisme. Comme je suis un journaliste bidon, souvent dépêché sur le terrain, je me suis dit que ça pourrait servir un jour.

Elle sourit à son tour et ne put résister à l'irrésistible envie de déposer un baiser sur ses lèvres. En se penchant vers lui, elle remarqua que l'« éraflure » à son cou ne saignait plus. Mais la lésion était loin d'être superficielle et nécessitait des points de suture.

— Will, tu dois te faire soigner !

Il ne répondit pas. Il posa simplement sur la plaie une compresse qu'il fixa avec du sparadrap. C'était douloureux, mais il tâchait de ne rien laisser paraître.

— Partons d'ici, lança-t-il en reprenant sa place derrière le volant. On a trop tardé. Il est plus de 18 heures et le soleil va bientôt se coucher.

— Où va-t-on ?

— A la chapelle Saint-Jean. Là où le comte de Trécesson est inhumé.

— Je ne comprends pas. C'est une chapelle abandonnée. Il n'y a personne. Le comte de Trécesson est mort depuis des siècles. Que comptes-tu faire là-bas ?

Will alluma le moteur, plus déterminé que jamais :

— Découvrir le secret qu'il a emporté dans la tombe.

# 37

*Chapelle Saint-Jean*
*Mardi 23 octobre 2012*
*18 h 30*

Le soleil déclinait et les nuages obscurcissaient la lande vallonnée. La voiture suivait une route sinueuse. La chapelle Saint-Jean ne se trouvait plus qu'à un kilomètre.

— Arrête-toi ! s'exclama Anna. On l'a dépassée.

Will freina et recula jusqu'à une clairière qui bordait la route. De l'endroit où ils se trouvaient, il était impossible d'apercevoir la chapelle. Anna jaugea le sentier qui s'enfonçait dans la forêt.

— C'est là !

— Tu en es certaine ?

— Oui, j'en suis sûre. On a dépassé le calvaire du château. Donc, logiquement, la chapelle devrait se trouver là. Elle est sûrement cachée derrière les arbres. Il faut y aller à pied.

Will vérifia que la clé de la chapelle était toujours dans sa poche. Puis il se tourna vers Anna. L'air préoccupé, il désigna sa cheville :

— Tu penses que ça ira ?

— On verra bien... Mais il est hors de question que je t'attende seule dans la voiture !

La jeune femme se pencha pour regarder à travers le pare-brise. Le ciel se couvrait d'étranges nuages noirs qui les encerclaient peu à peu. Elle ouvrit la boîte à gants et prit la lampe torche qui s'y trouvait, en espérant qu'elle serait suffisamment puissante.

Anna repensa soudain à sa rencontre avec le prêtre de l'église de Campénéac. Hier soir, après l'avoir quittée, il avait prononcé des paroles énigmatiques. A présent, ses propos vibraient en elle avec une incroyable force, telle une prophétie. Ou une mise en garde...

*Certains lieux ne sont pas sûrs pour ceux qui ne croient pas en Dieu. Je prierai le Seigneur pour le salut de votre âme et pour que sa lumière chasse loin de votre cœur les ténèbres qui planent...*

Des ronces, des broussailles et des touffes de scolopendre dissimulaient en partie le sentier. Des arbustes rabougris et des plantes sauvages desséchées poussaient à même la roche. Personne n'avait emprunté ce chemin depuis bien longtemps. Will et Anna arrivèrent à une bifurcation.

Indécis, Will s'immobilisa.

— Il n'y a aucune indication.

Anna balaya le site avec la lampe de poche.

— Il y en avait peut-être une, mais avec le temps...

Will la coupa et s'empara de la torche.

— Attends ! J'ai vu quelque chose.

Le faisceau lumineux s'arrêta sur un arbre au tronc torturé dont les branches s'élançaient vers le ciel. Une planche clouée pointait l'itinéraire de droite. La peinture noire écaillée mentionnait : « Chapelle Saint-Jean ».

Tenaillés par la crainte de voir la nuit tomber trop rapidement, Will et Anna pressèrent le pas. Ils croisèrent sur le chemin les vestiges d'un ermitage. Recouvertes de lierre grimpant, les ruines atteignaient par endroits quatre mètres de hauteur.

Les murs de la chapelle, accolés aux ruines de l'ermitage, se dressaient encore vaillamment malgré l'usure du temps. Au sommet du clocher, une croix rongée par la rouille affichait une teinte rougeâtre aux reflets lugubres.

Will regarda à travers le large judas grillagé qui perçait le vieux vantail. Il tourna la poignée, mais, comme il s'y attendait, la porte était verrouillée. Il plongea alors une main fébrile dans sa poche et en retira la clé que Dervenn lui avait remise.

*Cette clé vous ouvrira bien des portes…*

Will pressentait que cette petite église protégeait l'accès à de lourds secrets inviolés pendant des siècles. Des secrets qu'il devait mettre au jour. Il inspira profondément avant d'enfoncer la clé dans la serrure. Le métal usé par le temps montrait des signes de résistance. Will força un peu, tout en appréhendant de briser le mécanisme. Après plusieurs essais, la serrure finit par produire un claquement sinistre. Will poussa des deux mains la lourde porte qui gémit sur ses gonds dans un grincement interminable.

La chapelle était plongée dans le noir. Anna plissa les yeux. Seuls les vitraux tapissés de toiles d'araignée diffusaient un halo ténu autour des fenêtres. Il y avait aussi cette force mystérieuse tapie dans l'ombre qui l'incitait à fuir. Anna recula de quelques pas.

— On devrait s'en aller…

Will l'attira et la serra contre lui. Il caressa doucement ses cheveux et lui glissa pour la réconforter :

— On forme une équipe. On avance main dans la main. Sans toi, je n'en serais pas là. Tu ne peux pas me laisser tomber. Pas maintenant. On est allés trop loin. Comme toi, je veux connaître la vérité.

Il pointa la torche vers le transept.

— La vérité est là. A notre portée !

Malgré les réticences d'Anna, il ne partirait pas sans avoir visité cette chapelle. Anna ne se sentait pas non plus le courage de retourner jusqu'à la voiture sans lui. Le chemin s'était encore assombri et sa cheville blessée la tenaillait de plus en plus.

Will pénétra dans la chapelle et brandit la lampe torche. A contrecœur, Anna le suivit. Devant eux, le bas-relief de l'autel était frappé d'une croix de Malte, symbole des premiers bâtisseurs. De chaque côté, deux niches abritaient des statues en bois peint. Sous chaque statue, un nom. L'une d'elles représentait sainte Catherine, que les jeunes femmes de plus de vingt-cinq ans imploraient encore parfois pour trouver un mari. L'autre incarnait saint Cornély, pape sous l'Empire romain, mais également connu comme le saint patron des bêtes à cornes. Une résurgence de Cernunnos, le dieu celtique. C'était tout le paradoxe du jugement humain qu'un dieu païen, devenu démon, puisse renaître sous les traits d'un saint dans la religion qui l'avait condamné…

Les murs latéraux étaient garnis d'immenses bibliothèques mais, à la place des manuscrits, de curieux objets arrondis étaient entassés sur les rayonnages. Will ne s'y attarda pas. Son attention était retenue par l'imposant tombeau de marbre blanc orné du blason de la famille de Trécesson qui trônait au cœur de la chapelle. Anna ressentit la tristesse infinie qui s'exhalait du tombeau. Elle frissonna et se frotta frileusement les bras.

Will caressa la pierre et souffla pour chasser la poussière logée dans les sillons d'une épitaphe gravée dans le marbre.

*Ci-gît haut et puissant Seigneur Joseph Marie de Trécesson, chevalier, comte de Trécesson, capitaine au régiment d'Agenois, qui trépassa le cinquième jour de février de l'an 1780. Que Dieu lui pardonne.*

Une force supérieure obligea Will à poser un genou à terre et à se recueillir en silence sur la tombe. Quand il se releva, il tendit la torche à Anna.

— Où vas-tu ? s'exclama la jeune femme en le voyant se diriger vers la porte.

— Je reviens.

Des craquements de bois sec provenaient de l'extérieur. Anna tendit l'oreille en se demandant ce que Will avait en tête. Prenant son mal en patience, elle en profita pour examiner de plus près les bibliothèques qui avaient éveillé sa curiosité. Elle braqua la torche sur l'un des rayonnages. Son visage blêmit de terreur et la torche lui glissa des mains. Tombée au sol, la lumière révélait des centaines de crânes dont les orbites vides semblaient la fixer.

Will franchit le seuil en traînant une branche de bois sec, dénudée de ses rameaux. D'une voix blanche, elle pointa le doigt vers le mur :

— Regarde ça…

Il se tourna vers les étagères. A son tour, il eut un réflexe de recul :

— Ils ont l'air très anciens, dit-elle. Ça doit faire des siècles qu'ils sont là.

— Cela me fait penser à des rites pratiqués par des ethnies indiennes, en Amérique. Par leur présence, les crânes de leurs ancêtres assuraient la protection des vivants, de leur foyer et de leurs possessions. C'était une façon d'assurer une transmission entre les morts et les vivants, de garder un contact spirituel avec l'au-delà.

Anna désigna la branche qu'il tenait à la main.

— Que comptes-tu faire avec ça ?

Il se justifia, sans aller au bout de sa pensée :

— Je voulais l'utiliser comme levier…

— Un levier ? Pour ouvrir quoi ?

Comme il craignait sa réaction, il ne répondit pas et se tourna vers le tombeau. Elle rit nerveusement :

— Will, tu n'es pas sérieux ?

Les traits de Will s'étaient durcis. D'un ton réprobateur, elle tenta de le raisonner :

— Tu n'envisages tout de même pas de profaner ce caveau ?

— Rappelle-toi ce que nous a dit Dervenn : le comte de Trécesson est mort en emportant son secret dans la tombe. Et il a ajouté que son secret s'y trouvait toujours.

— Et alors ? J'ai peut-être perdu la foi, mais je respecte toujours le repos des morts !

— Vois plutôt cela comme le travail d'un archéologue face à un sarcophage. Au nom de la science et de la découverte, personne ne parle de profanation.

Elle soupira et s'apprêta à se plier une nouvelle fois à sa décision, quand le cri rauque d'un corbeau déchira la nuit. Comme un signe. Un avertissement. Le messager des ténèbres annonçait l'arrivée d'un grand malheur.

Elle ressentit alors la désolation qui s'approchait à grands pas. Ils devaient fuir loin d'ici. Vite.

— Je t'en prie, Will. Allons-nous-en !

Mais il n'était pas prêt à renoncer. Il coinça la branche sous la pierre tombale et poussa de toutes ses forces. La lourde plaque de marbre se souleva de quelques centimètres, avant de retomber bruyamment sur son socle.

— Anna, aide-moi !

La jeune femme cachait ses yeux derrière ses mains. Elle voulait quitter ce lieu, oublier ce cauchemar, retrouver son appartement, sa vie… Mais il était désormais impossible de faire marche arrière. Dehors, des criminels les pourchassaient sans répit. Elle était coincée ici, sans pouvoir s'échapper. Mais pourquoi Will s'entêtait-il ? Qu'est-ce qui l'animait ? Etait-ce l'âme en peine du défunt errant dans cette chapelle qui le retenait ? Anna ne voyait qu'une possibilité : aider Will, pour quitter au plus vite cet endroit funeste. Mais auraient-ils le temps de se sauver ?

A l'unisson, ils actionnèrent le levier. La plaque de marbre se déplaça sur le rebord du tombeau. Aussitôt, la température chuta brusquement. L'air devint lourd, vicié, comme si un profond soupir enfermé depuis des siècles cherchait à s'échapper.

Will déplaça la plaque en la poussant de toutes ses forces, dans un crissement épouvantable, semblable à celui de la craie sur l'ardoise. Il approcha son visage et inspecta l'intérieur de la tombe. Les restes du comte de Trécesson, un homme de grande taille, gisaient dans une tenue d'apparat. Des cheveux blancs et drus couronnaient encore le sommet de son crâne. Il tenait une longue épée, mais aussi un parchemin. Le cachet de cire rouge portait le sceau de la famille de Trécesson. Le papier était d'un grain épais, de qualité.

Will peinait à contenir sa fébrilité. Il retint sa respiration et se pencha pour récupérer le parchemin. Il tendit les doigts, mais un sentiment ambigu, de crainte et d'horreur mêlées, le freina. Non seulement parce que l'acte en lui-même était répréhensible, mais aussi parce qu'il devinait tout le poids des secrets qui allaient lui être révélés et changeraient le cours de sa vie à tout jamais.

Soudain, un cri dans son dos lui glaça le sang. C'était celui d'Anna. A peine se tourna-t-il qu'un coup d'une violence inouïe sur son plexus solaire bloqua sa respiration. Will s'était replié sur lui-même, les poumons comme paralysés. Face à lui, un homme l'observait. Un regard reptilien, celui d'un tueur professionnel, dépourvu de toute forme de compassion, qui se délectait de le voir s'asphyxier.

Dans la pénombre, il ne distinguait pas nettement la cicatrice qui barrait sa joue, mais il reconnaissait cet homme. Il l'avait croisé dans le couloir de l'hôpital, juste avant qu'il ne découvre le corps inanimé du professeur Bapteste. C'était le même homme qui s'était invité au colloque sur les expériences de mort imminente…

Will reprit son souffle. Il n'entendait plus Anna. Il hurla :

— Où est-elle ?

— Tais-toi ! grogna Nybbas. Tu n'es pas en droit de poser des questions.

Hors de lui, Will tenta le tout pour le tout. Il serra les poings, fonça sur son assaillant et lui décrocha un uppercut puissant sous la mâchoire. Avant d'enchaîner par une rotation de l'épaule et un crochet du gauche sur la tempe de son adversaire. Nybbas était déstabilisé, comme sonné. Will poursuivit les attaques, mais, cette fois, l'homme face à lui les esquivait et semblait même prendre plaisir à les parer.

Nybbas attendit une nouvelle attaque de Will pour saisir son bras et le tordre. Rompu au combat, il comprima des points de pression près de la clavicule de Will. Ce dernier se plia de douleur. Il suffoquait sans avoir la force d'émettre la moindre plainte. La souffrance était insupportable. Puis il reçut un terrible coup de genou au visage qui l'assomma presque. Will tituba en crachant du sang et se rattrapa au bord du tombeau pour ne pas vaciller.

Le moment de l'estocade finale était venu. Le temps de la mise à mort. Nybbas déplia d'un coup sec la lame d'un long couteau à cran d'arrêt et avança, la pointe de l'arme dirigée vers sa proie.

A l'extérieur de la chapelle, la voix d'un homme plus âgé l'interrompit :

— Nybbas, la fille d'abord ! Tu t'occuperas de lui plus tard.

Will reçut un nouveau choc sur le crâne et s'effondra au sol. Les rumeurs s'estompèrent et un abîme obscur l'aspira.

# 38

Des vapeurs fétides lui brûlaient la gorge. Un brouillard âpre et tenace l'enveloppait. Will balaya la fumée, mais il ne put rien distinguer. Il se leva, marcha et courut enfin pour s'échapper. Mais un garde-corps l'arrêta net. Il se pencha et devina les ondulations de la mer. Que faisait-il sur un navire ? Il scruta l'horizon. Avec effroi, il réalisa qu'en ce lieu les frontières entre le ciel, la mer et la terre n'existaient pas.

Soudain, un vaisseau surgit, voguant à la dérive. Il glissait en silence et ses voiles déchirées s'agitaient faiblement. Une jeune femme vêtue d'une longue robe blanche apparut sur le pont. Elle tenait une plaque d'argent étincelante qui irradiait une lumière éblouissante.

*Anna... Est-ce toi ?*

Mais elle ne l'écoutait pas. Will sauta sur le bâtiment et suivit la jeune femme. Il la regarda pénétrer dans une pièce située sur le pont. Il entra à son tour. La salle était tapissée de brocart et ornée de boiseries élégamment ouvragées. La jeune femme enveloppa la plaque d'argent dans un linge blanc qu'elle cacha dans une grande malle.

Will remarqua que l'eau s'engouffrait dans la coque percée. Ils allaient couler. Il fallait partir. Il entraîna la jeune femme avec lui pour regagner le premier navire. Le vaisseau qu'ils venaient de quitter sombrait.

Machinalement, Will entra dans la cabine et s'assit derrière le bureau. Le journal de bord de Thomas de Trécesson était ouvert devant lui, à la date du 1er novembre 1755. Il trempa la plume dans un encrier et sa main, mue par une impulsion, nota la position exacte du naufrage. La jeune femme qui ressemblait étrangement à Anna avança dans son dos et regarda par-dessus son épaule. Will leva les yeux vers elle et fut saisi d'épouvante. Elle lui souriait, mais ses yeux étaient d'un blanc vitreux et de la terre recouvrait ses dents.

# 39

Une migraine atroce tempêtait sous son crâne. Du revers de la manche, Will essuya le liquide chaud et poisseux qui coulait sur son front. En tâtonnant, il sentit sous ses doigts des dalles glacées. Il grimaça de douleur en essayant de se remettre debout. Il plissa les yeux et scruta la pénombre, se demandant où il était.

La lampe torche à ses pieds éclairait les crânes d'ermites. Soudain, la mémoire lui revint. Pris de panique, il courut vers la porte en hurlant le prénom d'Anna. Il tambourina sur le bois et secoua frénétiquement la poignée. Une pierre empêchait l'ouverture. Will examina une à une les fenêtres, cherchant une brèche pour sortir de ce piège, mais des barreaux métalliques condamnaient toute évasion. Cette maudite porte demeurait l'unique issue. Il prit son élan et se rua à plusieurs reprises contre elle. Le bois craqua, sans pour autant céder. Il envoya alors de grands coups de pied. La pierre finit par se déplacer sous ses coups de boutoir, libérant la sortie.

Will ramassa la lampe torche et s'élança à la recherche d'Anna, pris de remords. Pourquoi l'avait-il entraînée ici ? Pourquoi ne l'avait-il pas écoutée et n'avait-il pas fui avec elle lorsqu'il était encore temps ? Il remonta le sentier. Son véhicule était toujours garé au bord de la route. Il s'installa au volant et mit le contact. Impossible d'avancer : les quatre pneus avaient été crevés. Il devait faire le bon choix. Le temps était son pire ennemi et la moindre erreur pouvait être fatale.

*Il vous faudra prendre une décision… Saurez-vous changer la trajectoire de votre destin ?… Saurez-vous rompre le cycle ?… Un conseil : libérez votre âme…*

La clé résidait dans les paroles de Dervenn. Will frémit d'horreur à l'idée qui venait de lui traverser l'esprit. Mais, au plus profond de son âme, il savait exactement où aller. Au château de Trécesson. C'était là-bas qu'Anna se trouvait.

Il dévala la chaussée, droit devant lui. Le froid vif, pénétrant, mordait sa peau, glaçait son sang. Oubliant la douleur, il courait de toutes ses forces, ne perdant pas de vue son but. Ses bronches sifflaient, mais il respirait comme un sprinteur. Dopé à la peur. La colère.

Le timide halo de la lune flottait dans le ciel livide. Les landes vallonnées s'étendaient, laissant voir ici et là un dolmen. Au niveau d'un croisement, une croix en pierre rongée par le lichen se dressait. Le calvaire dont parlait Dervenn… Pointant vers les entrailles d'un bois sombre, un vieux panneau mentionnait : *Château de Trécesson.*

Hors d'haleine, Will s'enfonça dans le chemin jonché de pierres usées par des siècles de passages. Sur sa droite, il remarqua une trouée de terre bordée de grands hêtres. Il crut entendre le choc des lances d'anciens tournois. Son esprit lui jouait des tours.

Bannières et écussons avaient disparu depuis bien longtemps. Sur le lit de mauvaises herbes, une nuée de corbeaux croassaient, sautillant sur leurs pattes griffues en un ballet macabre ouvrant un sinistre festin. Puis le tourbillon de volatiles s'éleva dans les airs avant de se fondre dans la nuit.

L'imposante forteresse de schiste rouge surgit soudain, drapée d'un manteau de brume, surplombant des eaux stagnantes. Les hautes tours fortifiées profilaient leurs ombres menaçantes sur l'étang. Comme si un sortilège avait empêché le temps d'accomplir ses ravages, le château de Trécesson, encerclé d'une forêt mystérieuse, semblait plongé dans un état de torpeur que seul le bruissement des feuilles venait troubler.

Will s'immobilisa, envoûté par cette vision. Pourquoi ce lieu lui semblait-il si douloureusement familier ? Il ressentait une brûlure intense dans le cœur, comme le sel ronge une plaie encore ouverte.

Un vent froid se leva et un long gémissement déchira le silence, emplit les ténèbres et s'étouffa dans un soupir. Le murmure perfora à nouveau l'air glacé, s'amplifia peu à peu et se mua en un rugissement rauque, caverneux, avant de s'éteindre en une plainte sourde et mélancolique.

Pétrifié, Will écoutait ce cri lugubre qui n'était pas humain. Il chercha à en deviner la provenance et longea l'étang jusqu'au portail qui protégeait la demeure. Un cadenas verrouillait l'accès. Au-delà du pont qui enjambait les douves, Will observa la porte qui avait vu passer les anciens seigneurs de la famille de Trécesson.

C'est alors qu'une masse noire comme du charbon jaillit de l'obscurité et se jeta contre le portail. La gueule ouverte hérissée de crocs, le molosse poussait des grognements sauvages. Contre toute attente, l'énorme chien renifla l'air et se coucha docilement sur le ventre, en signe de soumission. Comme s'il avait reconnu son maître. Will se détourna du portail et reprit sa course folle dans le parc du château. Où était Anna ?

Au bout d'une longue enfilade d'arbres centenaires, une lueur vacillait. Le cœur battant, Will traversa le tunnel végétal de branches enchevêtrées. Sur un tapis de feuilles mortes, un flambeau était fiché en terre, au pied d'un chêne immense. Sur une parcelle de la taille d'une tombe, de la terre avait été fraîchement retournée.

Le sang de Will se figea. Un scénario insoutenable s'échafaudait dans sa tête et ravageait son âme. Des larmes de désespoir glissaient le long de ses joues. Il s'élança et creusa la terre à mains nues. Il grattait, fouillait, avec une ardeur dévorante, luttant contre les précieuses secondes qui poursuivaient leur course inexorable. Combien de temps s'était écoulé avant que le visage d'Anna émerge enfin du linceul ? Ses yeux étaient clos, ses lèvres blanches et sa peau livide. Allongée sur son lit de glaise, la vie semblait l'avoir abandonnée.

Fou de chagrin, il la prit dans ses bras et la serra contre son cœur. Il posa ses lèvres sur son front glacé et pendant qu'il la berçait comme une poupée désarticulée, des larmes amères, muettes, brûlantes, coulaient entre ses cils et inondaient le visage de sa bien-aimée. Il avait échoué.

Un silence sépulcral planait sur la campagne et les bois alentour. La forêt, les champs, la lande s'étaient tus. Tout reposait à présent. Les colombes dans leurs nids et les morts dans leur tombe.

# 40

Le commissaire Padova et l'officier Casal étaient juchés sur deux tabourets au bar de l'auberge du Sans Retour. Tandis que l'aubergiste remplissait leur pinte de bière, ils observaient d'un œil expérimenté, tels des oiseaux de proie, les clients attablés.

Le téléphone de Padova vibra.

— C'est confirmé ! annonça l'officier Martin, resté au siège. Aberdeen et Jensen se sont arrêtés au musée d'Archéologie nationale de Saint-Germain-en-Laye.

Padova pianota nerveusement sur le comptoir du bout des ongles.

— Ils sont partis faire quoi là-bas ? Du tourisme ?

— Ils ont posé des questions... au sujet d'un dieu celte et du chaudron de Gundestrup.

— C'est quoi ce charabia ?

— C'est ce que l'étudiant interrogé nous a raconté. Mais il y a un truc bizarre...

— Accouchez, Martin ! On ne va pas y passer la nuit !

— Il y a une dizaine de jours, le chaudron de Gundestrup a été volé au musée de Copenhague. Il n'a toujours pas été retrouvé. Pour l'instant, on n'en sait pas plus.

— Eh bien, renseignez-vous ! Et rappelez-moi quand vous saurez !

Padova raccrocha en pestant. Il avait besoin de fumer. Il plongea la main dans sa poche pour chercher une cigarette, mais son paquet était vide.

— Et voilà, messieurs ! dit l'aubergiste en posant deux pintes mousseuses face aux enquêteurs.

— Vous êtes le propriétaire des lieux ? demanda Padova.

— Oui, avec ma femme, répondit l'homme avec fierté.

— Vous vendez du tabac, ici ?

— Ah non ! Mais on sert à boire et à manger. C'est déjà pas mal…

— Vous travaillez tous les jours ?

— Ça dépend. On s'adapte à la demande. Nous avons aussi quelques chambres d'hôtes pour nos clients.

L'aubergiste prit un torchon pour essuyer un verre.

— Beaucoup de touristes passent par ici ? interrogea le commissaire.

— L'hiver, c'est plus calme. Mais en saison, les affaires marchent bien. L'été, par exemple, vaut mieux réserver pour les vacances. Ici, c'est la forêt de Brocéliande. Merlin, Arthur, leurs légendes… ils ont leur public, vous savez !

— Je n'en doute pas… soupira Padova en imaginant les hurluberlus qui croyaient à ces contes de bonne femme. Quel genre de touristes viennent chez vous ?

— De tout ! Des couples, des familles, des gens seuls. Des Français, mais aussi des étrangers, de temps à autre.

Discrètement, Padova et Casal posèrent leurs insignes sur le comptoir, accompagnés des photos des deux fugitifs. Le commissaire prit une voix grave :

— Nous savons qu'ils ont pris une chambre chez vous. Où sont-ils ?

# 41

Un souffle chaud caressa sa joue. Will recula légèrement pour contempler Anna. Les lèvres de la jeune femme paraissaient moins pâles et un léger battement palpitait dans sa poitrine. Elle plissa les yeux avant de les ouvrir lentement.

Will éprouva un délicieux vertige, un moment d'extase quasi divine impossible à formuler avec de simples mots. Alors il murmura :

— Je croyais t'avoir perdue...

Elle le fixait en silence. Sans joie. Son visage exprimait même une infinie tristesse...

— Anna, qu'y a-t-il ?

Le regard de la jeune femme se détourna de lui et se perdit au loin, par-dessus son épaule. Will se retourna. Emergeant du brouillard, trois silhouettes d'hommes vêtus de bures noires les observaient. Leurs capuches dissimulaient leurs visages, mais tous trois portaient un médaillon autour du cou : une créature arborant les ramifications d'un cerf, tenant dans une main un torque, et empoignant dans l'autre le cou d'un serpent dont le corps tournait tout autour du bijou. Exactement le médaillon qu'Anna avait dessiné.

L'homme au centre prit la parole avec un ton curieusement affable :

— Vous nous avez facilité la tâche, monsieur Aberdeen. Je dois vous avouer que nous avions eu un peu peur. Nous craignions que vous ne creusiez pas assez vite. A quelques secondes près, il était trop tard. Mais le Grand Maître ne s'était pas trompé. Il savait que vous viendriez. Pile à l'heure.

— Le Grand Maître ? grimaça le journaliste, en s'interposant pour protéger Anna.

— Sans lui, vous seriez mort depuis longtemps. Alors, ne lui manquez pas de respect.

— Qui êtes-vous ?

— Je ne vous présente pas Nybbas, à ma droite. Vous avez déjà fait connaissance… Mais voici Malefal, à ma gauche. Lui, vous ne l'aviez jamais remarqué. Pourtant, il vous suivait de près dans Paris, son viseur pointé sur votre tête. Quant à moi, Anna m'a connu sous le nom du baron Von Schmidt.

— Quoi ? Von Schmidt ? Mais vous êtes… mort !

— Brûlé vif, même, d'après l'autopsie. Un sans-abri a pris ma place dans la bibliothèque. Il était ivre mort quand le feu s'est déclaré. Que ne ferait-on pas contre un peu d'alcool et de compassion… Mais ne vous inquiétez pas, personne ne le regrettera en ce bas monde. Contrairement à mes livres… Malheureusement, c'était le prix à payer pour pouvoir disparaître.

— Vous êtes abject ! s'indigna Will. Bapteste, Blanchet, le piratage des boîtes mail, la puce GPS pour nous suivre… C'était vous aussi ?

— Vous êtes perspicace, monsieur Aberdeen ! Vous auriez pu être policier. Bapteste et Blanchet étaient des dommages collatéraux. Nous n'avions rien de personnel contre eux, mais ils possédaient des enregistrements dont nous voulions nous emparer. Malheureusement sans grande utilité… Ces enregistrements nous ont tout de même permis de confirmer que mademoiselle Jensen était bien la personne que nous recherchions. Ils nous ont aussi appris la façon dont elle était morte, autrefois…

— Pourquoi m'avez-vous laissé en vie ?

— Parce que vous aviez le profil idéal pour jouer le rôle de Thomas de Trécesson, le marié éploré. Pour des raisons pratiques, la chapelle Saint-Jean a remplacé l'église de Campénéac. Grâce à vous, nous avons ainsi pu reproduire les conditions de la mort d'Estrela.

— Ça n'a aucun sens… Vous délirez complètement…

— Oh, si ! Cela a un sens. Nous avons tout fait pour qu'Anna retrouve la mémoire. La mémoire d'Estrela, plus exactement.

Malgré les preuves qui s'accumulaient, l'esprit de Will avait encore du mal à admettre cette théorie.

— Vous avez failli la tuer !

— Ce n'était pas notre but. Mais pour abolir la frontière qui séparait Anna d'Estrela, nous devions employer un moyen imparable, un rite de passage : faire revivre à Anna la mort d'Estrela. Dans le même lieu et selon le même procédé.

— Je ne comprends rien…

— Vous ne comprenez pas, parce que vous n'acceptez pas encore que ce soit possible. Avez-vous déjà éprouvé l'étrange sensation de reconnaître un lieu où vous n'êtes pourtant jamais allé ? D'être face à une personne inconnue et d'avoir l'impression de l'avoir déjà rencontrée ? D'éprouver pour quelqu'un une aversion, une sympathie et parfois même de l'amour, sans pouvoir vous l'expliquer ?

Will se repassa mentalement sa rencontre avec Anna. A peine avait-elle posé les yeux sur lui qu'il avait senti tout son être s'embraser.

— Peut-être aviez-vous déjà rencontré ces personnes dans une autre vie ? La plupart des gens rejettent inconsciemment les souvenirs de leur vie antérieure, sans doute par peur de ce qu'ils ne comprennent pas. Ils préfèrent appeler ça la sympathie, l'antipathie, le coup de foudre... Des termes rassurants pour expliquer l'irrationalité de leurs penchants. C'est dommage pour eux, mais tant mieux pour ceux qui sont éclairés.

— Alors, selon vous, on aurait tous une vie antérieure ?

— Tous ? Je l'ignore. Mais pour certains, oui. Je n'en ai aucun doute. Un exemple parmi tant d'autres : comment expliquez-vous le génie de Mozart, ses dons incroyablement précoces ? A l'âge de six ans à peine, il écrivait ses premières œuvres. Le phénomène est rare. C'est un avantage sur les autres que de commencer sa vie avec le souvenir des enseignements acquis autrefois. Un gain de temps considérable. Ceux qui en bénéficient n'ont pas intérêt à divulguer ce secret.

Will avait une foule de questions à lui poser. Mais le baron le coupa dans son élan.

— Hélas, le temps presse. Samain approche à grands pas et le Grand Maître m'a investi d'une mission délicate.

— Vous parlez de la fête de Samain ?

Mais le baron ne répondit pas et se tourna vers Anna, toujours avec ce ton courtois mais faussement cordial.

— Alors, ma chère, ce petit séjour souterrain a-t-il enfin réveillé votre esprit ?

— Je ne vois pas de quoi vous parlez ! objecta la jeune femme.

— Ne faites pas l'innocente !

Le baron secoua la tête d'un air désolé. Son sourire s'estompa et sa voix se fit menaçante :

— Tu n'en as toujours fait qu'à ta tête, Estrela... C'était une bonne idée d'arracher une plaque du chaudron et de t'enfuir seule, loin de chez toi, pour la cacher. Les membres de ta famille, eux, avaient pris la mer vers le nord et se sont chargés d'enterrer le reste dans une tourbière, au Danemark. Ils ne se doutaient pas qu'un jour des archéologues chevronnés l'exhumeraient.

— Le vol du chaudron de Gundestrup ! s'exclama Will. C'était encore vous !

Mais le baron ne daigna pas lui répondre. Toute son attention était tournée vers Anna :

— Tu as trouvé refuge au Portugal, dans un couvent de Lisbonne. Toi, dans un couvent ! Quelle ironie ! C'est grâce à la plaque que tu as su prévoir le tremblement de terre du 1$^{er}$ novembre 1755. Imagine donc l'immense pouvoir du chaudron une fois reconstitué. Estrela, pour la dernière fois : où est la plaque ?

Elle lui lança un regard noir :

— Vous ne le saurez jamais. Plutôt mourir !

Les yeux du baron luisaient de cruauté.

— Ta force c'était ta foi, mais tu l'as perdue. Tu as choisi le mauvais camp et ton Dieu t'a abandonnée.

Le baron s'empara d'une arme à feu et visa sa tête. Will hurla pour l'arrêter :

— Non ! Ne faites pas ça ! Je sais où elle est !

Perplexe, le baron baissa son arme et le jaugea.

— Vraiment ?

— Si vous me jurez que vous ne la tuerez pas, je vous dis tout !

Le baron s'inclina.

— Je vous écoute.

— Elle est cachée dans une épave, un vaisseau de guerre anglais qui a sombré au large de Lisbonne, le 1er novembre 1755.

— Au large de Lisbonne, dites-vous... Nous n'avons malheureusement pas le temps de sonder une aussi grande surface du fond de l'océan, dit-il en pointant à nouveau son arme vers Anna.

— Attendez ! La position exacte est dans un journal de bord. Je... enfin, son auteur l'a notée. Vous le trouverez dans le coffre de ma voiture.

Will lança les clés au baron. Désespérée, Anna lui murmura :

— Tu n'aurais jamais dû. Tu n'imagines pas de quoi ils sont capables...

Le baron sourit, comblé. Le plan d'Al Astor, le Grand Maître, avait fonctionné à merveille. La stratégie qui consistait à menacer Anna pour forcer Will à dévoiler la vérité était gagnante. C'était écrit : cette année, le chaudron de Gundestrup serait reconstitué grâce aux retrouvailles sur terre de deux âmes autrefois unies. Le Grand Maître l'avait prédit.

Le baron ne put s'empêcher d'instiller le doute en Will, pour le plaisir malsain de le torturer mentalement avant de le tuer :

— Monsieur Aberdeen, vous ne vous êtes jamais posé cette question : qui étiez-vous avant ? Comment pouviez-vous savoir où était cachée la plaque ? Réfléchissez...

Pris d'un début de vertige, Will ne parvenait plus à ralentir les palpitations violentes qui secouaient son cœur. Que lui arrivait-il ?

— Vous saisissez enfin ? s'amusa le baron. Adieu, monsieur Aberdeen. Nous nous reverrons peut-être dans une autre vie...

## 42

L'aubergiste regarda les photos de Will et Anna, et détourna les yeux, mal à l'aise.

— On sait qu'ils ont dormi chez vous, ajouta le commissaire Padova.

— Et alors, répliqua sèchement l'aubergiste, c'est un crime ? Vos collègues de la gendarmerie sont déjà passés. Je leur ai dit tout ce que je savais.

— Ils sont recherchés pour meurtres ! s'emporta Casal.

— Eux ? Des meurtriers ? railla l'aubergiste. Il vaut mieux être saoul que con, ça dure moins longtemps.

Casal quitta brusquement son tabouret et accompagna son mouvement d'un geste menaçant. Padova le maîtrisa aussitôt en appuyant fermement sur l'épaule de son jeune collègue.

— Du calme ! dit-il avant de s'adresser à l'aubergiste. Ecoutez, monsieur, nous savons que ces deux-là sont mêlés à plusieurs affaires criminelles.

— Ils n'ont rien fait, maugréa l'aubergiste. J'le sais, c'est tout !

— S'ils ne sont pas coupables, alors il y a de fortes chances qu'ils soient poursuivis par ceux qui ont commis ces meurtres. Dans ce cas, nous ferons tout pour les disculper, promit Padova. Mais fuir la police ne plaide pas en leur faveur. Vous comprenez ?

L'aubergiste hocha la tête en baissant les yeux. Puis il observa le cliché noir et blanc accroché au mur.

— J'en sais fichtre rien où ils sont, mais ils posaient beaucoup de questions sur ce château. Le château de Trécesson.

Padova s'approcha du mur et plissa le front. Pourquoi deux fugitifs prendraient-ils le temps de s'intéresser à un château et de visiter un musée ? Ce nouvel élément renforçait sa troublante intuition. Et s'ils n'étaient pas coupables ?

— Il se visite ? demanda Padova.

— Non. C'est une propriété privée. C'est tout ce que je peux vous dire.

— Merci pour votre aide, conclut le commissaire. Mais avant de se quitter, vous allez nous dire comment on s'y rend.

# 43

Le baron fit signe à Malefal de s'emparer d'Anna et demanda à Nybbas de terminer ce qu'il avait commencé dans la chapelle. Mais Nybbas ne voulait pas tirer sur le journaliste. Pas tout de suite...

Les nerfs à vif, Will protesta avec véhémence :

— Vous m'aviez juré que vous ne feriez pas de mal à Anna !

Le baron lui tournait déjà le dos, le flambeau en main, pour se frayer un chemin à travers les arbres centenaires. Mais il s'arrêta et pivota lentement sur lui-même, les lèvres retroussées dans un rictus sinistre.

— Vous avez fait de Cernunnos le diable. Ne dites-vous pas de lui qu'il est menteur et père du mensonge ?

Will s'apprêtait à bondir, mais Nybbas pointa vers lui son arme et le tint en joue. Alors, il hurla sa détresse :

— Qu'allez-vous lui faire ?

Le baron sourit méchamment :

— Autrefois, Estrela avait été enterrée vivante en offrande au dieu souterrain. Cette cérémonie était censée lui rappeler qu'elle ne pouvait pas renier ainsi notre religion et insulter toute notre communauté en se mariant à l'église. Quant à Anna, rassurez-vous.

Pour le rituel de la réunification du chaudron, le Grand Maître lui a réservé un honneur suprême…

Will se retrouva seul avec Nybbas. Le tueur rangea son arme et avança vers lui. Il voulait prendre son temps, s'amuser comme un chat avec une souris. De ce petit jeu, il sortait toujours vainqueur. Profitant de la brume et de l'obscurité, Will fonça sur les pas d'Anna et de ses ravisseurs. Il courut le long de l'étang et s'approcha du portail. Il tourna la tête. Il avait distancé Nybbas. L'homme de main dégaina alors son arme et vida le chargeur.

Une première balle ricocha sur le muret qui bordait l'étang. La deuxième se perdit dans un tas de feuilles mortes. La troisième plongea dans l'eau. La quatrième troua un arbre. Mais Will ne put esquiver la cinquième balle qui se logea dans sa cuisse droite. La douleur fut fulgurante. Il manqua de perdre l'équilibre, mais se redressa et continua d'avancer en boitant. La sixième balle transperça son flanc.

Sous le choc de l'impact, Will s'écroula au sol et son crâne heurta une pierre. Etendu sur le ventre, la moitié du visage enfoncé dans la boue, la respiration sifflante, il souffrait le martyre. L'humidité et le froid engourdissaient ses membres. Sa conscience le quittait. Il entendit un déclic métallique et releva légèrement la tête. Nybbas marchait vers lui, sans se presser. Il venait d'ouvrir son couteau à cran d'arrêt.

A quelques mètres de là, le molosse, qui avait reconnu son maître et senti le danger, s'élança et s'écrasa contre le portail. Le fracas fut terrible et le cadenas menaça de céder. Les crocs claquant dans le vide, il reprit son élan, réussit à franchir l'obstacle et déboula sur Will. Le journaliste se raidit, les poings fermés pour tenter de parer l'attaque. Le molosse renifla rapidement ses blessures, puis bondit sur Nybbas en lâchant un rugissement furieux.

Le tueur enclencha un nouveau chargeur. Au moment où il allait appuyer sur la détente, le chien planta ses mâchoires dans sa jambe et détourna le tir. Nybbas hurla de douleur. Il saisit alors son couteau et frappa l'animal pour qu'il lâche prise. Dans un combat à mort, le chien ouvrit grand la gueule pour la refermer sur le cou de Nybbas. Mais, d'un geste vif, le tueur le devança et enfonça sa lame dans la gorge de la bête. Le chien retomba au sol comme une masse inerte en laissant échapper un râle d'agonie.

La jambe en charpie, Nybbas avança péniblement vers le journaliste. Il était temps d'en finir. Il visa le point situé entre ses deux yeux. Un coup de feu retentit, sans rater sa cible. Nybbas baissa le bras, recula de quelques pas et bascula dans l'étang. Touché en plein cœur.

# 44

*Huit jours plus tard…*
*Centre hospitalier universitaire de Rennes*
*Mercredi 31 octobre 2012*

Les yeux clos, le corps anesthésié, Will ne ressentait aucune douleur. Il percevait des sons au loin. Des voix étouffées. Quand il ouvrit les paupières, tout était flou, brumeux. Il ignorait que pendant plus d'une semaine, aucun de ses cinq sens n'avait été stimulé. Pourtant, tout ce temps-là, son cerveau n'avait jamais cessé de fonctionner. Les images qui s'étaient formées dans son esprit étaient parfaitement claires. Les sensations qu'il avait éprouvées étaient réelles. Elles racontaient un passé lointain où, dans un océan tourmenté par des vents contraires, il maintenait fermement le cap, à bord du *Téméraire.* Dans ce monde-là, tout lui paraissait limpide, désormais…

*10 heures*

Padova, assis sur une chaise dans le service de réanimation, une main soutenant son menton, observait d'un air las le goutte-à-goutte de la perfusion. Le liquide poursuivait son trajet le long d'une canule insérée dans le bras du journaliste.

Aberdeen avait repris connaissance très tôt, au lever du jour. Puis il s'était endormi. C'était le personnel soignant qui avait prévenu le commissaire. Mais le médecin qui soignait Aberdeen avait établi une règle avec le commissaire : surtout, ne pas brusquer son patient. Après plusieurs jours de coma, des réactions imprévisibles n'étaient pas à exclure.

Will finit par se réveiller. Le commissaire lui lança d'un ton qui se voulait enthousiaste :

— Bonjour, monsieur Aberdeen ! On dirait que vous allez mieux...

Will détourna les yeux vers la fenêtre. Il faisait jour. Puis il regarda à nouveau Padova :

— Où est Anna ?

Embarrassé, le commissaire se frotta la nuque. Il éluda la question en désignant le quotidien posé sur la table de chevet.

— Avez-vous lu le journal ?

Daté du 31 octobre, le quotidien était déjà ouvert à la page des faits divers. Will lut le gros titre. La peur et la colère grandissaient en lui au fur et à mesure qu'il découvrait l'article.

*Campénéac :*
*Mort par balle d'un ancien légionnaire*

*Comme nous le révélions dans nos colonnes, le 23 octobre dernier, à Campénéac, un jeune officier de la police judiciaire de Paris a abattu un homme. L'identité de l'individu vient d'être révélée. Il s'agit de Nyls Balmeras, dit*

*Nybbas, un ancien légionnaire, tristement connu de sa hiérarchie pour de graves écarts lors de missions à l'étranger. Son identification a été rendue possible grâce au relevé de ses empreintes. Il y a six ans, il devait être conduit en maison d'arrêt pour avoir eu à l'égard de populations autochtones des agissements cruels et inhumains, contraires aux conventions internationales des Droits de l'homme. Mais avant son arrestation, il avait fui son régiment, sans plus jamais donner signe de vie. Juste avant de tomber sous les balles du policier, Nyls Balmeras aurait tenté d'abattre un journaliste du* World News Corporation *avec une arme à feu. Selon une source proche de l'enquête, l'ancien légionnaire aurait été pris d'un coup de folie. Quant à Anna Jensen, la jeune femme originaire de Paris qui accompagnait le journaliste, le mystère reste entier. A ce jour, elle est toujours portée disparue.*

De rage, Will froissa le papier entre ses doigts. Il jeta un regard effaré au commissaire :

— Huit jours ! Ça fait huit jours que je suis ici et personne n'a été capable de retrouver Anna ?

Mal à l'aise, Padova désapprouvait son entrée brutale dans le vif du sujet. Mais l'enquête criminelle était toujours en cours et, vu les circonstances, les règles de bienséance passaient au second plan. Les premières heures suivant une disparition inquiétante étaient capitales. A présent, chaque jour qui passait diminuait les chances de retrouver Anna Jensen en vie. La priorité était donc de récolter le plus d'indices possible. Et vite.

Dans sa tête, le commissaire soupesait les mots qu'il allait employer pour avouer à Aberdeen que l'enquête piétinait lamentablement et qu'il comptait justement sur lui pour la faire progresser.

— On a diffusé un avis de recherche national. Notre standard a déjà reçu des centaines d'appels. On analyse toutes les pistes qui nous semblent sérieuses. Mais il y a aussi beaucoup de témoignages peu crédibles. On doit faire le tri. Ça prend du temps...

— Un avis de recherche national ? Mais Anna est peut-être à l'étranger !

Padova sortit un calepin de sa poche.

— Pourquoi pensez-vous qu'elle soit à l'étranger ?

Le commissaire était suspendu à ses lèvres pendant que Will se concentrait pour se remémorer un élément qui puisse l'aider.

*Huit jours... ça leur a largement laissé le temps d'explorer l'épave au large de Lisbonne et de récupérer la plaque manquante du chaudron. Von Schmidt a parlé d'un rituel de réunification autour du chaudron et du sort que le « Grand Maître » a déjà réservé à Anna. Mais j'ignore où et quand ce rituel aura lieu. Et on ne peut même plus interroger Nybbas... Je n'ai pas la moindre trace, pas le moindre indice, pas la moindre idée de l'endroit où Anna pourrait se trouver.*

— Cet homme que votre collègue a abattu un peu trop rapidement, reprocha Will, était l'unique personne capable de localiser Anna.

Vexé, Padova referma brusquement son calepin.

— Il allait vous tuer ! C'était vous ou lui. Vous auriez préféré qu'on le laisse vous buter ?

Will baissa la tête, accablé. Le commissaire regretta aussitôt sa susceptibilité excessive. Il changea de sujet :

— L'article n'en fait pas état, mais l'arme du crime qui a servi à assassiner Michèle Blanchet a été retrouvée sur ce Nyls Balmeras. Un couteau à cran d'arrêt.

Will digéra l'information, qui, pour lui, ressemblait davantage à une confirmation. Le commissaire ajouta :

— Vous et Anna, vous n'êtes plus officiellement suspects. C'est une bonne nouvelle, non ? Bon... Il reste tout de même encore des points à éclaircir sur la mort du professeur Bapteste.

— C'est ce Nyls Balmeras qui a tué Bapteste ! Il s'est fait passer pour un agent d'entretien afin de s'introduire dans son bureau et de voler le dossier médical d'Anna. Quant à Von Schmidt, il n'est pas mort. Il était dans le coup avec lui et un troisième homme dont j'ai oublié le nom. Tous les trois étaient présents la nuit où Anna a disparu.

Le commissaire se redressa sur sa chaise, estomaqué par ces révélations.

— Von Schmidt était dans le coup ? C'est surprenant... Mais, en effet, les analyses ADN ont formellement démontré que le corps calciné retrouvé dans la bibliothèque n'était pas le sien.

— A part des appels à témoins, que comptez-vous faire pour retrouver Anna ? coupa Will.

Le commissaire se racla la gorge.

— Pour l'instant, nos recherches se concentrent sur le passé récent de l'ancien légionnaire. Grâce à la vidéosurveillance, on vient d'apprendre qu'il s'était fait passer pour un agent de sécurité au colloque sur les expériences de mort imminente.

L'avancement de l'enquête n'en était encore qu'à un stade très précoce. C'était pire que Will ne l'imaginait. Ne pouvant plus contenir son exaspération, il s'emporta :

— Vous avez perdu un temps fou ! Vous feriez mieux de rechercher le baron et l'homme qui l'accompagnait ! Ce sont eux qui détiennent Anna ! Et le gardien du musée de Copenhague, c'étaient eux aussi ! Ils l'ont tué. Il faut aller au Danemark, enquêter là-dessus ! Tout est lié !

— Je ne suis pas certain de vous suivre... s'excusa Padova, déboussolé. Qu'est-ce que vient faire dans cette histoire le gardien d'un musée au Danemark ?

Will réalisa qu'il en avait trop dit. Le commissaire le fixait à présent avec une moue dubitative. Le jeune homme jugea préférable de ne pas évoquer le vol du chaudron de Gundestrup. Il valait mieux même qu'il taise tout le reste. Il perdrait définitivement toute crédibilité aux yeux du commissaire. L'urgence était ailleurs.

— Il faut absolument que vous recherchiez Von Schmidt. Ne perdez plus de temps avec l'ancien légionnaire, c'est la trace du baron qu'il faut suivre. Si vous le trouvez, vous trouverez Anna.

— Merci pour votre témoignage et vos conseils, dit Padova en quittant sa chaise.

Préoccupé par la confusion mentale du journaliste, il songea que le moment était venu de respecter les recommandations du médecin et soupira en portant à nouveau la vue sur le goutte-à-goutte.

— On va vous garder à l'hôpital encore quelques jours. En observation. Quand vous serez autorisé à sortir, sachez que j'ai récupéré vos effets personnels. Ils sont dans le placard. Bon, je vais vous laisser. Reposez-vous, vous en avez besoin…

Padova s'arrêta sur le seuil de la porte et plongea la main dans la poche de sa veste.

— J'allais oublier ! dit-il en lui tendant un objet.

Will reconnut aussitôt le parchemin cacheté de cire rouge portant le sceau des Trécesson. Perplexe, il écouta le commissaire s'expliquer.

— C'est un vieil homme très étrange qui m'a donné ça. Un dénommé Dervenn. Il a dit qu'il vous connaissait et a vraiment insisté pour que je vous le remette aujourd'hui. Il a rappelé que ce soir on fêtait Samain, ce à quoi je lui ai répondu qu'on appelait cette fête Halloween, mais il s'est énervé. Enfin, bref… Selon lui, c'était très important que vous le sachiez.

# 45

*A Campénéac, ce 3 février 1780*

*Thomas, mon fils*

*Tu m'as connu comte de Trécesson, grand et puissant seigneur, craint et respecté dans toute la région. Les années ont passé. Aujourd'hui, au crépuscule de ma vie, je ne suis plus qu'un vieillard rongé par l'amertume.*

*J'ai tant prié pour que tu reviennes sur tes terres, celles de nos ancêtres. J'ai tant prié pour avoir l'occasion de te livrer la vérité. Mais ce jour n'est jamais arrivé. Je ne peux me résoudre à quitter ce monde sans me libérer de ce poids qui accable mon cœur. Alors, je t'écris mes confessions, en m'accrochant à cet infime espoir que tu puisses les lire un jour.*

*Je me souviens encore de tes jeunes années, où, malgré la désapprobation de ta mère, je t'ai appris à te battre avec ton frère, à manier l'épée, à ne jamais baisser les bras, comme un vrai guerrier. Un jour, tu m'as surpassé au combat et tu as brisé ma lame. Tu as toujours été habité par cette fougue et cette détermination qui sont la marque des plus grands. J'étais si fier de toi. Malheureusement, Dieu ne t'a pas accordé la grâce d'être le premier-né de mes fils…*

*Ta mère avait tant espéré que les voix pieuses de l'Eglise fassent naître en toi une vocation. Mais tu n'as jamais étouffé ta véritable passion. Depuis bien longtemps, les chants de la mer t'avaient déjà emporté dans leurs sillages.*

*Je me souviens également, comme si c'était hier, de ce funeste jour de novembre 1755, à ton retour d'Amérique. Ce jour-là, tu m'avais présenté la mystérieuse Estrela, rencontrée dans des conditions tout aussi énigmatiques. Elle était la seule femme que tu désirais épouser. Il est vrai qu'elle était dotée d'une beauté incomparable, d'un esprit cultivé et d'une intelligence supérieure.*

*Mais Estrela était une étrangère. Elle ne parlait jamais de son passé, ni de sa famille, comme si ces sujets étaient frappés d'un interdit absolu. J'ai essayé de tempérer cet amour qui te dévorait, mais tu m'as répondu qu'on ne pouvait empêcher un cœur d'aimer. Faisant fi de mes réserves, tu as même voulu précipiter ce mariage. J'ai alors songé qu'Estrela t'avait totalement envoûté, comme le chant des sirènes mène les marins à leur perte.*

*Face à ton obstination, j'ai voulu savoir qui était réellement cette femme, d'où elle venait. J'ai envoyé des hommes de mon régiment jusqu'aux ports de Saint-Malo, Brest, Lorient et La Rochelle. Les langues des marins se sont facilement déliées contre quelques carafons d'eau-de-vie. De retour au château, mes hommes m'ont fait parvenir un bruit inquiétant et persistant. Un bruit qui m'a glacé d'effroi.*

*De mauvais vents colportaient une terrible rumeur. Elle racontait l'histoire d'une étrangère retrouvée à bord d'un vaisseau fantôme. Il se disait que c'était une sorcière et qu'elle avait amené tout l'équipage à se noyer en mer. Elle avait ensuite usé de sortilèges pour envoûter le capitaine d'un navire français venu la secourir. Mais elle était acti-*

*vement recherchée par trois hommes, pour un crime dont j'ignore, aujourd'hui encore, la nature.*

*Malgré ces nouvelles alarmantes, ta volonté de te lier à Estrela demeurait inébranlable. Tu t'étais même offensé que j'aie pu diligenter cette enquête sans t'en avoir informé. Mais célébrer ce mariage dépassait de beaucoup ce qu'un père aimant pouvait supporter. Mon propre fils était tombé sous le charme d'une femme maudite. Le nom et l'honneur de notre famille étaient menacés.*

*A cette époque, j'étais encore le seigneur de ces terres et le curé qui devait te marier a trahi la promesse qu'il t'avait faite en m'avouant tes desseins. J'appris alors que tu projetais d'épouser secrètement Estrela. Et afin qu'aucun témoin ne puisse s'opposer à ce mariage, tu envisageais d'attendre les douze coups de minuit. J'étais fou de rage. J'ai alors immédiatement dépêché mes hommes dans tous les ports de la région pour répandre la nouvelle : la femme recherchée pour crime allait bientôt se marier en l'église de Campénéac.*

*Le soir de ton mariage, j'étais anéanti. Je me morfondais dans la grande salle, vidant plusieurs cruches de vin que je cassais, une fois vides, dans la cheminée. Lorsqu'on frappa à la porte du château, j'étais déjà endormi devant le feu, ivre de désespoir. Trois hommes portant des bures de moines patientaient devant la porte. Croyant avoir affaire à des serviteurs de Dieu, un des gardes ouvrit sans se méfier. Aussitôt, les trois hommes armés et menaçants se jetèrent sur lui. Ils voulaient savoir où se trouvait Estrela. Le garde vit alors qu'ils ne portaient pas la croix du Christ autour du cou, mais un étrange médaillon qui rappelait l'image du diable. Terrifié par leur apparence, le garde avoua tout ce qu'il savait.*

*Tard dans la nuit, un de mes domestiques me fit réveiller. Un braconnier et son épouse demandaient une audience urgente. Vu l'heure avancée, l'usage aurait exigé que je les renvoie chez eux sur-le-champ. Mais le pressentiment d'un grand malheur me serrait la gorge. Le braconnier me livra alors un récit épouvantable. Trois hommes en bures de moines avaient enterré vivante une jeune mariée dans le parc du château.*

*Je fis aussitôt convoquer tous les gens de la maison. Nous descendîmes à la hâte pour tenter de sauver la malheureuse. Je reconnus tout de suite le beau visage d'Estrela. Je ne peux décrire ce que j'ai ressenti à ce moment-là. C'est au-delà de mes forces. Mais à chaque fois que j'évoque ce souvenir, une brûlure coupable se réveille en moi, comme des lettres de sang gravées sur mon cœur.*

*Ne te voyant pas revenir, je me rendis d'urgence à l'église. Une nouvelle découverte macabre m'attendait. La tête décapitée du curé avait roulé à terre et son corps vidé de son sang gisait sur le parvis de l'église. Pour ne point affoler les villageois, je procédai rapidement à l'inhumation du curé en terre consacrée. Mes hommes jurèrent de ne jamais avouer la cause réelle du décès. Pour Estrela, je fis ériger un tombeau dans la chapelle privée du château.*

*Mais pendant cette nuit de cauchemar, tu avais disparu. J'ai visité chaque port pour te retrouver. Des marins, croyant t'avoir croisé, m'ont assuré que tu avais repris la mer. Certains disaient que tu te dirigeais vers le Nouveau Monde. On suggérait même que tu avais pris un autre nom pour oublier ton ancienne vie.*

*Cherchant alors à racheter mes fautes, je me mis en tête de venger Estrela et de punir ses assassins. Mais, hormis les rumeurs, j'en savais très peu à son sujet. Je me rappelai alors que tu m'avais raconté qu'elle vivait autrefois recluse dans un couvent de Lisbonne et qu'un jour elle avait écrit une lettre à la princesse Marie de Portugal, la fille aînée du roi.*

*J'ai donc pris la route pour Lisbonne. Là-bas, je me suis présenté à la princesse Marie. Quand je lui ai appris le sort d'Estrela, elle s'est effondrée en larmes. La princesse m'a raconté comment Estrela lui avait sauvé la vie, ainsi que celle de nombreuses personnes à la cour.*

*La princesse m'en apprit un peu plus sur les origines d'Estrela. Elle descendait d'une très ancienne et noble famille de Llangollen, une petite cité proche de la mer, dans le nord du pays de Galles. Le château familial se nommait Dinas Bran, surnommé Crow Castle, qui signifie le château des corbeaux. Tous les membres de la famille d'Estrela avaient été tués. Il se disait qu'ils étaient les gardiens d'un trésor inestimable, aujourd'hui disparu. Pour échapper à ses poursuivants, Estrela s'était enfuie loin de chez elle, jusqu'à Lisbonne. Elle avait trouvé refuge dans le couvent de Santa Inácia et s'était enfermée volontairement, dans l'idée de ne plus jamais en ressortir. Elle était hantée par des visions qui souvent se réalisaient et la terrifiaient. Jusqu'à celle, funeste, qui annonçait la destruction de Lisbonne.*

*De retour à Campénéac, je fus bouleversé par ce que j'avais appris. Je ressentis encore plus douloureusement ma terrible faute, mon comportement injuste envers toi et Estrela, à cause de mes préjugés, de mon aveuglement. Et je n'avais toujours pas retrouvé ceux qui l'avaient lâchement assassinée.*

*Je décidai alors de me rendre au pays de Galles. Au village de Llangollen, on me raconta l'histoire singulière du château de Dinas Bran. Il avait été construit vers 1260. Puis, quelques années plus tard, lorsque le pays de Galles était entré en guerre avec l'Angleterre, il avait été brûlé par ses propres habitants. Ils redoutaient que le château ne tombe entre les mains du roi d'Angleterre qui le convoitait ardemment. Je me suis longtemps interrogé : pourquoi décider de détruire son propre château ? Etait-ce pour protéger de terribles secrets qui y étaient enfouis ?*

*D'étranges histoires couraient, liées à ce château, à d'anciennes légendes païennes. On disait qu'un grand trésor y était enterré, que le château de Dinas Bran était associé au Graal. Mais il n'était pas question du calice que le Christ avait utilisé lors de la Cène et qui avait recueilli son sang lors de la Crucifixion. Il s'agissait d'un chaudron magique, censé offrir la vie éternelle et la connaissance absolue du monde. Je ne pouvais prouver la véracité de ces histoires, mais il m'apparut alors que ceux qui recherchaient Estrela désiraient trouver ce fameux trésor.*

*Piqué par la curiosité, je me fis indiquer le chemin pour découvrir de mes yeux le mystérieux château de Dinas Bran. Ses ruines majestueuses se dressaient tout au sommet d'une haute colline. La vue était exceptionnelle. La brume s'élevait et les nuages frôlaient l'horizon, comme si le ciel et la terre s'unissaient en ce lieu. Je ressentais une énergie très intense, extrêmement troublante.*

*Bien plus tard, j'appris que la princesse Marie avait succédé à son père. A présent, elle est reine de Portugal. J'ai été profondément ému quand j'ai su qu'elle avait entrepris de bâtir à Lisbonne une cathédrale baptisée Estrela.*

*Son initiative me donna une idée, certes moins fastueuse. J'engageai un ébéniste et lui fis une demande inhabituelle. Je voulais qu'il sculpte une nouvelle chaire pour l'église de Campénéac. Une chaire monumentale qui écraserait le diable. Sans doute ne verrai-je jamais son travail achevé, mais ma peine est un peu atténuée, car je sais que je laisserai un message d'espoir à tous ceux qui entreront dans l'église, à tous ceux qui garderont la foi : le bien triomphe toujours du mal. Si ce n'est pas ici-bas, alors dans l'au-delà.*

*J'ai longtemps attendu ton retour, repoussant les limites de ma vie. Mais, à présent, mes forces déclinent de jour en jour. Lorsque je ne serai plus, le nom de Trécesson sombrera dans l'oubli et plus personne ne se souviendra de notre famille. Pourtant, ce n'est pas ce qui m'afflige le plus. Ce qui autrefois comptait pour moi n'a aujourd'hui plus d'importance. J'aurais tout donné, mes coffres, mes terres, mon château, pour qu'un jour tu me pardonnes. Il arrive un temps où les joyaux ont cessé de briller, où l'or a perdu tout son éclat, où les forteresses deviennent des prisons. Il arrive un temps où tout ce qui compte, c'est l'amour d'un père pour son fils.*

*Joseph Marie de Trécesson, comte de Trécesson*

# 46

Will resta un long moment figé, le parchemin entre les mains. Des larmes brillaient dans ses yeux. Cette confession l'avait plongé dans la consternation et le chagrin, avec le sentiment d'un terrible gâchis.

Il songea au message de Dervenn. Pourquoi était-il si important qu'il sache que ce soir on fêtait Samain ? Cela avait-il un lien avec Anna ?

Will arracha de son bras le cathéter et quitta précipitamment son lit. En posant ses pieds nus sur le sol froid, il fut pris de vertige. Il s'appuya contre le mur pour retrouver l'équilibre, puis se dirigea vers le placard, et mit la main sur son smartphone. Sans prendre le temps de répondre aux messages désespérés de Mark, Joan et sa mère, il se connecta à Internet.

« Célébré au coucher du soleil, dans la nuit du 31 octobre au 1er novembre, Samain est le Nouvel An celtique qui a inspiré la Toussaint et Halloween. Cette fête marque le début de l'hiver et la rencontre annuelle des morts et des vivants. »

*Au coucher du soleil…*

« Les disciples y vénéraient Cerridwen, déesse de la Transformation et de l'Initiation, gardienne du savoir caché et des vérités dissimulées. Cerridwen détenait le Chaudron de l'Autre Monde, d'où jaillissait la source de la Connaissance. Durant cette fameuse nuit, le temps s'arrêtait, les frontières entre le monde des vivants et le monde des morts s'effaçaient. C'était un moment crucial pour honorer les défunts, prédire l'avenir, révéler les secrets, s'adonner à des rituels ésotériques. Samain symbolisait à la fois la mort et la renaissance. Lors de cette fête, un sacrifice de sang pouvait être accompli dans un lieu sacré, en offrande aux dieux pour obtenir des faveurs… D'après les légendes celtiques, les corbeaux, messagers de l'au-delà, remplissaient des missions prophétiques et guidaient les âmes lors de leur dernier voyage. C'était en observant le vol des corbeaux dans le ciel que les anciens fondateurs auraient su où bâtir les lieux sacrés, souvent au sommet de collines. »

*Dinas Bran, le château des corbeaux…*

Will interrompit ses recherches. Il se massa la tête pour contenir un début de migraine et ferma les yeux afin de mieux réfléchir.

*Le rituel de réunification dont parlait Von Schmidt a pour but de replacer la plaque manquante du chaudron. Un sacrifice de sang… Et si c'était le sang d'Anna qui allait être offert en sacrifice ? Dervenn avait voulu le prévenir : le rituel aurait lieu pendant la fête de Samain, au coucher du soleil…*

Will s'empara du journal posé sur la table de chevet. L'édition datait du 31 octobre. Son pouls s'accéléra. Fébrilement, il relut le passage de la lettre du comte de Trécesson qui évoquait Dinas Bran :

« Le château de Dinas Bran était associé au Graal… un chaudron magique, censé offrir la vie éternelle et la connaissance absolue du monde. »

*Sûrement le chaudron de Gundestrup. Dinas Bran représente le lieu sacré, désigné par les corbeaux, où doit se produire le grand rituel !*

Le comte de Trécesson avait enfin pu racheter sa faute. Deux siècles et demi plus tard, il livrait le lieu où se trouverait Anna.

*10 h 45*

Que faire ? Demander l'assistance du commissaire Padova ? Il ne comprendrait rien à cette histoire de rituel. Will peinait lui-même à y croire. Quand bien même Padova se déciderait à l'aider, il serait déjà trop tard. Will ôta sa blouse. Ses blessures – il avait un pansement sur le flanc et un autre autour de la cuisse – ne le faisaient pas souffrir. On lui avait injecté des antalgiques puissants. Il enfila à la hâte ses vêtements, récupéra ses papiers, puis se faufila dans le couloir.

Devant l'entrée de l'hôpital, un taxi patientait. Will s'engouffra dans le véhicule.

— Je suis désolé ! s'excusa le chauffeur. J'attends déjà quelqu'un.

Will ouvrit son portefeuille et lui tendit plusieurs billets.

— Prenez tout ! C'est une question de vie ou de mort !

Le chauffeur refusa l'argent, mais ne fut pas insensible à la détresse de son passager. Il appela un collègue de sa compagnie de taxi pour assurer sa course initiale.

— C'est arrangé. Je vous conduis où ?

— Quel est l'aéroport le plus proche ?

— Celui de Rennes.

— Dessert-il le Royaume-Uni par vol direct ?

— Ça dépend ! Mais à cette période de l'année, pour les vols internationaux, il vaut mieux aller à l'aéroport de Nantes.

— On y sera en combien de temps ?

— Comptez une heure et demie. Si ça circule bien…

— Alors, ne perdons plus de temps !

*12 h 20*

Un accident de la circulation sans gravité impliquant un camion de livraison avait entraîné un net ralentissement sur l'autoroute. Dans le taxi, Will chercha à gagner du temps en se renseignant sur son vol. Un avion pour Manchester, avec une escale à Southampton, décollait à 13 h 20 pour un atterrissage prévu à destination à 16 heures. Llangollen se situait à une petite centaine de kilomètres, environ une heure de route en voiture.

*Je dois arriver avant 17 heures… l'heure du coucher du soleil. L'heure à laquelle le rituel de Samain pourra débuter.*

Will était engagé dans une angoissante course contre la montre. A l'aéroport de Nantes, le taxi le déposa devant le hall dédié aux départs internationaux. Will régla la course et se précipita à l'intérieur de l'aérogare. Un agent d'accueil lui indiqua où se trouvait le guichet de vente de billets, de l'autre côté de l'immense terminal. Will s'élança en évitant les chariots et en bousculant quelques passagers. Hors d'haleine, il s'appuya sur le comptoir de la compagnie aérienne.

— Un aller pour Manchester, s'il vous plaît. Celui de 13 h 20. Pour aujourd'hui.

La femme serra les lèvres, cliqua sur sa souris sans détacher les yeux de son écran.

— Aujourd'hui, je ne suis pas sûre que ce soit encore possible. Le vol est complet.

— Il ne reste même pas une place ? Je suis prêt à rester debout s'il le faut !

— Pour des raisons de sécurité, vous pensez bien que ce n'est pas envisageable… Attendez…

L'hôtesse saisit son téléphone et appela une de ses collègues. Elle hocha la tête et raccrocha.

— Vous avez de la chance. Un couple ne s'est pas présenté à l'enregistrement. Il reste deux places. Mais si vous avez des bagages à enregistrer, c'est trop tard.

— Je n'ai pas de bagages !

— Pas de bagages… Alors j'espère que vous courez vite, parce qu'il vous reste dix minutes avant la fin de l'embarquement. Mais, avant, il vous faudra passer les contrôles de sécurité…

Will sentit un bourdonnement sourd résonner dans sa tête.

— Monsieur ? s'inquiéta l'hôtesse. Vous allez bien ?

— Ça va, rétorqua-t-il en tendant sa carte de crédit.

Will arriva jusqu'aux contrôles de sécurité, étape obligatoire avant d'entrer dans la salle d'embarquement. Il n'y avait pratiquement personne dans la file d'attente. Quand son tour arriva, il ôta sa montre, sa veste qu'il posa avec son smartphone dans le panier prévu à cet effet sur le tapis roulant. Il repoussa nerveusement la mèche qui balayait son front en sueur et passa sous le portique détecteur de métaux. Le voyant d'alerte clignota. Un agent s'approcha, les mains posées sur les hanches, et regarda le journaliste avec méfiance. Will ôta sa ceinture et se soumit à nouveau au test du portique.

— Je suis désolé, mais je suis vraiment pressé, dit-il en montrant son passeport et sa carte d'embarquement.

L'agent maugréa, mais finit par le laisser passer. Dans la salle d'embarquement, un écran d'affichage indiquait : « Embarquement en cours ». Dans le haut-parleur, une voix martelait : « Monsieur Aberdeen est prié de se présenter immédiatement porte 25. » Une hôtesse s'impatientait derrière son pupitre. Will courut en agitant ses billets afin qu'elle le remarque. Juste après qu'il eut pénétré dans le couloir conduisant à l'avion, le panneau d'affichage indiqua : « Embarquement clos ».

# 47

*16 h 40*

L'avion avait atterri à l'heure prévue. Parmi toutes les voitures disponibles, Will avait loué une Audi A5 noire coupée sport, aux lignes racées. A peine avait-il pris place derrière le volant qu'il fit rugir les 245 chevaux en écrasant l'accélérateur, remontant en puissance à chaque virage, quitte à dépasser les limites de vitesse autorisées et à battre le record du trajet Manchester-Llangollen.

Le ciel se voilait de nuées sombres quand il arriva enfin à Llangollen, un village reculé qui semblait baigner dans un autre temps. Nichée dans un écrin de verdure et de collines embrumées, la cité pittoresque de trois mille cinq cents âmes était traversée par la Dee, une rivière tumultueuse dont les éclats d'écume se brisaient sur d'énormes rochers noirs. Suspendu au-dessus du vide, un immense aqueduc d'une quarantaine de mètres de hauteur franchissait la rivière et se perdait dans une luxuriante végétation, si bien qu'on le surnommait le « pont dans le ciel ».

Will emprunta la rue qui séparait les berges de la Dee des vieilles demeures aux façades gothiques surmontées de hauts toits d'ardoises grises. Puis il s'enfonça dans l'artère principale du centre-ville historique où de minuscules créatures infernales picoraient des friandises dans des sacs colorés. Des monstres sanguinaires hilares leur emboîtaient le pas en marchant comme des zombies. Ce soir, on fêtait Halloween et le Nouvel An celtique. Mais ici, au nord du pays de Galles, les habitants n'avaient pas besoin de beaucoup se forcer pour se plonger dans l'ambiance. La cité devait respirer tout au long de l'année un air étrange, presque surnaturel.

Will demanda son chemin, mais des jeunes gens costumés lui répondirent par des rires démoniaques. A l'angle d'une rue, il repéra une petite librairie d'occasion. Il se gara et entra dans le magasin. Un vieil homme s'apprêtait à fermer, ce n'était pas un bon jour pour les affaires. Quand Will lui annonça l'objet de sa quête, atteindre les ruines de Dinas Bran avant le coucher du soleil, le libraire fut d'abord surpris, puis lui répondit en souriant :

— Vous, vous n'êtes pas du coin ! Nul ici n'oserait s'aventurer cette nuit sur les ruines de Dinas Bran. Pourquoi ne restez-vous pas dans le centre pour profiter de la fête et prendre quelques verres au pub ?

— Il faut que j'aille à Dinas Bran, répéta Will, déterminé.

— Soit vous l'ignorez, soit vous êtes totalement inconscient : cette nuit, les esprits des défunts reviennent sur terre parmi les vivants. Personne ne s'éloigne des lumières du village. Sur la colline, des esprits maléfiques peuvent apparaître au détour d'un sentier.

Will se moquait de ces mises en garde. Il fixait intensément une vieille épée accrochée au mur. Sa lame, toujours parfaitement aiguisée, semblait d'époque. Le visage du vieil homme se durcit.

— C'est une arme authentique. Mais saurez-vous vous en servir ?

Will s'interrogea sur la portée de cette question, avant de répondre :

— Autrefois, j'ai appris à manier l'épée…

— Ah… Et quelle est la devise de votre famille ?

Déconcerté par cette demande, Will débita, sans réfléchir, la devise des Trécesson :

— Plutôt rompre que plier.

Le vieil homme murmura lentement avec un air admiratif :

— Alors, il périra plutôt que de céder. L'essence même des grands guerriers…

— Le temps presse. Peu importent les esprits et les fantômes du passé, dites-moi comment me rendre à Dinas Bran.

— Très bien. Mais avant, prenez cette épée, dit le vieillard en décrochant l'arme. J'ignore si elle vous sera d'un grand secours, mais elle vous sera plus utile qu'à moi…

Will aperçut le sommet de la colline, là où aucun homme n'avait jamais osé se rendre le soir de Samain, de peur d'affronter les forces obscures, dans l'ancienne forteresse aux énigmes inviolées. Sur les pentes escarpées, entre monticules de terre et affleurements rocheux, serpentait un chemin caillouteux piqueté d'herbe. Les ruines de Dinas Bran flottaient tout là-haut, au milieu des nuages.

Le souffle court, et coupé par une douleur lancinante au flanc, Will grimpa la pente abrupte, suivant le sentier sinueux, montant les marches raides qui menaient aux vestiges du château, coulé dans la brume et couronné des cieux. Au loin, à la lisière des landes silencieuses, le ciel zébré flamboyait encore dans le couchant d'une intense couleur safran.

En ce lieu autrefois puissant et redoutable, l'esprit de la légende mordait encore la chair des vieilles pierres. Entre les murs, témoins muets des secrets des grands Anciens, Will crut percevoir des ombres fugaces et de mystérieux chuchotements.

La main crispée sur la poignée de l'épée, il brandit l'arme et tenta, avec maladresse, de retrouver d'anciennes sensations. Il fit lentement tourner la lame autour de lui, avant d'accélérer. Puis, dans un mouvement de rotation de jambes, il donna de la puissance et de la vitesse à son bras. La lame tournoya au-dessus de sa tête avec une agilité extraordinaire. Aussitôt, il reconnut le sifflement si familier du métal qui déchirait l'air.

Son passé surgit en lui. Il éprouva alors toute la douleur des choses perdues et le désir ardent de retrouver la seule femme qui avait su conquérir son cœur. A présent, il savait exactement d'où il venait et qui il était autrefois. Des assassins avaient tué sa femme et, par la même occasion, l'avaient condamné à des tourments sans fin. A l'époque, on l'appelait Thomas de Trécesson. Aujourd'hui, le destin lui offrait une nouvelle chance de sauver celle qu'il aimait. Aujourd'hui, son âme ne vibrait plus que pour la venger.

# 48

La pleine lune inondait la colline et un brouillard blanchâtre recouvrait la lande. Le froid devenait vif, pénétrant. Des lueurs vacillantes émergeaient sur le flanc de la colline. Le cortège de flambeaux progressait sans bruit, suivant les sinuosités du sentier. Les torches mouvantes rampaient côte à côte et dessinaient dans la nuit un serpent de feu.

*Ils approchent…*

Will s'embusqua dans le repli d'un muret, la main sur le pommeau de l'épée. La longue procession franchit l'enceinte de Dinas Bran. Will tenta de discerner ceux qui avaient pénétré dans le lieu sacré. Tous étaient vêtus de bures noires dont les capuches masquaient les visages et portaient des médaillons en hommage au dieu cornu.

Au cœur des ruines du château, ils allumèrent un grand feu. Ils y jetèrent de l'encens de pin, d'if et un mélange d'herbes odorantes qui attisèrent les flammes en dégageant une fumée rousse et abondante. Ils apprêtèrent un autel sur une grande dalle rectangulaire encastrée dans le sol qu'ils décorèrent de cierges noirs, de fruits, de noix et de fleurs automnales disposés dans des plats en terre cuite.

Sur le feu intense, ils posèrent délicatement un grand récipient. Il s'agissait très certainement du chaudron de Gundestrup. Will contempla la merveille recomposée. Toutes les plaques avaient été rassemblées. Façonné dans le métal le plus pur, le chaudron brillait tantôt d'une lumière argentée sous les rayons de la lune, tantôt d'une teinte chaude sous les reflets rouges du brasier.

Les membres de l'ordre formèrent un cercle, autour du chaudron et de l'autel, comme s'ils se préparaient à communier. Agenouillés, bras écartés et paumes tournées vers le ciel, ils entonnèrent une incantation, un chant venu du fond des âges, lent, grave, répétitif, dans une langue étrange.

Le maître de cérémonie, reconnaissable au sceptre en or massif qu'il tenait dans la main, glissa lentement vers l'autel. Tous connaissaient Al Astor et se prosternèrent devant lui. Loin des capitales financières où il régnait déjà en maître, Al Astor occupait une position dominante sur ses disciples, à laquelle s'ajoutait, en cette nuit de Samain, une aura maléfique. Le Grand Maître fixa un long moment l'assistance, un public de notables fortunés agissant dans l'ombre.

Sous la flamme des cierges, les yeux d'Al Astor, telles deux billes d'acier, dardaient une lueur froide. Il brisa enfin le silence et commença l'invocation à Cernunnos. L'assemblée répétait ses paroles dont l'écho retentissait sur les ruines de Dinas Bran :

*O Cernunnos ! Je t'invoque !*
*En cette nuit de Samain, joins-toi à nous !*
*Dieu cornu, je t'invoque !*
*Traverse les frontières de l'Autre Monde*
*[et rejoins-nous !*

*Dans les ténèbres de la nuit, viens à nous !*
*O Cernunnos ! Je t'invoque !*
*En cette nuit où nous fêtons la nouvelle année,*
*Donne-moi la connaissance du passé*
*[et des vérités cachées,*
*Aide-moi à surmonter les épreuves et les périls,*
*Offre-moi ta protection pour écraser mes ennemis,*
*Accorde-moi la vision*
*[et le pouvoir d'influencer l'avenir,*
*Offre-moi l'immortalité et le pouvoir de guérir.*

Subjugué par ce spectacle, Will frémit en apercevant une jeune femme drapée de voiles transparents. Ses cheveux ondulaient sur ses épaules nues et ses mains étaient entravées par une corde. C'était Anna, plus belle que jamais. Deux hommes la conduisirent au centre de l'assemblée, la traînèrent jusqu'à l'autel, puis l'obligèrent à s'allonger avant de la plaquer solidement contre la table de pierre. Le Grand Maître retira de son sceptre un long couteau sacrificiel qui s'y dissimulait. Il l'éleva, la pointe tournée vers le cœur de la jeune femme :

*En cette nuit, j'en appelle au sacrifice*
*[d'une mortelle.*
*Que son sang consacre le chaudron*
*[par l'ancestral rituel.*
*O Cernunnos, accepte cette vie en offrande*
*[ainsi que ma gratitude éternelle.*

Will se devait d'agir vite. Très vite. Il s'élança vers l'autel et hurla pour attirer l'attention sur lui :

— C'est ton sang qui coulera à la gloire de Cernunnos !

Al Astor écarquilla les yeux et s'immobilisa, le couteau figé en l'air. D'un mouvement vif et précis, Will brandit son épée et trancha le cou du maître de cérémonie. Sa tête rebondit sur l'autel et retomba dans le chaudron.

Les membres de l'ordre restèrent pétrifiés, puis ils se prosternèrent et se mirent à prier. Will coupa les liens qui maintenaient Anna captive. Six hommes armés de sabres se ruèrent sur lui. Mû par une rage trop longtemps contenue, Will les affronta avec bravoure et courage, tel le capitaine du *Téméraire* qu'il avait été autrefois. Sa dextérité d'antan guidait ses gestes et d'anciennes ruses refaisaient surface. Il esquivait les coups, tandis que sa lourde épée s'abattait, comme la foudre, sur ses assaillants. Le combat fut sanglant.

Cinq cadavres jonchaient le sol, au côté de celui du Grand Maître. Sur les six hommes armés, il n'en restait qu'un. Will se retrouva face à ce dernier combattant, le plus grand et le plus redoutable, qui s'était tenu en retrait pour l'observer. L'homme repoussa sa capuche. Will reconnut Malefal, le tueur qui l'avait suivi dans Paris. Visiblement, l'assassin attendait avec impatience ce duel. Cette fois, ils combattraient à armes égales.

Ils se jaugèrent un instant, estimant leur force et leur détermination. Dans leur regard, aucune pitié. Ni l'un ni l'autre ne plierait. Leur fureur les pousserait jusqu'au bout du combat. Une seule issue : la mort. Will frappa le premier et blessa Malefal au bras. Malefal rendit le coup et le toucha à la cuisse, celle touchée par une balle huit jours plus tôt. Will ressentit une douleur intense qui le saisit. Il accusa le choc. Mais sa rage de vaincre était la plus forte.

Will se rua sur son adversaire, l'épée en garde haute, pour augmenter sa force de frappe. Ils s'infligèrent des coups d'une violence inouïe, sans le moindre répit. Les lames s'entrechoquaient, mais à chaque coup elles perdaient de leur éclat, au fur et à mesure que le métal se teintait de pourpre. Les stigmates de la souffrance n'épargnaient aucun des combattants. Les vêtements étaient trempés de sang et de sueur. Mais ni la fatigue ni la douleur n'avaient prise sur eux. L'un ne semblait pouvoir l'emporter sur l'autre.

Les deux adversaires se replièrent un court instant sur la scène du duel. Malefal, les traits marqués de haine, prit une expression si sauvage que l'assemblée recula. Will paraissait si fier et inflexible que tous rctinrent leur souffle. Tous deux d'un même élan se ruèrent l'un vers l'autre, déchirant les chairs à coups de lame. La bataille semblait ne devoir jamais prendre fin. Malefal chargea à vive allure, frappant encore et encore, s'acharnant sur son adversaire. Il eut longtemps le dessus. Mais Will, transcendé par l'âme du capitaine, transperça le corps de son ennemi dans un ultime sursaut de bravoure. Il retira lentement son épée qui avait traversé le ventre de Malefal. Un horrible rictus déformait les lèvres de l'homme alors qu'il s'effondrait à genoux.

Will se tourna vers Anna. Le visage de sa bien-aimée esquissa un pâle sourire avant de se figer d'effroi. Will comprit trop tard que Malefal avait puisé dans ses dernières forces pour lui lancer en traître son épée dans le dos, tel un javelot. Empalé, Will s'écroula au sol, grièvement blessé.

Folle de désespoir, Anna se jeta à ses pieds. Le jeune homme respirait encore, mais son pouls était faible.

Une tempête se leva. Elle soufflait en brusques rafales, poussant tantôt de profonds soupirs, tantôt de violents mugissements. D'abondants nuages rougeâtres s'amoncelèrent dans le ciel et embrasèrent la lune d'une clarté sanglante. La tourmente s'amplifia. Un vent violent s'engouffra dans les étoffes noires et cingla chacun des visages des membres de l'ordre secret. Parmi eux, le baron Von Schmidt, effrayé, comme ses pairs, cherchait en vain à se protéger en rabattant sa bure.

Un roulement sourd retentit, un grondement si fort que la peur les tétanisa. Le tonnerre semblait provenir du fond de la terre. Il poursuivit sa plainte en une multitude de sifflements lugubres qui se propageaient au-delà des murailles survolant le sentier sinueux et convergeaient vers Dinas Bran.

Des créatures hybrides, mi-humains, mi-serpents, surgirent de toutes parts jusqu'au cœur des ruines, virevoltant telles des flammes venues des enfers, plongeant vers l'assemblée en lançant des cris stridents. En proie à la panique, les membres de l'ordre tentèrent d'échapper aux forces démoniaques. Certains se recroquevillaient derrière une roche, d'autres sous un muret pour fuir les assauts. Mais, quelle que fût leur cachette, les esprits les rattrapaient, s'enroulaient autour de leur cou pour les étrangler.

Will avait perdu connaissance. Agenouillée à ses côtés, dressant un bouclier de son corps, Anna hurlait de terreur en fouettant l'air de ses bras pour repousser les esprits. Des crânes lisses comme ceux des squelettes, des yeux réduits à deux orbites et une ouverture béante en guise de bouche, les visages tourmentés s'approchaient, et quand leur souffle frôlait sa peau elle frissonnait, glacée jusqu'aux os. Mais, étrangement, ils se détournèrent d'elle et de Will, comme pour les épargner. L'invocation adressée à Cernunnos avait-elle tourné en leur faveur ? Etait-ce parce que Will lui avait offert la vie du Grand Maître que le dieu lui accordait sa protection ?

Autour d'eux, les hurlements de douleur, difficiles à supporter, s'estompèrent. Les membres de l'ordre succombaient les uns après les autres. Les ténèbres aspiraient les âmes, et les corps inanimés s'embrasaient peu après. Seules les cendres fumantes attestaient leur existence.

Puis les esprits se retirèrent dans l'Autre Monde. Les nuages se dissipèrent, la lune retrouva son éclat argenté et le silence retomba. Seule la respiration de la brise caressait les anciennes tours du château.

Penchée sur Will, Anna le regarda avec angoisse. Il semblait plongé dans un profond sommeil. Les yeux inondés de larmes, elle posa ses mains sur son visage et le supplia :

— Will, regarde-moi ! Regarde-moi !

Il luttait pour ne pas sombrer. Il voulait tant rejoindre ce murmure qui l'attirait et l'appelait par son prénom. Il entrouvrit les yeux, lui sourit, comme s'il avait croisé le regard d'un ange. Sa voix était lointaine, faible :

— Ainsi donc, ce lieu existe... Qu'il est doux d'atteindre le paradis...

— Will, ne me laisse pas ! Will, je t'en supplie !

Il comprit qu'il était encore en vie, et se livra sans pudeur, profitant de chaque seconde, comme si c'était la dernière :

— Anna, je veux que tu saches. J'ai traversé le monde pour te retrouver. J'ai même traversé le temps pour être avec toi...

Elle le soutenait dans ses bras, le caressait, pour lui transmettre un souffle de vie.

— Ne dis rien. Garde tes forces. Reste avec moi ! Tu m'entends ?

Un courant glacial parcourut ses membres et gagna son cœur. Il savait son heure proche. Les yeux brillants, il avoua, dans un souffle :

— Même si je pars et que le ciel emporte mon âme, je reviendrai. Je reviendrai même de l'enfer pour être à tes côtés ! Embrasse-moi. Embrasse-moi, Anna... Je veux partir avec le souvenir de tes baisers...

Une larme coula à travers ses paupières closes. Ce furent ses dernières paroles.

Elle déposa un long baiser sur ses lèvres et se blottit contre lui. Elle voulait ressentir sa chaleur, mais son corps était presque froid. Le cœur ravagé par le chagrin, elle resta longtemps prostrée, versant un flot incessant de larmes. Combien d'années, combien de siècles devrait-elle encore attendre pour le retrouver ?

Elle se tourna alors vers l'objet de toutes les convoitises au nom duquel tant de personnes avaient péri.

Elle s'approcha du chaudron et pria avec force les dieux capricieux qui vivaient cachés, là où nul homme ne pouvait les voir. Un à un, elle invoqua ceux qui gouvernaient le centre de la Terre, le fond des océans, le cœur du feu et au-delà des étoiles. Aucun ne lui répondit. Quand elle réalisa que c'était vraiment fini, que le grand amour de sa vie avait quitté ce monde, que les dieux anciens n'accompliraient pas de miracle, alors elle se tourna vers le Dieu à l'origine de l'univers. Ce Dieu qui l'avait abandonnée. Elle poussa un cri terrible qui déchira le ciel, la terre et retentit dans tout le pays.

Avait-il entendu sa plainte ? Avait-il été sensible à ses doléances ? Une lumière éblouissante perça le ciel et plongea dans le ventre du chaudron. Des rayons comparables à ceux du soleil en jaillirent. Aveuglée par cette lumière, Anna ne pouvait pas distinguer ce qui se passait autour d'elle. Mais elle pouvait entendre. Entendre le souffle d'une voix pure, vibrante, qui transcendait les âmes, les frontières entre les mondes et les limites du possible. Quand elle put enfin rouvrir les yeux, elle se précipita vers Will et pleura de joie. Sa prière avait été exaucée.

# 49

*1^er^ novembre 2012*

Le port de Holyhead était situé à l'extrémité d'une ancienne voie romaine, au nord du pays de Galles, là où le parfum iodé de la mer se mêlait aux odeurs de pétrole des navires. De forts vents poussaient les vagues qui se fracassaient contre la digue, une impressionnante sentinelle de granit qui protégeait l'entrée du port depuis plus d'un siècle et demi. Annonçant l'arrivée d'un paquebot, le mugissement grave et pénétrant de la corne de brume enfla, emplit l'espace et occulta un temps le cri des mouettes.

Will et Anna embarquèrent à bord d'un ferry baptisé *Ulysses*, un mastodonte de deux cent dix mètres, capable d'accueillir deux mille passagers et mille trois cent cinquante véhicules. *Ulysses*, le plus grand ferry du monde lors de son lancement en 2001, effectuait quotidiennement la traversée entre Holyhead et Dublin. Le départ était annoncé à 14 h 10.

Le paquebot voguait depuis une trentaine de minutes, laissant dans son sillage une traînée d'écume. A bord, le salon club offrait une vue panoramique sur la mer d'Irlande. Les tables rondes, de bois et de verre, étaient fixées par leur pied central sur le sol moquetté. Installés dans de larges fauteuils bleus, Will et Anna buvaient en silence un café. Ils reposèrent leur tasse et échangèrent un regard complice. Il était temps.

Sur le pont de tôle vert émeraude, la couleur emblématique de l'Irlande, l'air était frais. Les passagers l'avaient déserté pour rejoindre l'un des bars ou des salons. Les cheveux flottant au vent, Anna s'avança, le buste penché en avant pour résister aux rafales. Will boutonna sa veste jusqu'au cou et la suivit en direction du garde-corps. Ils étaient seuls. Libres d'agir.

Will avait apporté un grand sac noir dans lequel il avait rangé un coffre en bois de taille moyenne, assez lourd pour qu'il puisse couler à pic et atteindre les fonds marins. Anna s'agenouilla et ouvrit le sac. Elle ne pouvait résister à l'envie de la voir. Une dernière fois. Elle souleva le couvercle du coffre. La plaque du chaudron brillait sous ses yeux. Anna la contempla un instant, puis, avec un soupir de tristesse, elle rabattit doucement le couvercle du coffre, avec la douloureuse sensation d'y enfermer une partie d'elle-même. Mais elle n'avait pas vraiment le choix si elle voulait surmonter le deuil de son ancienne vie. L'unique moyen, aussi, pour que toute cette histoire ne se répète jamais plus.

Will s'empara du coffre. Avant de le jeter pardessus bord, il regarda Anna et attendit son approbation. Elle hocha la tête. Elle était prête. Pourtant, au dernier moment, elle se détourna, les yeux emplis de larmes.

Dans un éclat d'écume, le coffre troua la surface de la mer et disparut. La plaque du chaudron trouva son ultime refuge en mer d'Irlande, au large du pays de Galles. Sur son lit de sable, elle reposait désormais en paix.

Ils se retrouvèrent dans la cabine. L'horizon s'empourprait de reflets chatoyants. Le roulis agitait doucement le navire. Will s'approcha d'elle et l'étreignit tendrement. Ses lèvres effleurèrent celles d'Anna, ses mains glissèrent sous le chemisier de soie. Il sentit le cœur de la jeune femme s'emballer sous la caresse.

Quand Thomas de Trécesson avait vu Estrela pour la première fois, ses sens s'étaient enflammés. Il n'avait jamais rien ressenti de tel auparavant. C'était une évidence. Un phare dans une nuit sans lune. Elle était celle qu'il avait toujours attendue. Son regard avait été aimanté par l'azur de ses yeux. Etait-ce une apparition ? Une sirène prête à l'ensorceler ?

Will retrouvait des sensations qui le troublaient. Les baisers d'Anna le ramenèrent à la réalité et au désir qu'il avait d'elle. De lui faire l'amour. Etre en elle. Ne faire plus qu'un avec elle. Vivre enfin cette nuit de noces inachevée. Il enleva son pull et déboutonna le chemisier d'Anna. Sa tête tournait.

De riches tentures tapissaient à présent la cabine, des lampes en argent diffusaient une lumière précieuse. La longue robe blanche glissa, révélant sa peau de lys douce comme le satin. Il ôta la couronne de fleurs d'oranger et dénoua ses longs cheveux de miel.

Quelques pétales tombés sur le drap exhalaient leur fragrance sensuelle.

Nue, parée des derniers rayons du soleil couchant, la beauté d'Anna irradiait. Will était tétanisé par cette perfection et par l'émotion de retrouver celle qui avait été sienne. Alors elle prit sa main et l'attira à elle. Sa respiration s'accéléra. Il s'abandonna à elle.

— J'ai cru que je ne te retrouverais jamais. Pardonne-moi de n'avoir pas su te protéger.

— Je te pardonne, murmura-t-elle. Je t'ai attendu une éternité… Mais promets-moi de ne plus jamais me quitter.

La nuit se fondait dans la mer. Pour les deux amants, réunis dans une étreinte d'amour, les larmes et les regrets avaient fait place à l'espoir.

# 50

*Copenhague, Musée national du Danemark*
*Mercredi 5 décembre 2012*

— Quel merveilleux cadeau avant Noël ! s'exclama le directeur du musée. J'ai cru que nous ne reverrions plus jamais le chaudron de Gundestrup. Certes, il y a toujours cette plaque manquante, mais il est dans le même état qu'avant sa disparition. Je vous félicite, commissaire ! Que puis-je faire pour vous remercier ?

— Je n'ai fait que mon travail, répondit Padova avec retenue.

Le directeur du musée plissa les yeux et sonda son interlocuteur :

— Mais… pouvez-vous satisfaire ma curiosité ? Comment avez-vous retrouvé l'une des pièces maîtresses de notre musée ?

Gêné, Padova se frotta le front avant de répondre :

— J'ai reçu un appel anonyme. Ça peut paraître étrange, mais c'est la vérité. On n'a pas pu le retracer, mais l'appel disait que le chaudron se trouvait au nord du pays de Galles, à Llangollen. Alors, je suis allé le récupérer.

— A Llangollen ? Où précisément ?

— Au sommet d'une colline, au cœur d'un château en ruine. Un château dénommé Dinas Bran. J'ignore pourquoi, mais… il y avait une quantité incroyable de cendres. Quelque chose avait brûlé. Malheureusement, les analyses n'ont rien donné.

— C'est tout ? interrogea le directeur dont la curiosité s'était aiguisée.

— C'est tout. Mais pour vous, l'essentiel est que le chaudron de Gundestrup soit de nouveau exposé dans votre musée. J'espère que vous avez renforcé votre système de sécurité.

— En effet… Mais une question me tracasse… Pourquoi le chaudron se trouvait-il au nord du pays de Galles, au milieu d'un tas de ruines ? Ce n'est pas le fruit du hasard ! Commissaire, quelle est votre idée là-dessus ?

— Quand j'en aurai une, vous serez le premier informé. Dans cette affaire, de nombreux points restent encore obscurs. Ma plus grande crainte, c'est qu'ils le demeurent encore longtemps…

# 51

*Stafford Springs, Connecticut*
*Samedi 8 décembre 2012*

Depuis la fenêtre de la cuisine, Will contemplait le jardin sous son manteau hivernal. Les hirondelles et leurs joyeux gazouillis avaient déjà migré vers le sud et des températures plus clémentes. Mais de nouveaux venus, des oiseaux de l'Arctique canadien, avaient fui l'hiver polaire pour s'arrêter sur la côte Est, notamment à Stafford Springs.

La mère de Will enfila une manique et sortit un moule du four. Un délicieux parfum de cannelle et de caramel envahit la pièce. Elle posa le gâteau aux carottes sur un dessous-de-plat en liège. C'était le dessert préféré de son fils.

— Je pense qu'il est réussi ! lança-t-elle en humant l'air et en tapotant du bout des doigts la surface dorée et moelleuse du gâteau.

— Je pense aussi, maman.

— Will, tu as l'air triste…

— Non, ça va…

— Ta rédactrice en chef ne t'a pas tenu rigueur de… ton absence ?

— Au début, ce n'était pas évident. Mais Joan a

tellement apprécié mon reportage à Paris qu'elle milite pour que j'obtienne le prix de la meilleure enquête de l'année.

— Tant mieux ! sourit sa mère, songeuse. Alors, tu es triste parce que tu penses toujours à cette fille ?

Will fut surpris. Il ne lui avait pas parlé d'Anna. Cela faisait plus d'un mois qu'il ne l'avait pas vue. Elle lui manquait terriblement.

— De quelle fille parles-tu, maman ?

— Celle que tu as rencontrée à Paris ?

— Comment sais-tu ça ?

— Parce que je sais ce que c'est d'aimer quelqu'un qui n'est pas là. Avant que tu partes pour la France, on avait abordé une discussion... sur ton véritable père...

— Je me rappelle. J'avais réagi un peu vivement...

— Tu n'es plus en colère contre moi ?

— Non. On fait tous des erreurs.

— Will, souhaites-tu qu'on en parle ? Qu'on en parle vraiment ?

Will hocha la tête sans quitter sa mère des yeux. Elle tira une chaise et posa ses mains à plat sur la table. Elle invita son fils à s'asseoir en face d'elle.

— Tu te souviens, du jour de tes neuf ans ? Nous avions fêté ton anniversaire à la ferme. Nous étions tous les trois, toi, moi et Richard, ton père adoptif.

— Oui, je me souviens.

— Il y avait aussi un autre homme. Il s'appelait James Windstorm. Tu étais petit, alors peut-être que ça n'évoque rien pour toi, mais il t'avait aidé à monter sur le poney.

— Je ne me rappelle plus son nom, mais il avait aussi tenu la bride pendant mon tour de manège. Il avait dit que je pouvais devenir un bon cavalier. Ça m'avait rendu fier.

— T'avait-il dit aussi que les poneys faisaient toujours le même tour de manège et que, pour devenir un vrai cavalier, il fallait parfois forcer sa monture et emprunter des routes parsemées d'obstacles ?

— Oui… c'est possible, répondit-il d'un air interrogateur.

Elle se leva et saisit une boîte à biscuits aux bords rouillés dans un placard de la cuisine. Elle contenait beaucoup de lettres, toutes écrites de la même main. Will regarda sa mère en sortir une qu'elle déposa sur la table.

— Avant qu'il ne vienne fêter ton anniversaire, je lui avais demandé de me raconter ce qu'il voulait te dire ce jour-là. Pour me rassurer. Sinon je n'aurais pas accepté qu'il te rencontre.

— Mais de quoi t'inquiétais-tu ?

— Je craignais qu'il ne te dise la vérité. Je ne voulais pas détruire le bonheur de notre famille, tu comprends ? On avait trouvé un équilibre tous les trois. Richard m'avait acceptée alors que j'étais enceinte. Pour moi, c'était tout ce qui importait.

Elle baissa la tête et referma la boîte.

— Plus tard, James m'avoua que, le jour de ton anniversaire, il avait failli trahir sa promesse en te révélant sa véritable identité.

— Pourquoi ne l'a-t-il pas fait, finalement ?

— Parce que tu avais l'air heureux. Il ne voulait pas gâcher le bonheur de son fils.

Will prit la route jusqu'à Gloucester, une ville du Massachusetts située à deux heures de route de chez sa mère. Bastion du Parti démocrate, l'Etat du Massachusetts était le premier à avoir aboli l'esclavage au XVIIIe siècle. Quant à la ville de Gloucester, elle était connue pour être le plus vieux port de pêche des Etats-Unis. Pour Will, c'était surtout la ville où son véritable père avait vécu.

A la fin des années 60, bien qu'il fût contre la guerre du Vietnam, James Windstorm se retrouva enrôlé dans l'US Navy, la marine de guerre des Etats-Unis. Mais il officiait surtout à terre, dans le service de soins intensifs d'un hôpital de Da Nang, facilement accessible par la mer. Il n'était pas sur le front mais, confronté à des soldats blessés, mutilés et mourants. Affecté à la gestion des urgences, il mesurait toute l'ampleur et l'horreur de ce conflit. Ses rares moments de répit, il les passait face à la mer à observer l'horizon, au soleil levant. Dans la nuit, la plupart des blessés graves avaient succombé, aussi n'entendait-on plus leurs cris au petit matin.

De retour aux Etats-Unis, il reprit une vie à peu près normale et dénicha un boulot de journaliste dans la gazette locale. Mais le cauchemar de la guerre du Vietnam le hantait toujours. Pour lui, cette guerre inutile et extrêmement coûteuse en vies humaines restait une terrible erreur. Un jour, il tomba amoureux d'une jeune femme originaire de Boston. Au début, les signes n'étaient pas évidents à déceler. Mais, très vite, le trouble dont il souffrait, un stress post-traumatique, comme disaient les médecins, le rendit de plus en plus instable. Les pleurs d'un enfant, un couteau dans l'évier, un jus de tomate, des tirs dans un feuilleton à la télévision… tout ce qu'il entendait, tout ce qu'il voyait, même les objets les plus anodins de la vie courante lui rappelaient la guerre. Craignant de faire souffrir celle qu'il aimait, alors enceinte, il décida de tout quitter pour s'installer à Gloucester. Là-bas, dans ce vieux port, il commença une nouvelle vie et devint pêcheur.

Dans la petite ville aux belles maisons anciennes, digne d'une carte postale, des statues de bronze commémoraient les nombreuses générations de pêcheurs qui n'étaient jamais rentrés au port. L'un de ces mémoriaux toucha Will. Il représentait un barreur qui tenait fermement un gouvernail, le visage rivé vers l'horizon et les muscles du corps tendus pour contrer le vent.

Will repéra enfin la petite maison de James Windstorm, à proximité du port de pêche. Il remarqua un gros sac de sable posé sur le pas de la porte. Au moment où il s'apprêtait à le déplacer et à glisser la clé dans la serrure, un vieil homme barbu à la peau burinée, assis sur le balcon de la maison voisine, l'interpella :

— C'est moi qui ai mis le sable. Avec l'ouragan Sandy d'octobre, je ne voulais pas que la baraque de Windstorm prenne l'eau. Je lui avais promis d'y faire attention jusqu'à l'arrivée de... Au fait, c'est bien vous le fils Windstorm ?

Will se tourna vers lui :

— Comment le savez-vous ?

— Il suffit de vous regarder ! Vous avez les mêmes yeux.

C'était la première fois de sa vie qu'on lui disait qu'il ressemblait à son père.

A la fin du mois d'octobre, l'ouragan Sandy avait durement frappé une bonne partie de la côte Est des Etats-Unis, plongeant même New York dans le noir. Les médias l'avaient surnommé « Monsterstorm » en raison de sa taille monstrueuse et de la date de son irruption très proche d'Halloween. A Gloucester, les habitants avaient appris à composer avec les humeurs du climat. Mais avant l'arrivée de l'ouragan, ils n'avaient pas fermé l'œil pendant trois jours. Son passage avait provoqué de nombreuses coupures de courant. Avec les chutes d'arbres et de poteaux électriques, une vingtaine de routes avaient été coupées. Pourtant, les habitants de Gloucester estimaient s'en être tirés à bon compte. Ils s'attendaient à pire.

— Vous étiez où pendant l'ouragan ? demanda le vieil homme en rallumant sa pipe.

Pendant ce temps-là, Will était resté dans le coma, à bord du *Téméraire*, luttant contre des déferlantes au large de Lisbonne.

— J'étais en pleine tempête, répondit Will en éludant le sujet. Vous connaissiez bien mon père ?

— Bien sûr ! On a travaillé ensemble. Sur le même bateau. Windstorm n'était pas de Gloucester même, mais c'était un sacré bon gars. Je lui ai appris les ficelles du métier, les astuces pour pêcher au gros. Pas avec des filets ! Mais avec une canne, un moulinet et la force des bras. Certaines pièces pouvaient peser jusqu'à neuf cents kilos et atteindre plus de trois mètres de long. Alors des muscles, il en fallait pour attraper ces bestiaux ! Et ce n'est pas ce qui manquait à Windstorm. Dommage qu'il n'ait pas eu la vie qu'il méritait…

— Pourquoi dites-vous ça ?

Le vieil homme tira sur sa pipe et observa dans le ciel le vent du nord charrier des nuages.

— Parce qu'il avait un grand cœur. Trop grand, peut-être. C'est ça qui l'a perdu…

— Il n'avait pas refait sa vie ? Pas de femme, pas d'enfants ?

— Non. Il avait épousé la mer.

— Savez-vous comment il occupait ses journées ?

— Quand il ne prenait pas le bateau, il buvait des bières et avait quelques aventures avec des femmes de passage. Mais il ne voulait pas s'attacher. Vers la fin de sa vie, il était obnubilé par l'idée de réaliser son arbre généalogique. Il m'en parlait beaucoup. Il disait que c'était pour vous le transmettre. Pour que vous connaissiez son histoire.

— Ah bon ? Et qu'a-t-il trouvé ?

— Il est remonté jusqu'à un dénommé Thomas Windstorm, un capitaine de marine, mort vers 1780, pendant la guerre d'indépendance des Etats-Unis. Il n'a pas pu aller au-delà. Mais il était persuadé que cet ancêtre était l'auteur d'un journal de bord que ses parents conservaient dans leur grenier, celui d'un capitaine de navire français. Mais je ne me souviens plus de son nom… Peut-être que vous le connaissez. Il me semble que votre père vous a légué ce journal, non ?

Will se hasarda :

— Vous parlez du journal de Thomas de Trécesson ?

— Oui, c'est ça ! D'après des archives, votre père avait découvert que son ancêtre avait changé de nom en s'installant en Amérique, vers 1755 ou 1756. Le genre de chose qu'on fait pour oublier une ancienne vie… Si vous voulez mon avis, je pense que votre père vous a légué le journal pour que vous puissiez mener vos propres recherches et savoir qui était ce Thomas de Trécesson.

Malgré la pluie qui tombait par intermittence, Will traversa le ponton qui menait au phare de Gloucester. Ce soir-là, le ciel était couvert. Un vent du large soufflait par rafales et les mouettes criaient en déployant leurs ailes. Will ferma les yeux et respira l'air chargé d'embruns. Pendant un court instant, il lui sembla percevoir la silhouette de son père en ciré, assis sur les rochers, guettant le lever de l'aurore.

# Epilogue

*New York*
*Mardi 28 mai 2013*

Dans une galerie d'art réputée du quartier de Chelsea, le Tout-New York se pressait pour assister au vernissage d'une jeune peintre d'origine française. Critiques d'art, collectionneurs et invités de marque, tous s'extasiaient devant les œuvres de cette artiste qui utilisait une technique digne des grands maîtres du XVIIIe siècle. Un ballet de serveurs circulait parmi ce beau monde pour présenter les plateaux de petits-fours et remplir les coupes de champagne.

Will se faufila dans la foule. Avec son costume noir, sa chemise blanche et ses cheveux lissés pour l'occasion, son élégance ne passait pas inaperçue. Mais, comme il n'était pas du genre à se soumettre aux conventions, il avait choisi de ne pas porter de cravate, ni de nœud papillon, et préféra déboutonner son col.

Plusieurs œuvres étaient accrochées aux murs immaculés. Il s'avança vers un tableau qu'il avait remarqué de loin. Une peinture à l'huile qui l'avait d'emblée touché. Elle s'intitulait *Pêcheur au soleil levant*. La scène était telle qu'il l'avait imaginée. L'artiste avait su retranscrire exactement cette sensation de nostalgie et d'angoisse mêlée à de l'espoir.

Anna vint vers lui, souriante, une coupe à la main. Elle avait une classe folle dans sa robe en soie aux reflets mordorés. Ses cheveux relevés en chignon tressé d'où s'échappaient quelques fines mèches lui donnaient un port de princesse.

— J'ignorais que tu aimais le champagne, dit-il en l'attirant vers lui et en l'embrassant dans le cou.

— Tu as raison, je préfère le vin rouge. Mais le champagne, ça me donne une contenance. Je me sens tellement nerveuse. Etre ici, c'est un cadeau énorme. Je ne suis pas certaine d'être à la hauteur.

— Anna, tu ne devrais pas douter de ton travail. S'ils ont accepté de t'exposer, c'est que tu le méritais. Et quand je vois ce tableau… les mots me manquent pour dire tout ce que je ressens. Crois-moi, ce vernissage est exceptionnel. Tout le monde va t'adorer.

— J'espère. C'est un nouveau départ pour moi, et…

— Ne t'inquiète pas, coupa Will. Tu es magnifique. Tout va bien se passer. Mark ne devrait pas tarder.

Accompagnée d'un homme aux lunettes noires rectangulaires, Lilian Sparks, la directrice de la galerie, vint à la rencontre de la jeune femme :

— La voilà ! Anna Jensen, la star de la soirée ! Anna, il faut que je te présente Allan Duke, le plus éminent critique d'art de New York.

— Je suis enchantée, dit-elle en lui serrant la main.

— Pas autant que moi, ma chère. Il semble que Lilian ait trouvé un trésor que le monde entier voudra s'arracher.

Will et Anna échangèrent un bref regard.

— Vous allez rédiger un article sur cette exposition ? demanda la jeune femme.

— Evidemment ! Vos œuvres semblent raconter une histoire intrigante, comme s'il y avait un fil conducteur que vous nous ameniez à suivre. Mais Lilian m'a dit que vous étiez autodidacte. Est-ce vrai que vous n'avez pas fait les Beaux-Arts ?

— C'est vrai.

— Alors, c'est un double mystère ! Qu'une artiste contemporaine maîtrise une telle technique sans avoir suivi une formation adéquate, j'avoue être intrigué.

Le critique se tourna vers le tableau intitulé *Pêcheur au soleil levant*.

— Avec cette œuvre, par exemple, quel message souhaitiez-vous faire passer ?

Le tableau montrait un pêcheur de dos, seul, en ciré jaune, face à une immensité brumeuse aux contours incertains. L'homme contemplait cet espace infini, là où l'horizon de la mer se confondait avec le ciel, et pourtant, tel un phare dans le brouillard, le soleil levant dardait ses rayons avec une dimension quasi divine.

— Je préfère laisser libre cours à l'imagination de chacun, répondit Anna. Si vous le permettez, je ferai mienne cette citation de Joseph Joubert, un écrivain du XVIIIe siècle : « L'imagination est l'œil de l'âme. »

Un taxi déposa le couple devant un immeuble de Greenwich Village, là où se trouvait l'appartement de Will, devenu aussi celui d'Anna.

Will ouvrit une bouteille de bordeaux et remplit deux verres à pied qu'il posa sur la table basse du salon.

— Alors, demanda Anna, ton verdict sur cette soirée ?

— On a assisté à la consécration d'une merveilleuse artiste, répondit-il en prenant place à ses côtés.

— C'est vraiment ce que tu penses ?

— Oui, je le pense vraiment. On trinque ?

— Que nos rêves se réalisent ! sourit Anna.

*1er novembre 2012*
*Minuit*

Communiqué du Centre d'observation géologique britannique :

*Urgent*

*Un tremblement de terre vient de se produire à proximité du nord du pays de Galles. Le séisme a été ressenti dans un rayon de 140 kilomètres, jusqu'à Dublin et les comtés du sud-est de l'Irlande.*

*Selon les premiers témoignages des habitants d'Abersoch, de l'île de Man et du port d'Holyhead, un bruit très fort les a réveillés, suivi par des grondements et une secousse intense.*

*L'épicentre du séisme a été localisé en mer d'Irlande, à 15 km au large des côtes du pays de Galles.*

Le séisme puisait sa force au plus profond des entrailles de la terre, et ses racines prenaient naissance là où reposait la plaque du chaudron de Gundestrup…

MIXTE
Papier issu de
sources responsables
FSC® C003309

*Composition et mise en pages*
*Nord Compo à Villeneuve-d'Ascq*

Imprimé en Espagne par Cayfosa
en mai 2015
Dépôt légal : mai 2015